KB007595

회색인의 자장가

회색인의 자장가

2019년 7월 23일 초판 1쇄 펴냄

펴낸곳 도서출판 **삼인**

지은이 최윤경
펴낸이 신길순

등록 1996.9.16 제25100-2012-000046호
주소 03716 서울시 서대문구 성산로 312 북산빌딩 1층

전화 (02) 322-1845
팩스 (02) 322-1846
전자우편 saminbooks@naver.com

디자인 디자인 지폴리
본문 일러스트 이은규

ISBN 978-89-6436-163-4 03810

값 14,000원

내 아버지 최인훈과 함께했던 날들

회색인의 자장가

최윤경 지음

삼인

| 책을 펴내며 |

글 쓰는 일과 최대한 멀리 떨어진 일만 하고 싶었다. 그러나 사람의 일은 마음먹은 대로만은 되지 않는다. 나는 아버지에 대한 글을 쓰게 되었다.

시작할 때엔 아버지에 대한 글을 쓰려고 했다. 쓰고 보니 아버지에 대한 회고록도, 읽은 책에 대한 독후감도, 중년의 중반을 지나는 시점에서 인생에 대한 소회도 정확히 아닌 글 뭉치가 남았다. 그래도 성격을 말해 보자면, 이 책은 사적 편견이 가득한 목격담이다. 아버지의 딸이라는 지위와 체험을 한껏 남용한 소박한 짐작이다. 남용하는 김에 최대한 남용했다. 문학적 해석이나 평가는 훨씬 더 잘해낼 전문가들이 많을 것이기에, 여기는 다만 그의 딸만이 알고 전할 수 있는 이야기로 채워 넣었다.

두 가지 원칙을 생각했다. 첫째는 사실을 왜곡하여 신화를 만들지는 말자는 것이었다. 사실만을 말해도 아버지는 충분히 훌륭하고 매력 있고 흥미로운 사람이라는 자신이 있었다. 둘째는 재미있게 쓰자는 원칙이었다. 아버지에게서 “어렵고 복잡한 얘기는 아빠가 많이 했으니까 윤경이는 나중에 즐겁고 재미있는 글만 쓰는 사람이 되어도 좋다”라는 이야기를 듣고 자랐다. 아버지를 보내고 얼마 되지 않아 시작한 글이라 재미와는 다른 마음이 될 때도 많았지만, 가능한 한 읽는 이가 재미있게 느끼고 아버지를 더 좋아할 수 있으면 좋겠다는 생각으로 쓰려고 했다.

아버지는 삶과 문학이 하나이다시피 했다. 아버지의 일상을 재구성하니 '회색인'이 되고, '크리스마스 캐럴'이 되고, '화두'가 되었다. 책을 통해, 아버지의 작품을 예전에 접했던 독자들은 평소에 궁금했던 작가의 일상에서 흥미로운 면모를 접하며 반가울 테고, 작품을 아직 읽어보지 않은 독자들은 작품을 접하기에 앞서 작가의 성향과 그의 작품을 이루는 전반적인 생각과 정서와 분위기를 먼저 만남으로써, 후에 작품을 보다 편안하게 읽을 수 있을 것이다. 그러나 아버지의 작품과 무관하게라도, 다른 데서 보기 어려운 특유하고 기발한 한 가족의 후일담으로 재미있게 읽을 수 있어도 좋겠다.

내가 살아온 반백 년이 채 안 되는 시간의 장면마다 아버지가 있다. 아버지가 했던 말, 아버지의 표정, 아버지의 정서, 아버지의 논리. 그와 함께 지냈던 시간이 고스란히 나의 어느 부분들을 이루고 있다. 아버지를 참 많이 닮았다는 얘기를 자주 듣는 나의 이목구비라든가 하는 외형적·DNA의 요소를 제외하고도 그렇다(이런 말을 들을 때 나는 칭찬으로 받아들여야 할지 잠깐씩 생각하곤 한다).

사건이 일어난 시간순으로, 그러니까 연대기식으로 쓰이지는 않았다. 생각이라는 게 그렇게 반듯하게 정렬되어 진행되지 않았다. 기억과 감정이 여기저기서 고개를 내민 순서대로 쓰여졌다. 또, 이 책에 담긴 기억의 내용들이 조금의 틀림도 없이 사실이라는 자신은 없다. 거짓말은 아니지만 사실도 아닌 내용이 있을 것이다. 일단 내 기억의 왜곡이 있을 수 있겠고, 온전하게 기억하는 내용이라 해도 쓰는 과정에서 더 그럴듯하게, 혹은 극적으로 드러내고 싶은 마음에 윤색되었을 수도 있어서 그렇다.

하지만 그 모든 마음의 작용도, 모두 내 머릿속의 현실임에는 틀림이 없다. 너그러운 마음으로 책을 끝까지 읽는다면(그럴 가치가 있다고 생각한다면) 작가 최인훈에 대한 몇몇 풍경이 틀림없이 머릿속에 보태질 것이라고 믿는다.

아버지가 다니던 길과, 앉은 자리와, 웃던 연못과 놀라던 골짜기를 한 번씩 다시 걸어보았다. 그대로 웃고 놀라보려 했다. 아버지의 소설과 희곡에 흥미를 가졌던 독자들이라면 "여기 실린 글들을 아울러 읽으면 서로가 서로를 밝혀주는 몫을 하는 느낌"[1]을 받으리라고 생각한다.

마지막으로, 혹시 이 책을 읽고 '형편없다'는 생각을 했다면 절대 다른 사람에게는 말하지 말고 마음속에 혼자만 담아두기를 바란다. 한 가지 더 바라도 된다면, 아버지에게 받은 사랑과 그를 통해 나에게 들어온 문학이라는 공간에 대해 감사하는 마음이 이 책을 통해 조금이라도 전해졌으면 좋겠다.

2019년 여름 최윤경

---

1) 최인훈, 『길에 관한 명상』(문학과지성사, 2010)」, 9쪽

[…] 내가 너처럼 살아주마. […]

너와 내가 다니던 길, 앉은 자리,

웃던 연못, 놀라던 골짜기,

모두 걸어주마, 모두 앉아주마,

그대로 웃어주마, 그렇게 놀라주마. […]

나도 오랜만에 낙랑에 다녀오니

한결 마음이 가볍다. […]

—최인훈, 「둥둥 낙랑둥」 중에서[2]—

2) 최인훈, 『옛날 옛적에 훠어이 훠이』(문학과지성사, 2003)」, 204쪽

목차

책을 펴내며 004

밥풀에 대해 쓰고 싶다 012

1부 두 가지 현실

두 가지 현실 014
독서 반대의 신념 017
나무와 여자 021
불광동 집 024
신춘문예의 계절 028
아버지의 자장가 031
빈손 없기 운동 034
머리 빗어주는 아버지 038
숨을 구석 039
데자뷰 042
이태준 생가 044
갈현동 집 050
눈과 아버지 054
와과의 현실 057
별보기 063
문학과 수학 065
문학과 영어 069

아버지의 추천도서 1 『호밀밭의 파수꾼』 075
나의 아들 로드 랜달과 『호밀밭의 파수꾼』과 아버지와 나 080

2부 화두라는 화두

바다와 동시 088
아버지와 물고기 094
비늘과 아버지 097
아버지와 꽃-오를레 앙드로 100
예스 걸 105
벽 111
지나치게 하기 116
중앙공원에서 123
시상식 126
크리스마스 캐럴 128
화두 135
완벽한 임신과 출산과 양육 139
오븐과 박스 테이프 143
화두라는 화두 145
할아버지와 은규 148
샤워부스 154
놀리다가 닮는다 155
자전거 157

아버지의 추천도서 2

『도리언 그레이의 초상』: 미안해. 참다못해 반은 내가 먹었어. 161

3부 어디서 무엇이 되어 만나랴

바람 168

졸업식 171

도청과 입단속 173

잉여인간 175

집 안의 장서가 자녀에게 미치는 영향 177

집 안의 장서가 부녀관계에 미치는 영향 181

사는 것은 건강에 나쁘다 187

미국 삼촌과 내리사랑 191

미국 할아버지 195

이름값 198

어디서 무엇이 되어 만나랴 203

눈높이 214

낳는 일 215

오골계 220

밥풀과 신화 221

다시 널뛰기 : 거짓말과 픽션과 문학 224

아버지의 추천도서 3 『더블린 사람들』: 율리시즈의 귀환 230

4부 아침에 슬픈 사람

아침에 슬픈 사람 236

사물이 말을 할 때 239

책 욕심 243

사자머리와 빨간 네일 245

혜규와의 인터뷰 248
비행기가 몰고 온 것 252
기록과 기억1 255
TV 드라마의 순기능 258
금연 260
아버지의 단어들 261
술과 아버지 262
문화센터 264
보리수 267
With or Without you 269
살려줘요 뽀빠이 273
기록과 기억2 279

아버지의 추천도서 4 『좁은 문』 281

5부 덧붙이는 기록들

두 편의 짧은 일기 288
영결식 조사 289
영인문학관 전시 「1950년대 작가들의 내면풍경」 기념강연 291
큰손녀 혜규 돌잔치에 주신 편지 301
작은손녀 은규 시집 『왜 그랬을까』 서문 303

아버지의 추천도서 5 『웃음소리』 외 304

마치면서 308

밥풀에 대해서 쓰고 싶다. 하얗고 작은 밥풀에 대해 쓰고 싶다. 하얗게 막힌 것 같지만 가만히 들여다보면 투명하기도 한 밥풀에 대해서, 갸름하니 참하게 생긴 밥풀에 대해서, 입에 넣으면 맛이라는 게 있는 것도 없는 것도 같은 한 알의 밥풀에 대해서 쓰고 싶다. 오래 물고 있으면 단맛이 나는 밥풀에 대해, 말랑한가 하면 씹는 어금니에 기어이 금을 내고야 말 듯 딱딱하게 굳어지기도 하는 밥풀에 대해서 쓰고 싶다.

밥풀과 밥풀들에 대해 쓰고 싶다. 눈 밑에 붙으면 웃기고 입가에 붙으면 불결해 보이는 밥풀에 대해서, 배앓이 후에 먹는 멀건 미음에 둥둥 떠다니는 밥풀들에 대해서. 옷에 붙은 것을 떼어내려 하면 손에 달라붙고 마는 밥풀, 풀풀 가볍지만 떼어내려고 할수록 이 손가락에서 저 손가락으로 끈끈하게 달라붙는 밥풀에 대해서 쓰고 싶다. 손가락에서 손가락으로 옮겨다니다 풀기가 다 되면 그대로 바닥에 떨구어지기도 하는 밥풀에 대해서 쓰고 싶다.

밥풀에 대해서 쓰고 싶고 아버지에 대해 쓰고 싶다. 아버지가 자주 입에 올리던 밥풀이라는 말과 기억에 대해 쓰고 싶다.

1부

두 가지 현실

두 가지 현실

'나는 행복한 유년을 보냈다'로 어린 시절을 회고하는 글들을 마주하면 언제나 생각에 빠지게 된다. 나는 행복한 유년을 보냈는가. 얼른 그렇다는 생각이 들지 않는다. 그렇다고 내가 불행했나 하면 그것도 아니어서 딱 잘라 행복했다고 말하는 이들을 은근히 시기하고 미워하며 시간이 길게 지난다. 결론으로 말하자면, 나는 복잡한 유년을 보냈다, 정도로 정리하는 게 맞겠다.

> [···] 사람은 추상적인 계획과 구체적인 행동, 추상적인 검토와 구체적인 탐험, 이 두 가지를 통합적으로 운용하는 존재입니다. [···]

> [···] 소설을 발표하고 예술가가 되어도, 이런 생각을 멈출 수가 없었어요. 우리가 별을 직접 보지 않고도, 찬란한 성좌가 하늘에 있다는 걸 확신하지 않습니까? 그렇다면 그 별은 과연 어디에 있는 것입니까? 하늘에 있습니까, 내 머릿속에 있습니까? 마음에 있습니까? 그렇게 물으면 뭐라고 답할 수 있을까요? [···]

> [···] 환상은 환상 아닌 것보다 못하다느니, 현실과 대칭되는 것이

아니라 모든 것을 끌어안겠다고 하는 의지입니다. […]

—《채널예스》 2012년 3월, 『바다의 편지』 발간에 즈음한 인터뷰 중에서

'추상과 구체에 대한 생각을 멈출 수 없었'던 아버지는 어려서부터 나에게 자주 '머릿속 현실'에 대한 이야기를 들려주었다.

"밖에서 말로 행동으로 사건으로 일어나는 일만 현실이 아니야. 요기 요 쪼그만 머릿속에서 일어나는 일도 엄연한 현실인 거지. 요 안에 그걸 항상 기억해야 한다. 안과 밖이 어느 게 더 중요한 게 없어. 다 똑같이 중요한 거야."

아버지는 특유의, 반쯤은 귀여워하고 반쯤은 경고하는 듯한 웃는 얼굴로 내 눈을 똑바로 바라보고 두 번째 손가락으로 내 이마 한가운데를 지그시 짚으면서 '똑같이'라는 단어를 강조해서 말하곤 했다.

아이들은 부모의 말 한마디에서 어처구니없는 형이상학적 결론을 얻곤 한다. 어린 나는 어쩐지 그 말이 무서웠다. 내가 머릿속으로 생각하는 것들이 모두 현실이라는 말은 곧 내가 내내 엄청난 죄를 짓고 있다는 말처럼 들렸다.

나는 절대 용서받을 수 없는, 용서받아서도 안 될 죄인이었다. 등굣길 문방구에 새로 들어온 예쁜 메모지를 훔쳐볼까 하고 생각했던 일이라든지, 내일은 아버지를 용케 속여 꼭 친구네 집에 놀러가야겠다고 계획했던 일이라든지, 싫어하는 누구가 그냥 갑자기 죽어버렸으면 좋겠다고 진심으로 빌었던 마음속 일들이 모두 내가 책임지고 감당해야 하는 진짜 현실이라면. 나는 이른 나이에 이미 용서받을 수 없는 엄청난 죄를 많이도 지어버린, 세상에서 가장 나쁜 아이인 것만 같았다.

아버지는 언제나 두 가지 현실을 모두 살고 싶어 하셨다. 아버지에게

는 이것이 가능했다. 그는 예술가였으니까.

구체적 현실을 머릿속에서 재현하는 것까지는 가까스로 내게도 가능했다. 나는 예술가의 딸이었으니 환경적인 편의에 힘입어, 거기까지는 겨우 어떻게 가능했다. 가장 기초적인 방법으로 문화·예술적 체험이 여기에 해당되겠다. 독서도 한 수단이다.

어려운 것은 아버지가 머릿속 현실을 자꾸 구체적 현실로 재현하고자 할 때였다. 그건 정말 힘든 일이었다. 그것이 가능하기나 한 것인지도 알 수 없었다.

> 필자는 소설을 방법으로 인생을 생각하고, 인생을 방법으로 소설을 생각하려고 노력했다.
>
> —「어떤 머리말」 중에서[1]

돌이켜보면 아버지는 가공의, 상상의, 예술의 세계가 지니는 가치와 중요성을 내게 알려주고 싶어 하셨던 것 같다.

하지만. '미친 여자 널뛰기'라는 말이 있다. 하늘의 별과 마음속 별이라는 아버지의 두 가지 현실이 내게는 '미친 여자 널뛰기'였다. 갈피를 잡을 수가 없었다. 두 가지 현실은 언제나 엇박으로 혹은 외따로 널을 뛰었다. 예술을 현실처럼, 현실을 예술처럼 한 몸으로 살아내는 일이 나에게는 어렵기만 했다.

나는 복잡한 유년을 보냈다.

---

1) 최인훈, 『문학과 이데올로기』(문학과지성사, 2009), 12쪽.

독서 반대의 신념

책읽기를 싫어했다.

아버지는 책을 많이 읽었다. 책 읽는 아버지가 있는 조용한 집이었다. 봄에는 마당에서 봄꽃을 살피고 와서 책을 읽는 아버지가, 여름에는 부채질을 하며 소파에서 책 읽는 아버지가, 가을에는 인삼차를 마시며 책 읽는 아버지가, 겨울에는 서재의 이불 안에서 엎드려 책 읽는 아버지가 있었다. 아버지는 책을 읽고 또 읽었고 책만 읽었다. 심지어 책을 쓰는 사람이기도 했다. 앞의 인용문을 다시 한 번 가져와보자.

> 필자는 소설을 방법으로 인생을 생각하고, 인생을 방법으로 소설을 생각하려고 노력했다.

소설을 방법으로 인생을 생각한다는 것은 무슨 뜻인가. 나의 체감으로 그것은 실제로 할 수 있는 일, 그럴 만큼 가치 있는 현실적인 일은 거의 없다는 뜻이었다. 어떤 일을 하기 전에 거쳐야 할 계획과 점검의 과정이 끝도 없이 길고 복잡했다.

일상적인 모든 일들을 깊이 있고 추상적으로 진지하게 다각도로 분석해서 장단점을 검토하다 보면, 실행에 옮기는 수고를 감수할 만큼 예술적·추상적·문화적·환상적·소설적 가치가 있는 구체적 현실의 일들은 많지 않았다. 어렵게 어떤 일을 결정했다가도 종국에는 다시 아무 일도 하지 않는 쪽으로 결정이 뒤집히곤 했다. 두 가지 현실을 산다지만, 저울은 대개의 경우 추상의 세계 쪽으로 기울었다.

이런 이유와 또 다른 몇 가지의 이유로 나는 결혼 전에 단 한 번도 '가족 여행'을 가본 적이 없었다. 여름 휴가철이면 인산인해를 이룬다는 해운대의 소식을 TV 뉴스로 접하며 바글바글하게 모여 고생하고 있는 사람들을 향해 쯧쯧 혀를 찼고, 겨울에 해돋이를 위해 동쪽 바다에 모여 있는 사람들을 보면 얼마나 추울까 하며 아버지와 함께 안쓰러워하는 표정을 지었다. 바다를 처음 본 건 초등학교 5학년 때였는데, 아들만 셋이라 나를 딸처럼 귀여워해주시던 이모부가 여름에 휴가여행을 떠나면서 나를 데리고 가주신 덕분이었다.

남편은 결혼 초에 처가에서 이런 일을 접하면 크게 당황했다. 처가의 가풍에 상당히 적응된 이후에도, 아버지가 이틀 전에 돌연 당신의 회갑 모임을 취소하겠다고 할 때에는, 한 달 전부터 예약해둔 장소에 취소 전화를 하면서도 영문을 몰라 했다.

고심 끝에 내린 아버지의 결론에 따르면 호텔에서 치르는 회갑연은 당신의 추상적 현실의 틀 안에서 그다지 아름답거나 의미 있는 일이 아니었다. 그해 생신에 아버지는 어머니가 차린 생일상으로 가족 모두와 함께 식사를 한 후, 서재에 들어가 책을 읽었다.

> 어제 저녁에는 최인훈 댁엘 갔다. 김치수, 김주연, 정현종과 동행이었다. 전에도, 그렇기는 하였으나, 친척과 친구가 곁에 없다는 데서 생기는 고독함이 집 안을 가득 채우고 있었다. 그로서는 독서로써 그것

에서 피해 갈 수 있겠지만, 그의 가족들은?

— 김현, 『행복한 책읽기』 중에서[2)]

그의 다른 가족들에 대해서는 따로 확인해야 하겠지만, 그의 딸인 나는, 독서로 인해 고독해지고 그것을 또다시 독서로 피해 가는 굴레는 짊어지지 않겠다고 다짐했다.

나는 질려버렸다. 책 때문에 우리 가족은 TV 뉴스 한 꼭지조차 간혹 경도의 욕설까지 난무하는 신랄한 비평 없이는 보지 못하는 것이고, 책 때문에 기준미달이어서 보면 안 되는 드라마가 많은 것이며, 〈뽀뽀뽀〉 시청을 금지당한 채 어린 나이에도 뉴스만 시청하는 것인 데다가(여덟 살 무렵에 나는 유치하다는 이유로 〈뽀뽀뽀〉라는 어린이 프로그램을 볼 수 없었다), 책 때문에 우리는 식탁에서도 늘 문학과 예술과 유토피아에 대한 이야기만 한다고 생각했다.

All reading and no play makes my dad a dull man.

책 때문에 손발이 모두 묶여버린 것 같았다.

인터뷰어이자 미술평론가였던 샤르보니에는 레비스트로스와의 인터뷰에서 "우리 같은 사람은 일상적 경험에 대해 피상적이고 모호한 해석밖에 못 합니다. 그런데 학문하는 인간은 갈수록 많은 힘을 발휘합니다"라고 말했다.[3)]

---

2) 김현, 『행복한 책읽기』(문학과지성사, 2012), 133쪽.

3) 클로드 레비스트로스·조르주 샤르보니에, 『레비스트로스의 말』, 류재화 옮김(마음산책, 2016), 21쪽.

이 말은 본래 일반적인 사람에 비교해 학문적 인간의 가치를 강조하기 위한 발언이지만, 갈수록 발휘되는 많은 힘에 대해 잘 알지 못한 나는 그가 평가 절하한 '일상적 경험에 대한 피상적인 해석'과 '우선 저지르고 보는 적극적 실천'을 어린 시절 내내 간절히 바랐다.

나무와 여자

그렇게나 훌륭하고 유명하다는 아버지를 동네 사람들은 대체 왜 알아보지 못하는 것인지 언제나 궁금했다. 갈현동 집은 대문을 등지고 건물 정면이 안쪽 마당을 향해 돌아앉아 있는 구조였는데, 집의 앞 베란다에서 보이는 마당 끝에는 담에 바짝 붙어 다음 집의 건물이 자리잡고 있었고 우리집과 그 집을 갈라놓는 담에 위치한 것은 그 집의 부엌이었다.

사실 외관으로는 아버지보다 그 이웃집 아주머니가 더 작가처럼 보였다. 여자는 키가 크고 마른 체형이었는데, 주로 품이 넓어 여기저기에 우아한 주름이 생기는 검은색 옷을 아래위로 자주 입었다. 머리 모양은 턱선에 맞춘 단발로 한쪽은 귀 뒤에 깨끗이 꽂아 넣고 다른 한쪽은 얼굴 앞으로 쏟아지듯이 늘어뜨렸다. 일정량의 머리카락이 계속해서 얼굴 쪽으로 쏟아지며 한 눈을 가리고 있었기 때문에 여자는 제대로 된 시야를 확보하기 위해 항상 고개를 살짝 옆으로 기울이고 있었다.

"그러니까요. 저쪽이 저희 부엌 쪽 창문이거든요."

여자가 고개를 기울이며 말했다(고개를 기울인 게 거의 처음부터였으니 아마 이 말을 할 때쯤이었을 것이다).

"그런데요?"

어머니다.

"댁의 나무가 너무 키가 커서 햇빛을 다 가리거든요."

"그래서요?"

"나무를 좀 잘라주셨으면 해요."

"나무를요?"

"네."

"안 되죠. 애초에 남의 집 담에 바짝 붙여 집을 지은 사람이 잘못이지. 벽에서 집까지 이십 센티도 안 되잖아요."

"기왕 집이 그렇게 돼 있는 걸 어쩌겠어요. 그쪽에서 편의를 봐줘야지. 쪼끔만 잘라주세요 좀."

"그렇게는 안 되겠는데요. 저희 집 양반이 그렇게 안 할 거예요. 그렇게 하면 그쪽에서 우리집이 다 들여다보이잖아요. 그거 막는 효과도 있는 건데. 저 사람이 허락 안 할 거예요."

"남편분 말인가요?"

"네."

"남편분이 글을 쓰신다고 들었는데요."

"그런데요?"

"작가라는 분이 그러시면 안 되죠."

"그게 무슨 소리예요?"

"저도 작가예요. 글을 쓰거든요. 작가라는 분이 상대방 사정을 헤아릴 줄 알아야지."

이상이 어머니가 흥분한 상태로 전한 대화의 전모이다. 나는 이 모든 상황을 집 안에서 창문을 통해 내다보고 있었다. 여자는 결국 채광권을 쟁취하지 못했다.

아버지는 이 일을 전해 듣고 크게 화를 냈다.

"작가…… 자기도 작가라고!"

'모르는 사람이 제일 무섭다'는 말을 그때보다 자주 들은 적이 일생에 없었다.

우리 가족은 결국 그 나무를 지켜내지 못했다. 얼마 후, 이웃 집의 부엌 창문을 가리던 키 큰 상록수가 시들시들 죽어가기 시작했다. 나무의 위 꼭대기부터 누런빛이 번졌다. 심상치 않은 나무의 상태를 멀리서 확인한 어머니가 가보니, 나무의 밑동 근처에서부터 폐식용유 냄새가 진동했다. 쓰고 난 뜨거운 식용유를 꾸준히 나무에 부은 것이었다.

나무가 죽으라고 그랬어요, 왜. 나중에 어머니가 이 일을 따지자 건너편 집 여자가 그렇게 말했다고 한다. 갈현동 집을 팔고 이사 갈 때까지 동네 사람들은 아버지가 누군지 잘 몰랐다.

불광동 집

너무 어릴 때라 청파동 집은 거의 내 기억에 없다. 기억할 수 있는 최초의 기억이 어릴수록 머리가 좋다는 증거라고 들은 적이 있다. 사실인지는 몰라도 어쨌든 내 머리가 유독 좋지는 않은가 보다. 다섯 살 전후, 그저 굉장히 가팔랐던 경사진 길과 대문 앞 풍경 같은 몇몇 장면들이 사진처럼 남아 있을 뿐이다. 그조차도 나중에 앨범에서 사진으로 보았던 이미지를 기억이라고 우겨버린 건 아닌지 의심스럽다.

제대로 기억나는 것은 불광동 집부터다. 이 집에서의 최초의 기억이라고 떠오르는 것은 일곱 살, 유치원을 마치고 집에 돌아와 현관에서 신을 벗을까 말까 갈등하던 모습이다. 일단 집에 들어오면 다시 놀러 나가도록 아버지에게 허락받기가 쉽지 않았기 때문이다.

조용한 동네였다. 골목이라는 말이 제일 먼저 가깝게 떠오르는 곳. 골목마다 집집마다 아이들이 많았고 방학이면 아침밥을 먹자마자 하나둘씩 나와 모인 아이들이 골목을 시끌시끌한 소리로 채웠다.

일주일에 한 번씩 세 마리의 말이 옆으로 나란히 붙은 이동식 목마가 동네에 오면, 아이들이 동전을 손에 쥐고 줄을 섰고 차례가 되면 위아래로 흔들리며 말을 탔다. 일 년에 한두 번, 마을버스를 타고 나가면 있는 번화가에 귀신의 집 천막이 들어서기도 했다. 삼사 층 되는 건물 옥상에

임시로 천막집이 설치되었고 그 안에 드라큘라, 처녀귀신, 몽달귀신 같은 국적을 불문한 각양각색의 대표 귀신들이 숨어서 기다리고 있다가 아이들을 울렸다.

집에서 제일 가까운 마을버스 정류장은 파출소 옆에 있었다. 집을 찾는 손님들은 파출소 앞에서 버스를 내려 바로 옆의 커다란 버드나무 아래에 서게 된다. 그 옆에는 놀이터가 있는데, 놀이터 있는 골목으로 방향을 잡아 쭉 들어오다 보면 오른쪽으로 일곱 번째 초록색 나무 대문집이 우리집이었다.

초록색 페인트를 칠한 나무 대문은 어딘지 낭만적인 구석이 느껴지고 예쁘긴 했지만 불편했다. 누가 와서 초인종을 누르면 일일이 나가서 문을 열어주어야 했기 때문이다. 일일이 나가서 문을 여는 일은 대개 집에서 가장 막내인 내 차지였다. 지잉, 하고 집 안에서 버튼을 누르면 열리는 대문이 부러웠다. 초록색 나무 대문은 식구들의 외출도 제한했다. 안쪽에서 문을 잠그게 되어 있어서, 집 안에 남은 사람 없이 모두 외출을 할 경우에는 대문을 잠글 수가 없었다. 최소한 한 사람은 대문을 잠그기 위해서라도 꼭 집에 남아 있어야 했다. 대문을 잠그고 기꺼이 집에 남는 사람은 대개 아버지였다.

아버지는 바깥출입을 좋아하지 않았다. 집 밖의 세상을 누리고 다니는 자유보다 만나기 싫은 사람과 상황을 만나지 않을 자유를 택한 것이리라고 나는 생각한다. 유치원과 초등학교, 중학교와 고등학교, 대학교를 마칠 때까지 아버지는 한 번도 졸업식 참석을 위해 집을 나서지 않았다.

으레 졸업식에 오지 않을 것으로 알았기 때문에 만일 아버지가 외출복을 차려입고 졸업식에 가겠다고 따라나섰다면 나는 혹시 집 안에, 아니면 아버지의 머리 안에 내가 모르는 큰일이 일어나버린 것은 아닌지 걱정했을 것이다.

마당에는 간이침대가 있었다. 프레임은 알루미늄 재질이었던 것 같고 눕는 부분은 오톨도톨하게 천의 질감을 흉내낸 비닐 소재로 녹색과 더 짙은 녹색이 교차하는 체크무늬가 프린트되어 있었다. 볕이 좋은 날에는 여기에 이불을 널어 일광욕을 시켰고 이불을 걷은 다음에는 식구들이 앉거나 누워 볕을 쪼였다.

이 간이침대에서 찍은 사진은, 햇빛을 받으며 야외에서 찍어 뽀얗고 환하고 예쁘게 나온 좋은 사진이지만, 대개 더운 여름날 가족들이 속옷 정도만 입고 찍어서 어디에 공개할 수는 없는 사진들이다.

집은 아담하고 구석구석이 아기자기했다. 간이침대가 아니어도 어디에서 어떻게 사진을 찍어도 예쁜 사진이 나왔다.

불광동 집은 초록, 초록, 초록이었다. 대문에서부터 풀과 꽃과 나무가 야무지게 들어차 있던 초록으로 가득한 작은 마당. 현관을 들어서면 거

실 전체에 깔린 초록색 카펫. 창에 걸린 커튼의 초록 무늬에서 정면으로 보이는 초록색 천 소파까지. 초록색 소파에서 아버지는 한 손에 책을 들고 다른 한 손에는 담배를 쥐고 있곤 했다. 전화를 올려놓고 소파에 붙여 사이드 테이블로 쓰던 짙은 고동색의 뒤주를 배경으로 가끔 하얀 담배 연기를 내뿜으며 책을 읽던 아버지의 모습은 지금도 선명하다.

신춘문예의 계절

날씨가 추워지면 불광동 집 서재 아버지의 머리맡에는 신춘문예 원고가 높게 쌓였다. 그러면 나는 아버지가 하듯이 아랫목에 깔린 이불 안에 들어가 엎드린 채 소설 원고들을 위에서부터 차례로 가져다가 읽었다. 종국에는 주인공이 미쳐버린다거나 자살이나 타살 같은 비극으로 끝나는 사랑 이야기가 많았던 것으로 기억한다.

자리를 비웠던 아버지가 서재로 돌아오면 빙긋이 웃으며 나를 내려다보고 물었다.

"재밌는 것도 좀 있니?"

"그냥 그래요."

"그래도 그중 제일 재밌는 게 어떤 건가고."

"없는데요……."

고작해야 초등학교 삼사 학년 아이에게 신춘문예 투고 원고가 뭐 그리 재밌었겠는가.

"그래도 하나 골라보지. 윤경이가 재미있다고 한 걸로 뽑을 텐데."

머릿속이 분주해진다. 막중한 책임감을 느낀다.

"그럼, 이거……요?"

"이거? 이거면 되겠나?"

"네, 그래도 제일 재밌어요."

"그래, 그럼 이걸로 하자."

진짜인가. 진짜 내 말대로 뽑을 건가.

"근데 윤경아."

"네."

"이걸 뽑으면 아빠가 뽑은 이유를 대야 하거든. 이게 왜 제일 재밌었지?"

"……."

잘못 걸렸다. 횡설수설. 중언부언. 머리를 쥐어짜 이유를 댄다. 주인공의 결정이 제일 이해가 돼요, 그럴 만하다고 생각이 들어요, 여름에 더운 걸 설명한 부분이 진짜 같고 좋았어요, 소설로 쓸 만한 얘기를 잘 고른 것 같아요.

"오 그렇구나. 그럼 이건, 이건 왜 재미가 없었지?"

아버지가 다른 원고 묶음 하나를 밀어놓는다.

"재미가 하나도 없는 건 아닌데요."

어떻게 빠져나갈 수 있을까.

"재미가 하나도 없는 건 아닌데, 왜 이 소설은 뽑히면 안 되지?"

"안 되는 건 아닌데……."

"아닌데?"

"……소설 같은 느낌이 없어요. 그냥 일기 같아요."

"그래. 그렇구나. 그럼 이건?"

또 다른 원고다.

"그…… 재미있는 표현이 없어요. 지루해요."

결국 읽었던 모든 원고에 대한 감상을 밝히고 나서야 나는 도망치듯 서재를 빠져나올 수 있었다.

내가 고른 소설이 최종 당선작이 되었던 경우가 따로 기억나지는 않는다.

아버지의 자장가

잠이 들곤 했다. 잠들기 좋은 방이었다.

불광동 집 아버지의 서재는 연탄 아궁이가 있는 방이었고, 겨울이면 등이 델 만큼 뜨겁게 불을 땠으며, 그 위에 두터운 요와 이불이 늘 깔려 있었다. 그 안에 들어가면 요사이 사람들을 매혹하는 마성의 온수 매트 저리 가라 할 만한 안온함이 있었다.

해가 기울기 시작할 즈음에, 몸이나 잠깐 녹이자 하고 이불 속에 누우면 그저 잠이 들었다. 실컷 자다 괜히 혼자 푸드덕하고 놀라 실눈을 떠 보면 방 안이 온통 어둑했다. 더듬더듬 저녁의 조도에 적응하여 방 안을 한 바퀴 휘 둘러보다 보면 아버지의 가만한 눈길을 만나게 된다.

아버지는 자신의 방을 떡하니 차지하고 누워 있는 어린 딸의 머리맡에 혹은 앉아, 혹은 어정쩡하게 곁에 누워 아이의 낮잠이 깨기를 기다리고 있는 것이다. 그러나 막상 딸이 잠에서 깰 기미가 보이면 아버지는, 따뜻한 손으로 꾸물꾸물 떠지려는 딸의 눈을 조용히 다시 감겨놓고, 가만가만 어깨를 다독이며 도로 잠을 재우려 애쓴다.

"다시 자라. 얼른. 깨버리기 전에. 힘들게 뭐하러 일어나려고. 이대로 밤까지 그냥 쭉 자는 게 좋지."

들기 시작한 정신은 깨는 쪽으로 가기 쉽다.

"왜, 그냥 다시 자라니까."

"잠이 자꾸 깨요."

"어떻게 하며 다시 잘 수 있을까."

"아빠가 자장가 불러주면."

"아빠가 아는 자장가가 없는데."

"〈잘 자라 내 아기〉 불러줘요."

"아빠가 그 자장가를 모르는데 어떻게 하겠는가고."

"그럼, 〈앞뜰과 뒷동산에〉. 잘 자라 우리 아가 앞뜰과 뒷동산에."

"잘 자라. 잘 자라 우리 아가. 우리 아가. 앞뜰과 뒷동산에. 이렇게?"

아버지가 타령조로 가사를 읊는다.

오빠는 '우리 아빠는 엉터리 이야기꾼'이라는 제목으로 글짓기 대회에서 상을 탄 적이 있다. 읽는 이들은 '작가 최인훈'이 집에서는 가족들에게 '엉터리 이야기꾼'으로 불린다는 사실을 재미있어했다. 옛날이야기를 해달라고 하면 아버지는 언제나 이렇게 이야기를 시작했다.

"옛날 옛날 불광동에 윤경이라고 하는 아이가 살고 있었대요. 그런데 하루는 아빠한테 옛날이야기를 해달라고 졸랐대요."

내가 어이없어하며,

"그게 뭐예요, 진짜 진짜 옛날이야기요."

하면 아버지는,

"아버지가 아주 아주 아주 아주 아주 아주 아주 아주 재미있는 이야기를 들려줬는데도 윤경이는, '그게 뭐예요. 진짜 진짜 옛날이야기를 들려주세요오' 하고 밀했내요."

하는 양으로 내가 이야기 듣기를 포기할 때까지 빙글빙글 웃으며 나를 약 올리는 것이다.

타령조로 모차르트의 자장가를 짚어가던 엉터리 이야기꾼이 이번에는 엉터리 음유시인이 되어 엉터리 자장가를 지어 부르기 시작한다. 타령조로.

"잔다, 잔다, 자안다아. 잔다, 잔다아. 잔다, 잔다, 자안다아. 잔다, 잔다아."

딸은 아버지의 노래를 계속 듣고 싶어서 정말 잠든 시늉을 한다. 속았는지 알았는지, 아버지는 오래오래 노래를 부른다.

빈손 없기 운동

전 국민 라면 나눔 캠페인과 체내 미세먼지 배출에 탁월한 녹차 마시기 캠페인, 지구 온도 1도 낮추기 운동과 푸른 하늘 만들기 운동에서부터 농촌을 개혁하여 국가발전과 인류공영을 목표로 모든 마을을 새로이 만들겠다는 범국민적 운동까지, 이 나라에는 소기의 목적을 달성하기 위한 크고 작은 움직임이 캠페인과 운동이라는 이름을 달고 다양하게 있어왔고, 동시대인의 이러한 활력적이고 의욕적인 흐름에 행여 뒤처질세라, 우리집에는 위대한 '빈손 없기 운동'이 있었다.

자고로 빈손 없기 운동이라 함은 1980년대 초반 무렵부터 시작된 가정 내의 개발 운동으로 이후 작가 최인훈 가족의 중요한 가풍 중 하나를 특징짓는 중요한 사건이다. 운동의 이름은 아버지가 직접 지었다.

어머니는 일찍부터 몸이 좋지 않았다. 내가 일곱 살쯤이었을 때, 디스크로 거동조차 어려워진 어머니를 앰뷸런스가 실어갔던 일이 있다. 급히 달려온 외할머니가 앰뷸런스에 동행한 것은 확실히 기억나는데, 나머지 식구들도 확실치는 않지만 모두 함께 병원에 따라갔던 모양인지 집에는 나만 남았다(앞에 밝힌 대로 수동식 대문을 잠글 사람 하나는 꼭 남아 집을 지켜야 했다).

정확히 말하면 집에는 북한산 꼭대기와 나만 남았다. 보통은 쪽문만

열고 드나들던 초록색 나무 대문의 큰 빗장이 풀린 채 활짝 열리고, 어머니와 가족들을 태운 앰뷸런스가 붉은 후미등을 깜빡이며 빠져나간 뒤에, 나는 혼자 남아, 가시지 않고 귓가에 남은 앰뷸런스의 사이렌 소리와 식구들의 웅성거림을 되새겨 들으며 마당의 간이침대에 혼자 앉았다.

TV 방송은 다섯 시나 되어야 시작할 참이었고, 집에 있는 책은 모두 외울 정도로 여러 번 읽은 것들뿐이었으며, 마땅히 할 것도 없는 데다 놀란 마음은 쉽게 가라앉지 않아서, 집에 들어가 가만히 앉아 있을 수 없었다. 그래서 마당에 나와 앉아 초록 대문에 앰뷸런스가 사라지던 잔상을 포개어보다가, 대문 위에 얹힌 북한산이 눈에 들어왔다.

수십 년이 지난 지금도 북한산 꼭대기는, 어 저거 북한산 아니야, 하는 식으로 어쩐지 꼭 구별해낼 수 있다. 불광동 집 마당에서는 북한산 정상이 높이 걸어놓은 사진처럼 정통으로 선명하게 보였다. 재미있는 일이 마땅히 없을 때, 마당의 초록색 간이침대에 누워 구름 지나가는 하늘이나 멀리 바라다보이는 산꼭대기를 구경하며 소일할 때가 많았던 것이다.

일광소독을 위해 침대 위에 하얀 면 홑청을 댄 솜이불을 널어놓기라도 했다면, 때가 여름날이기라도 했다면, 속옷만 입은 채로 버석거리는 이불을 비집고 들어가 반복된 마찰에 살에 멍한 느낌이 들 때까지 맨발로 이불을 이리저리 만지며 북한산 꼭대기를 구경하다가 이불을 덮어쓰고 잠이 들곤 했다.

이야기가 옆길로 샜지만, 그렇지만 원래 옆길로 샌 이야기가 더 재미있기도 한 법이니까 괜찮지 않냐고 생각하다가, 그래도 애초에 하려던 얘기는 마저 해야 하고, 옆길로 샌 이야기가 딱히 재미있는 것도 아니라 다시 처음의 맥락으로 돌아가자면, 아무튼 어머니의 건강 상태는 이미 매우 심각한 지경에 와 있었다.

어머니가 퇴원해 집에 돌아온 후, 어머니의 건강 문제로 비상사태에 돌입한 집안일의 공백에 대한 대책을 숙의하기 위하여 가족회의가 소집되었고, 엄마가 고비는 넘겼지만, 집안일을 몸 약한 엄마가 모두 맡아서 할 수는 없다, 앞으로는 식구들 모두가 엄마 일을 조금씩 나누어 도와야 한다는 요지의, 어조는 단호하고 담백하나 내용은 사랑인, 눈물겨운 아버지의 호소가 있었다.

주요 대책으로는 집안의 막내이면서 그동안 어머니의 집안일을 간간이 도와온 내가 집 청소와 설거지를 맡는 것으로 가닥이 잡혔으며, 아울러 온 가족을 대상으로 넓은 의미의 살림 분담 활동에 착수하기 위하여 근면·자조·자립정신을 바탕으로 한 '빈손 없기 운동'이 제창되었다.

실천방안은 간단했다. 그 추진방법은 집 안에서 자연스럽게 왔다 갔다 하는 발걸음 하나하나마다 눈에 띄는 일거리를 사뿐히 지르밟는 일이 없게 하는 것이다. 화장실 가려고 일어난 길에 눈에 들어오고 만 가득 찬 안방 쓰레기통을 비운다거나, 전화를 걸려고 거실에 나온 김에 한 구석으로 밀어놓은 찻주전자를 치운다거나, 물을 마시려고 부엌에 나온 차에 먼지 앉은 토스터를 한번 닦아놓는 식으로, 집 안에서 발걸음을 떼는 모든 순간마다 손 또한 쉬지 않고 무슨 일이든 쓸모 있는 집안일을 한 가지씩 해결하는 행동요령이었다.

무의식중에 혹은 계획적으로 집안일 처리를 거른 채 제 볼일만 보고 입을 씻을라치면, 어김없이,

"어, 빈손 없기인데, 지금 어물쩍 빈손으로 다니는 사람이 누구냐."

하는 아버지의 은근한 지적과 즉각적인 행동교정이 뒤따랐다.

이 운동의 결과는 두 가지 형태로 나타났는데, 첫째는, 일단 엉덩이

를 떼고 발걸음을 시작하는 순간 무엇이든 집안일을 한 가지씩은 해야 하니, 운동원(오빠와 나, 주로 나)들이 좀처럼 몸을 움직이지 않고 부동자세를 유지하려 하는 경우이고, 둘째는 운신이 부담스러워진 어느 운동원이, 다른 운동원이 움직일 때를 호시탐탐 기다리고만 있다가 마침내 결단을 내린 후 몸을 일으킨 특정 운동원들을 향해 "윤경아, 부엌에 '가는 길'에 물 한 잔만 갖다줘라"라든가 "오빠, 어차피 '가는 길'에 나 부엌에서 귤 몇 개만 가져다줘" 하는 양태로 급박하게 외치게 되는 경우였다.

이런 일들이 몇 차례 반복되다 보면 운동원들은 갈수록 '가는 길'을 되도록 가지 말고 국으로 가만히 있어야겠다 마음먹고는 부화뇌동의 자세로 자리를 지키게 되는 것이다.

그리하여 이 운동은 깨끗하게는 못할지언정 '먹고 난 그릇은 보이는 족족 물 설거지라도 해두고, 카펫의 먼지는 거실 전체는 아니더라도 보이는 대로 티끌 하나씩이라도 집어 버리며, 한꺼번에 바닥 전체는 아니어도 최소한 당신이 앉은 자리 주변은 티슈 한 장 꺼내 마른 걸레질을 해두는 아버지'라는 우수한 지도자의 헌신적 봉사를 기조로 하고서도 눈에 띌 만한 큰 성과를 거두지는 못했다.

그리고 이 운동은 이후까지 집안의 정신적인 힘이 되어 지금은 나의 두 딸을 괴롭히는 가풍으로 남았다.

머리 빗어주는 아버지

아버지가 머리를 빗겨주는 건 처음이었다. 어머니가 병원에 있었고 아버지가 내 유치원 등원 준비를 도왔는데, 이렇게 해서 제시간에 갈 수 있을까 걱정스러웠다. 허리까지 닿는 일곱 살 딸의 긴 머리를 빗기는 손길은 너무 조심스러워서 좀처럼 진척이 없었다. 위에서부터 머리를 빗기다가 다시 아래에서 엉킨 머리를 풀어보려고 애썼고 여기저기 엉켜서 새집처럼 뭉쳐 있는 머리카락에 빗을 꽂았다가 뺐다. 빗지 않고 머리를 묶어보려다 방울을 놓쳤다. 도저히 안 되겠다는 생각에 한참 망설이다가 그대로 두고 그냥 머리띠만 하고 가도 된다고 말했다. 아버지도 한참 망설이다가 그럼 그렇게 할까, 하고 말했다. 유치원 가는 길에 하늘색 플라스틱 머리띠 아래로 크고 작은 새집이 걸을 때마다 출렁거렸다.

숨을 구석

불광동 집에는 내 방이 따로 없었다. 갈현동 집으로 이사해 작지만 드디어 내 방이 생기자 나는 의자 달린 책상이 아닌 좌식 책상을 사달라고 졸랐다. 아버지는 "왜 다락방 판타지 같은 거니? 작은 방에 웅크리고 그런 거? 불편할 텐데."라고 했다. 내 방도 다락방도 불광동 집에는 없었지만, 비밀스러운 '구석'은 있었다. 아버지에게 그 구석이 어떤 의미였는지는 알 길이 없지만 나에게 그 구석은 다락방이었고 비밀의 공간이었다.

아버지 서재 방문을 열고 들어가면 왼쪽 벽 가운데에 우묵하게 들어간 작고 네모난 '구석 공간'이 있었다. 벽장 같은 구석 공간의 원래 용도는 알 길이 없다. 마른 체형의 초등학교 저학년 여자아이가 웅크리고 들어가 앉아 있을 만한 크기로, 입구는 흰색의 레이스 커튼으로 가려져 있고, 안쪽의 세 벽면에는 책이 쌓여 있었다.

달라진 시간과 공간의 느낌. 안에 들어가 앉아 커튼을 닫고 있으면 딴 세상에 와 있는 것 같았다. 그 안에서 잠들어버려 어머니가 한참 찾기도 했다. 가족도 누구도 나를 찾지 못하는 곳. 내가 거기에 있는지 남이 알 수 없는 곳. 아버지도 그런 곳에 숨어본 적이 있을까. 숨고 싶은 때가 있었을까.

'무슨 일이 있어도 다음날 아홉 시 사무실에 앉아 있는 당신이 능력자입니다'라는 광고 문구를 본 적이 있다. 소설가를 위시한 예술가란, 자고로 어느 한구석 불성실하고 나사가 빠진 모습이 자연스럽게도 여겨진다. 아버지는 이런 모습과는 거리가 멀었다. 오히려 무슨 일이 있어도 다음날 아홉 시 사무실에 앉아 있는 성실한 능력자에 가까웠다.

아버지는 '성실한 소설가' 가장이었다. 바깥출입을 즐기지 않는 성향으로, 다른 일 않고 집에서 글만 쓸 수 있기를 늘 소망했지만, 고정적으로 학교에 나가 가르치는 일에 열정을 다했고, 정년까지 마쳤다. 평생 아버지가 술에 형편없이 취해 제대로 흐트러진 모습도 본 적이 없다.

"예술가면 좀 일탈도 하고 그래야 하는 거 아닐까. 아빠는 너무 규칙적이고 정상적이라. 예술가가 이래도 되는 걸까, 윤경아?" 아버지가 내 겨드랑이를 간질이며 가끔 이런 농담을 할 때가 있었지만, 예술가치고 지나치게 정상적인 생활인으로 살아온 아버지의 시간은 어찌하다 보니 그렇게 된 우연이 아니라, 본인의 소신 때문이었다.

> 나는 결코 작가가 나쁜 일을 자유롭게 하는 자유를 가졌다고 생각하지 않습니다. […] 그리고 예술가는 제각기 다른 방식으로 자신의 예술을 만들어나가듯이 선행을 해야 하는 책임이 있습니다. 그래서 '제멋대로'라는 말은 '제멋대로의 방법으로 선행을 하라'라는 말로 바꾸어 말할 수 있습니다. […] 나는 기본적으로 이 사회에서 살고 있으니까 시민으로서의 최소한의 의무를 지키고, 그다음에 에너지가 좀 남아 있어 시작한 일이 예술가 · 과학자 · 연구자라고 생각합니다.
>
> —「기억이라는 것」 중에서[4)]

4) 최인훈, 『길에 관한 명상』(문학과지성사, 2010), 320쪽.

그렇다 해도, 아버지의 성실했던 직장생활을 생각하면 마음이 편치만은 않다. 직장도, 가족도 모두 찾지 못할, 혼자 숨어 생각하고 글을 쓸 어느 구석이 누구보다 필요했을 작가로서의 아버지를 생각해볼 때, 그를 구석에서 바깥세상으로 몰아 생활비를 벌어오게 한 책임이 있는, 심지어 우리 아빠는 왜 이렇게 집에 오래 있나 원망하며, 바깥에서 더 활발히 활동해 더 많은 돈을 벌어왔으면 했던 가족의 한 사람으로서, 마음이 갈수록 무거워진다.

데자뷰

"윤경아."

"네."

"데자뷰가 뭔지 아니?"

"네."

"기시감이라고도 하는데."

"네."

"전에 꼭 이런 일이 언제 있었던 것 같은 느낌."

"네."

"그게 정말 과거의 일일까?"

"……."

"시간을 꼭 연속된 거라고 할 필요가 있을까?"

"……."

"시간을 말이야, 영화필름처럼, 그 필름이 막 돌면 움직이는, 연속된 동작처럼 보이지만, 사실은 한 컷, 한 컷이 따로 개별적으로 존재하는 순간, 순간이잖아?"

"……."

"어렵니?"

"아니요."

"그러니까 우리가 느끼는 시간이라는 것도 그런 모양으로 생각하면."

"네."

"기시감이라는 것도, 진짜 한참 떨어진 과거로서의 과거가 아니라, 바로 요전의 한 컷, 어쩌면 현재에도 포함되는 그 컷을 과거로 인식하는 게 아니냐 하는 말이지."

"……."

"어렵니?"

"……."

"어렵구나?"

"……."

"그러니까, 우리가 과거에 이미 본 적 있다고 생각하는 그 컷이 실제로는 아주 미세하게 과거인, 어쩌면 현재인 과거라는 말이지."

"네."

"어렵니?"

"아니요."

불광동 집이 배경으로 생각나는 걸 보니, 초등학교 사 학년 이전의 일이다. 당시 나는 데자뷰가 무슨 랑데부와 비슷한 뜻인 줄 알았다.

〈줄에 묶인 개의 역동성〉, 자코모 발라
개별적으로 존재하지만 영화 필름처럼 연속되는 것이 시간이라는 아버지의 말을 떠오르게 하는 그림.

이태준 생가

'한국의 모파상'이라 불릴 정도로 단편소설에서 업적이 빛났던 상허 이태준은 독립운동에 참여하였으며 광복 후에는 월북하였다. 1988년 '납월북 작가의 작품에 대한 해금 조치'가 이루어지기 전에는 이 작가에 대한 언급도 삼가던 시절이 있었다.

때는 바야흐로 가만히 있어도 짜증이 나고, 옆에서 누가 이름만 불러도 짜증이 나고, 찬 바닥에서 등을 떼어 일어나는 것을 생각만 해도 짜증이 나고, 등을 떼어 일어나 어디 뜨거운 밖에 나간다는 것은 차마 생각에서라도 실현시키기 싫은 뜨거운 여름이었다.

"윤경아."

아버지가 내 이름을 부른다.

"……."

당연히 못 들은 척한다. 아버지가 저리 다정하게 내 이름을 부를 적에는 기어이 무슨 귀찮은 심부름거리가 생기고야 말 때가 많은 것이다.

"바쁘니?"

다가와 얼굴을 마주 대며 물을 때에는 모른 척할 수가 없다.

"……아니요."

바닥에 등을 대고 눈을 감았다 떴다만 하면서 한 다리를 꼬고 누워 선풍기 바람을 쐬는 자세를 하고서는 바쁘다고 핑계를 댈 수가 없는 일이다.

"그럼 아빠랑 어디 좀 가자."

"아빠……."

"응?"

"……."

더운데요. 너무 더운데요. 가만히 있어도 더운데 어디를요.

"더울까 봐 그러니?"

"……."

네.

"막상 나서면 그렇게 덥지 않지."

"……."

더워요. 막상 나서면 정말 더울 거예요.

"얼른 옷 입어라. 밤낮 생각만 하다가는 일을 못 치지."

아버지가 하기에 적당한 말은 아닌 것 같지만 나는 옷을 입으려 일어난다.

하얀 티셔츠에 허리에 주름이 가득 잡힌 하얀 치마를 골라 입었다. 급한 마음에 벌써 현관에 나가 기다리고 있는 아버지를 보니 흰 셔츠를 흰 바지 안으로 넣어 입은 차림이다.

"부녀가 나란히 어디 상가에 가는 귀신들처럼. 둘 중 하나는 바꿔 입지그래요들."

둘 중 어느 하나도 옷을 갈아입을 용기 따위는 내지 않는다. 이미 덥다.

흰옷으로 차려입은 부녀가 집을 나선다. 버스 정류장까지 가는데 벌써 등허리가 끈적하게 땀이 솟는다. 염천에 끌려 나온 마음은 영 즐겁게 되지를 않아서 아버지와 멀리 떨어져 선다. 기다리는 버스는 얼른 오지 않고 상관없는 차들만 자꾸 지나간다. 기억나는 정류장의 풍경과 당시 내가 입었던 옷, 불광동 살 적에 있었던 일이라는 단서로 짐작해볼 때 아마 내가 삼사 학년쯤, 그러니까 늦어도 1983년 혹은 1984년쯤의 일이다.

아버지의 뒷모습이 보인다. 아버지도 덥다. 아버지는 목덜미에 자꾸 손이 간다. 금방 닦아내도 새로 땀이 맺힌다. 아버지가 입고 있는 하얀 반팔 셔츠의 등판에 땀방울이 점점이 자국을 낸다. 나는 오직 아버지의 등만 쏘아본다. 딸의 원망하는 눈총 때문인지 버스를 놓치지 않으려는 생각 때문인지 아버지는 앞만 본다. 한 번도 딸을 돌아보지 않는다.

"윤경아!"

놀란다. 그러나 대답하지 않고 그냥 서 있다.

"버스! 어서!"

그렇게 버스를 타고 도착한 곳이 이태준 작가의 생가였다. 아버지가 집의 옛 주인에 대한 무슨 이야기를 해주었던 기억이 난다. 버스에서 내려 어떤 언덕길을 잠깐 걸었던 것도, 집 앞에 도착해 난데없는 한옥을 보고 의아했던 것도, 머리가 걸릴 만한 높이가 아닌데 아버지와 내가 그 집 대문턱을 넘으며 동시에 괜히 살짝 고개를 숙이다가 둘이 멋쩍어서 웃었던 것도, 그러면서 원망하는 마음이 풀렸던 것도 다 기억이 나는데, 아버지가 들려주었던 이야기의 정확한 내용만 도저히 기억이 나지 않는다. 말만 기억이 안 난다. 시간에 녹아 사라지는 말의 기운이라는 것이 그렇게 맥없다. 집주인에 대한 소개말로는 그저, 소설가, 집이 남아 있다, 그 두 마디가 기억에 있다.

사실 이날에 대한 기억이 확실치 않았다. 있었던 일이 확실치 않다는 게 아니라, 그날 그 집이 누구의 집이었는지 집주인이 헛갈렸다. 분명 '태'자가 들어가는 어떤 옛 문인의 집이었는데. 그렇게 헛갈려만 하던 중이었다. 그러다가 이 글을 쓰면서 자료를 보고 나서 기억이 제집과 문패를 찾았다.

성북구에 있는 '상허 이태준 고택'은 이태준이 월북 전까지 글을 집필한 집이고 서울특별시 민속자료 제11호로 지정되었다. 지금은 외증손녀가 이태준이 지은 당호인 '수연산방'이라는 이름으로 이 집에서 찻집을 운영하고 있다.

민속자료로 지정된 고택이고 현재 많은 사람들이 찾고 있는 까닭에 사진 자료를 찾는 일이 어렵지 않았다. 사진을 보자마자 그대로 그 자리에 서서 그 문턱을 넘던, 아버지에게서 그 현판에 대한 설명을 듣던, 턱을 넘어 마당에 섰던, 그 안채를 둘러보던 기억이 났다.

토요일이었던 걸로 기억하고, 집 안에는 식구들이 있었다. 방문을 열자 사람들이 누워서 TV를 보고 누워 있다가 우리를 보고 놀랐다. 미안해서 아버지가 얼른 다시 방문을 닫았다. 안내해주는 남자가 다시 방문을 열었다. 이번에는 식구들이 모두 벽 가장자리에 등을 붙이고 나란히 고쳐 앉아 있었다. 죄송합니다. 아버지가 말하며 방에 들어섰다,

> […] 미닫이와 들창도 다 갑창까지 들인 데다 벽장문과 두껍닫이에는 유명한 화가인지 몰라도 낙관이 있는 사군자며 기명절지가 붙어 있다. 밖으로도 문 위에는 추성각이라 추사체의 현판이 걸려 있고 양쪽 처마 끝에는 파랗게 녹슨 풍경이 창연히 달려 있다. 또 미닫이를 열면 눈 아래 깔리는 경치도 큰사랑만 못한 것 같지 않으니, 산기슭에 나붓이 서 있는 수각과 그 밑으로 마른 연잎과 단풍이 잠긴 연당이며 그리고 그 연당 언덕으로 올라오면서 무룡석으로 석가산을 모으고 잔디밭 새에 길을 돌린 것은 이 방에서 내려다보기가 기중일 듯싶었다. 그

> 런 데다 눈을 번뜻 들면 동편 하늘이 바다처럼 트이고 그 한편으로 훤칠한 늙은 전나무 한 채가 절벽같이 가려 서 있는 것이다. 사슴의 뿔처럼 삭정이가 된 상가지에는 희끗희끗 새똥까지 묻어서 고요히 바라보면 한눈에 태고가 깃들이는 듯한 그윽한 경치이다.[5)]
>
> — 이태준, 「까마귀」 중에서

고택의 건물과 뜰은 오붓하고 운치가 있었다. 작은딸에게 그림을 부탁하느라 고택의 마당 사진을 보여주고 나서 상허가 쓴 이 글을 함께 보여주니, 아이가 글과 사진을 번갈아 몇 번 살피다가 "둘러봤는데 이런 마당이 있으면 저런 글이 당연히 나오겠어요"라고 한다. 잘 보존된 작가의 생가는 여러 감흥을 준다.

집 곁으로 돌아서니 정갈한 돌담이 집을 둘러싸고 있었다. 담에 나붓하게 박혀 있는 돌 하나를 손으로 만지면서, 그 돌이 생긴 모양으로 가장자리를 따라 만지면서 아버지가 말했다.

"그럴듯하지?"

그럴듯한가. 이런 게 그럴듯한 거구나. 오래되면 그럴듯해지나. 돌 같은 것들이. 집 같은 것들이.

집 구경을 끝내고 나올 때는 한낮이 기울어 더위가 그만했다. 언덕길을 되짚어 내려와 이번에는 고택 근처의 버스 정류장에 섰다. 큰 나무 아래로 제법 선선한 바람이 간질간질 불었다. 집 구경을 하면서부터는 아버지 옆에 꼭 붙어 있었다.

"좋았지?"

---

5) 이태준, 『돌다리 외』(소명출판, 2016), 26쪽.

아버지가 내려다보며 말한다.

"네."

"담에 언제 또 오자."

"네."

한참이 걸려서야 집에 가는 버스가 왔다. 바람이 시원해 기다릴 만했다. 버스가 오자 아버지가 먼저 탔다. 뒤를 돌아 내게 손을 내밀었다. 아버지 손을 꼭 잡고 다리를 한껏 들어 계단을 디디고 버스에 올랐다.

아버지가 있으되 문패를 찾아야 할 이름 모를 장면들이 여전히 한가득이다.

갈현동 집

아버지는 늘 '마당이 넓은 집'에서 살고 싶어 했다. 제자들이 '하얀 집'이라고 불렀던 갈현동 집은 이런 바람에 부합했다. 묘하게도, 대문 밖에서는 이 넓은 마당이 조금도 보이지 않았다. 대문 밖에서 바로 보이는 것은 집의 뒷면이었다. 집은 남쪽을 향해 뒤돌아 앉아 있었다. 대문을 들어서면 이층집이 들어서 있고 집 옆, 대문 안에 자리한 주차장이 있었다. 그 집에 사는 동안 우리 가족은 차를 사지 않았기 때문에 주차장은 언제나 비어 있었고, 나는 거기서 줄넘기를 하거나 공놀이를 하며 놀았다.

주차장을 지나면 그제야 마당이 나왔다. 마당에는 나무가 많았다. 사과나무, 감나무 같은 과일나무도 있었고 모란과 벚꽃 같은 관상용 나무도 있었다. 마당의 한편에는 석등도 있었다(불이 들어오지는 않았다).

아버지는 첫눈에 그 집이 마음에 들었다고 했다. 먼저 갈현동에 살고 있던 이모네와 함께 그 집을 구경하러 가게 되었는데, 낮에 처음 집을 찾아갔을 때는 주인아주머니가 아예 집 보여주기를 거절하고, '나중에 주인 양반 주무실 때 다시 와보라'고 했다. 깜깜한 밤이 될 때까지 기다렸다가 다시 찾으니, 주인아주머니는 몸이 불편한 '바깥양반이 사람 드나드는 걸 싫어하니 얼른 보고 가라'며 집을 안내하고 보여주었다고 한다. 후에 아버지가 말했다.

"몰래 구경하는 금지된 분위기가 아-주 뭔가 집을 더 대단한 것처럼 말이야. 아주 비밀스럽게. 집을 꼭 더 사고 싶게 그랬다고. 그 아주머니가 아주 수완 있는 아주머니야. 집은 그렇게 파는 거지."

이사 전 처음으로 갈현동 집을 보러 갔던 날이 기억난다. 오빠와 나는 기대가 컸다. 며칠 동안 계속해서 '마당이 엄청나게 넓은 집'이라는 말을 들었던 것이다. 대문을 열면 마당 끝이 보이지 않는 과수원 같은 집을 상상했다. 그래서 막상 집을 보고 난 오빠와 나는 약간 실망했다. 오빠와 내가 생각보다 흥분한 기운이 없자 부모님도 약간 실망했다.

그 집은 추웠다. 옛날에 지어진, 기름으로 난방을 하는 2층짜리 단독주택은 열효율이 높지 않았다. 주로 손님이 오거나 너무 추운 겨울날에만 보일러를 틀었는데, 가끔씩 데워지는 난방관은 큰 효과를 내지 못했다. 그나마 카펫이라도 깔려 있는 거실과 달리 비닐장판이 깔려 있던 부엌 바닥은 아침 준비를 위해 디디는 첫발이 찌르르할 만큼 냉골이었다. 집 안에서도 식구들 모두 두툼한 옷을 입고 다녔다. 안방만은 뜨거웠다. 이 방 하나만 연탄을 땠기 때문이다.

추운 겨울에 학교에서 돌아오면 아버지는 항상 내 두 손을 서둘러 부여잡고 안방으로 데려와서, 아랫목에 깔아두는 이불 아래 나를 묻어두곤 했다. 이불 속으로 손을 넣어 꽁꽁 언 손과 발을 냉기가 가실 때까지 주물러주었고, 부지런히 비벼서 열을 낸 손바닥을 차가운 이마나 뺨에 대서 따뜻하게 녹여주었다. 눈 감고 푹 자라. 일어나지 말고. 아버지가 그렇게 말하며 한 손으로 눈을 감겨주면 나는 눈을 감고 두 시간이고 세 시간이고 아주 푹 잤다. 어둑한 저녁이 될 때까지. 잠이 깨면 뜨거운 바닥에 닿았던 몸 여기저기가 간질거렸다.

집에 아픈 사람들이 많았다. 그래서 몇 년간 안방의 연탄불은 내가 갈았다. 연탄집게를 능숙하게 다뤘고, 맨 위의 연탄이 어느 정도 타야 새 연탄과 바꿔야 하는지 잘 알았다.

가을이 되면 사람을 불러 추운 겨울을 날 수 있도록 나무를 싸야 했다. 나무를 싸는 일은 전문가가 했지만, 날이 풀려 나무를 싼 지푸라기를 해체하고 정리하는 일은 아버지가 했다. 그 일을 끝내고 난 후 하루이틀은 몸살로 기운이 떨어졌다. 나머지 식구들은 마당 넓은 집 노래를 하시더니, 하고 말했다.

얼마 전 초등학교 친구와 저녁을 같이 먹었다. 옛날에 살던 집에 다녀왔는데 너무 그대로라서 이상한 기분이 들었다는 말을 했다. 나에게는 찾아갈 옛집이 없으니 그런 기분은 느껴볼 기회가 없다.

아버지의 제자들이 '하얀 집'이라고 부르던 갈현동 집은 내가 결혼하고 얼마 되지 않아 팔려서 헐렸다(아마 이 시기쯤이라고 생각하나 기억이 정확하지는 않다). 그 자리에 다세대 주택이 들어섰다는 신문 기사를 읽고 나서는 그만 마음이 서글퍼져서 옛 동네에 찾아가볼 흥미도 사라졌다.

'존재가 부재의 방식으로 나타난다'라는 레비나스의 말은 이 경우에 적용되지 않았다. 텅 빔의 가득참이나 침묵의 중얼거림 같은 정서적 사건은 갈현동 집에는 해당되지 않았다. 없는 집은 그냥 없는 집이고 헐린 것은 그냥 헐린 것이다. 물리적 공간이 사라졌으니 그 공간에 대한 기억과 소회가 더 아쉽고 귀하게 남는다고 해석하려고 노력해봐도 아쉬운 마음은 어쩔 수 없었다.

집이 팔리고 나서 얼마 되지 않아 집장사에게 팔린 갈현동 집에 대한 기사가 났다. 노작가가 집필했던 집이 집장사에게 팔려 허무하게 헐렸다는 안타까움을 담은 기사였는데, 가족들이 새로 이사 간 아파트에서 함께 그 기사를 보며 기자 이상으로 안타까워했음은 짐작할 만한 대로다. 아버지가 돌아가신 후에는 허물어진 갈현동 집에 대해 안타까운 마음이 더했다. 지금은 그 안타까워하던 기사도 찾을 수 없어 최근의 뉴스를 인용한다.

> 우리 문단의 거목이라고 할 수 있는, 『광장』의 작가 최인훈 선생이 어제 향년 여든네 살로 타계했습니다. 이런 소식이 들릴 때면 큰 작가의 생가라든지, 평생 집필 공간이라든지, 이런 귀중한 문화유산이 남아 있지 않다는 게 아쉽습니다.
>
> 최인훈 선생이 20년 넘게 집필 공간으로 썼던 서울 은평구 갈현동 이층집은 벌써 오래전에 철거됐습니다. 당시 건축업자 손에 넘어간 그 집은 다세대 주택이 들어섰습니다.
>
> 마당 가득했던 감나무, 모과나무, 떡갈나무, 그 사이에 적당한 키로 서 있던 관목들, 제자들이 '하얀 집'이라고 불렀던 그 유산은 결국 기념관이 되지 못했습니다. 우리의 문화적 현주소를 돌아보게 됩니다. 사랑해주신 여러분, 고맙습니다.
>
> —〈김광일의 세상칼럼〉 2018년 7월, '최인훈의 하얀 집'

이제는 불광동과 갈현동의 두 집 모두 현실에는 남아 있지 않으므로, 기록으로나마 남겨두고 싶은 마음에 긴 글을 적게 되었다.

눈과 아버지

헤쳐진 일 없이 고스란한 눈을 보면 아버지가 생각난다. 갈현동 집은 넓은 마당에 나무가 많은 집이라 아버지의 바람대로 사계절이 다 정취 있고 보암직했다. 그중에서도 흰 눈이 마당을 가득 덮은 겨울의 풍경은 한결 다른 차원이었다. 크고 작은 나무들이 마당 가득 눈을 두텁게 얹고 하얗게 서 있었다. 흰 눈이 모든 소리를 삼킨 것처럼 고요하고 아름다운 풍경이었다.

그러나 집 안은 고요하지 못했다.

"아유, 무슨 소리예요. 사람은 다녀야지. 다니는 길만 내가 조금 치울게요."

"그 위로 조심해서 다니면 되지. 저걸 어떻게 치우나. 저렇게 보기 좋은걸. 그냥 좀 둬요. 치워도 나중에 치우든지."

"나중에 치우려면 눈이 다 얼잖아요. 그게 얼마나 힘든데. 그럼 당신이 치워요, 나중에!"

새 눈이 쌓인 아침이면 눈을 치워 사람 다닐 길을 내자는 어머니와 심미적 효용을 더 중시하여 그냥 두자는 아버지 사이에 한 치도 변함없이 같은 모습으로 반복되는 실랑이가 벌어졌다.

눈 위에 어지러운 발자국을 내는 것도 허락되지 않았다. 눈사람을 만드는 것도 마찬가지였다. 아깝고 보기 좋은 눈을 헤집어놓으면 안 되기 때문이다. 그러면 집 밖으로 나가 골목에 쌓인 눈을 쓰면 될 일이지, 그날 내 안에서 어떤 역심이 발동한 건지 모르겠다.

밤사이 함박눈이 내렸고 아버지가 아직 기상 전이라는 사실을 확인한 순간, 나는 옷을 입고 마당으로 나갔다. 눈을 굴리기 시작했다. 포슬포슬한 그날의 눈은 뭉치기에 딱이어서 눈덩이는 금방 커다래졌다. 이상한 느낌을 받은 것은 한참이 지나 큰 눈덩이 위에 머리가 되는 작은 눈덩이를 얹을 즈음이었다.

아버지가 거실 통창 너머에서 눈사람을 만드는 나를 지켜보고 있었다. 언제부터 저렇게 보고 계셨던 걸까. 갑자기 패기가 사라져버린 나는

눈코입 없는 눈사람을 남겨두고 조용히 집으로 들어왔다.

이날이 유독 기억에 남는 이유는 사진 때문이다. 당시에 어머니는 내가 눈사람 만드는 사진을 찍어주려고 마당에 나왔다가 못마땅한 표정으로 모든 사태를 지켜보고 있는 아버지를 발견했다. 그리고 어머니가 찍은 사진 한 장이 남았다.

와과의 현실

[…] 우리는 흔히 '한국과 세계'라고 한다. 이 말은 잘 뜯어보면 보기처럼 아무렇지 않은 것은 아니다. '과'로 이어놓았으니 그 양쪽에 있는 '한국'과 '세계'는 마치 '돌과 나무' 할 때의 '돌'과 '나무'처럼 갈라놓을 수 있는 무엇처럼 알기 쉽다.

그런데 '세계' 안에는 '한국'이 벌써 들어 있으므로, 그런 '세계'에 '과'라는 말로 붙여놓은 '한국'은 정말 없는 것이다. 그러니 '한국'과 '세계'라는 말은 정말은 쓸 수 없는, 뜻 없는, 또는 틀린 말이다. […]

[…] '과'와 '와'를 잘못 쓰는 일에 조심하지 않으면 그야말로 나라'와' 겨레에 큰 탈을 만들 것이다.

—「'와'와 '과'」 중에서[6]

얼른 듣기에 아무렇지 않은 말이 아버지가 '잘 뜯어보면' '큰 탈'이 되었다.

이 '잘 뜯어보는' 인식론적이고 추상적인 현실에 한번 잘못 발을 들이게 되는 날에는 이 글이 어떠냐는 아버지의 물음에 아무렇지 않게 "좋은

---

6) 최인훈, 『유토피아의 꿈』(문학과지성사, 2010), 233쪽.

것 같아요"라고 했다가 "좋으면 좋은 거지, 같은 건 뭐냐. 좋은지 아닌지 네 생각도 똑바로 말 못 하냐."라는 추궁으로 눈가가 촉촉해지게 면박을 당한다거나, "사람들이 그걸 많이 좋아하더라고요"라고 했다가 "이랬더라고요, 저랬더라고요, 하지 말고 이랬어요, 저랬어요, 하고 말하란 말이다."라는 말과 함께 번개의 섬광과 같은 아버지의 눈초리를 마주하게 된다거나, 지적을 깜빡 잊고 또다시 신나서 지껄이던 어느 말끝에 다시 "참 예쁜 것 같아요" 했다가 벼락과 같은 아버지의 호통이 폭우처럼 쏟아지게 된다.

"절대로 ~할 거예요"라고 맞지 않는 호응을 사용한다거나, '라든지'를 '라던지'로 틀리게 말하고 난 후에는 막 '나라와 겨레에 큰 탈'을 만들고만 것처럼 고개를 들 수가 없고 방망이질하는 심장을 가눌 길이 없게 된다.

호통의 당사자도 같은 글에서, '목숨을 조금씩 갉아먹는 연기를 뿜는 자동차라도 쓸 수밖에는 없는 것이 사정인 것처럼'이라고 어느 정도 여지를 두기는 하였으나, 아버지 앞에서 '어법상으로는 틀렸지만 심정적으로 감정을 표현하는 어떤 태도를 나타낸다는 점에서 일정 수준 허용해줄 수는 없는 것이냐'라는 호소 따위는 나오질 않고, 그저 엄동설한에 진땀이 나고 삼복더위에 오한만 나는 것이다.

앞서 '두 가지 현실'에 대해 말한 바가 있다. 추상적 현실은 종종, 자주, 구체적 현실의 발목을 잡는다. 추상적 현실의 차원에서 '어법에 맞지 않는 언어의 사용'이라는 민족적 중죄를 지어 불호령을 맞고 나면 구체적 현실에서는 한동안 아버지를 피해 다니게 된다.

그러면 또 이 아버지는 서운해진다.

"요즘 수상한데. 윤경이가 왜 이렇게 슬슬 아빠를 피해 다니는 것 같지?"

얼굴 가득 미소를 담은 채 발바닥을 간질이고 따뜻한 유자차를 끓여서 코앞에 들이댄다고 해도 나의 결심은 굳다. 흡사 동료의 행방을 절대로 불지 않기로 한 투사처럼 이 부정한 유혹에 절대 굴복하지 않으리라 더욱 마음을 다진다. 아 아 그러나.

TV를 보던 아버지가 채널을 돌리다 딸이 좋아하는 프로그램이 막 시작했음을 알게 된다. 딸의 기색을 곁눈으로 한번 슬쩍 살피고 슬그머니 딸에게 리모컨을 내민다. 딸은 번뇌한다. 이쯤에서 타협을 해야 할 것인가. 딸의 나이는 방년 17세. 가요순위 프로그램에 한창 미쳐 있을 때다. 좋아하는 가수가 화면에 등장하고야 만다. 심지어 '오늘의 특별 엠시'를 맡아 프로그램을 진행한다. 토크를 시작한다. 아아.

못 이기는 척하고 리모컨을 받아들고 입이 헤벌어지며 본격적으로 화면에 넋을 놓으려 하는 찰나, 느껴지는 시선. 아 이런, 뭔가가 또 잘못되었구나. 순간의 선택이 또다시 추상적 현실에 덫을 놓는다.

아버지의 시선이 내 티셔츠에 꽂혀 있다.

"윤경아."

"……."

TV 시청에 홀려 못 듣는 척이라도 해본다.

"윤경아!"

아버지는 포기하는 법이 없다.

"……네?"

처음 듣고 놀라는 연기.

"그게 무슨 뜻인 줄 아냐?"

"뭐가요……?"

"그 네 옷에, 앞에 쓰인 말이 무슨 뜻인지 아느냔 말이다."

티셔츠를 내려다본다. 무슨 말인지 알 턱이 없다. 영어라면 어떻게든 한번 해보겠는데. 내 옷에는 왜 불어나 라틴어로 된 문구가 그렇게 많았던 걸까. 나는 고등학교 때 제2외국어로 독일어를 선택했다. 당시 독일 통일의 환희에 도취되어 미래에는 독어가 불어를 제치고 점점 힘을 받을 거라는 전망 때문이었는데 결과는 뭐, 그랬다. 티셔츠의 레터링으로 독일어 문구를 보았던 기억은 없다.

"……."

"최소한 제 옷에 무슨 말이 쓰여 있는지 알고는 입어야지."

아버님, 그것은 '최소한'이 아니라 너무나 '최대한'으로 사는 것입니다. 저는 그저 '예쁜 것 같아서' 이 옷을 고른 것뿐입니다만.

추상적 현실은 자주 구체적 현실의 발목을 잡는다. 추상적 현실의 차원에서 티셔츠에 새겨진 라틴어 문구에까지 이르는 범위로 세세하게 지적을 받다 보면, 옷가게에 가서 거르는 옷이 많아진다. 가슴팍에 한가득 쓰여 있는 외국어 문장을 새기다가, 혹시 철자가 틀리지는 않았는지 점검하다가 에라이, 그냥 다시 제자리에 걸어놓게 된다.

추상적 현실은 구체적 현실의 발목을 잡는다. 2018년 봄, 아버지는 병을 진단받고 일산의 병원에 입원하게 되었다. 남편, 아이들과 함께 병상에 누운 아버지를 처음 보게 된 날, 남편도, 나도, 아이들도, 선뜻 먼저 시작할 말을 찾을 수가 없었다. 아버지는 콧줄을 끼고 있었으며 손등에 덕지덕지 붙은 의료용 테이프에서 뻗어 나간 줄들은 세 줄로 파동을 그리고 있는 모니터에 연결되어 있었다. 천천히 눈을 떴다가 감았다가, 초

점을 맞추려 애쓰던 아버지가 우리를 알아보았다.

아버지의 시선이 한 곳에 고정되었다. 링거 줄이 꽂혀 있는 손을 어렵게 들어 두 번째 손가락만 남기고 나머지 손가락은 접은 후에 그곳을 가리킨다. 우리는 무슨 뜻인지 잘 이해하지 못한다.

답답해진 아버지가 팔을 도로 접어 자신의 가슴팍을 쿡, 쿡, 찌른다. 나는 비로소 알아듣는다. 아버지가 어렵게 입을 동그랗게 모아 소리 없는 말을 한다.

무슨 뜻.

큰딸아이에게 하는 말이다. 아이가 알아듣지 못한다. 내가 설명해준다.

"혜규야, 티셔츠에 쓰인 말 무슨 뜻인 줄 아냐고."

아이의 티셔츠에는 불어로 커다랗게 'étoile'라고 쓰여 있다. 고등학교 3학년인 아이는 중국어를 제2외국어로 선택했지만, 내가 누군가. 추상적 현실에 발목 여러 번 잡혀본 사람이다. 나는 이미 아이에게 그 티셔츠에 적힌 단어의 뜻이 무언지 아느냐고 추궁한 바 있다. 아이가 자신 있게 대답한다. 네, 알아요. '별'이라는 뜻이에요. 아버지가 희미하게 웃는다.

추상적 현실은 구체적 현실의 발목을 잡는다. 나는 이제 그 티셔츠를 입은 아이를 오래 쳐다보지 못한다. 'étoile'라는 단어를 보면 주책스럽게도 목부터 울음이 찬다.

별 보기

5년쯤 전의 일이다. 아버지는 포기하지 않았다. 쉽게 결심하지도, 일단 결심한 것을 쉽게 단념하지도 않았다. 그래서 남편의 이마에서는 연신 송글송글 땀이 솟고 있었다.

별을 보러 나선 길이었다. "어디 별이 쏟아질 것처럼, 응? 많이 보이는 데로 좀 가서 봤으면 좋겠는데"라는 한마디에 남편이 운전대를 잡고 출발한 길이었다. 하지만 인공조명의 위력은 강원도 산골의 구석까지 대단했다. 꾸불꾸불 산골을 헤치고 들어가도 밤은 환했다. 길이 아닌 곳을 운전해 막다른 데에 다다라도 밤은 환하기만 했다. 집에서 보던 별자리의 모습과 별다를 게 없었다.

별이 많이 보일까 해서 찾아갔다가 돌아 나오는 일이 몇 번이나 반복되고 헤매고 다니며 허탕을 친 지가 벌써 한 시간이 넘어가고 있었지만, 아버지는 그만하면 됐다는 말이 없었다. 그러는 동안 때로 반짝이는 것은, 별이 쏟아지는 터를 찾지 못해 큰 죄인 모양을 하고 쩔쩔매고 있는 남편의 이마에 맺힌 땀방울들뿐이었다. 여행의 나머지 일정 내내 남편은 가는 곳마다 "아 여기를 밤에 왔으면 별이 좀 보였을 텐데" 하고 내 귀에 대고 아쉬워했다.

별을 찾는 여정은 끝이 보이지 않았다. 보다 못해 어머니가 나섰다. "아유 이 서방 고생 그만 시켜요. 나 배도 고프고. 여기서 대강 보고 이제 밥 먹으러 갑시다." 결국 절벽 비슷한 어느 막다른 길에서 '대강' 별을 보는 것으로 길은 마무리되었다. 피식 웃으며 "여기도 별이 썩 많이 보이지는 않는구나" 하는 아버지의 한마디와 함께. 아버지는 좀처럼 빈말이 없었다.

가끔 걷다가 밤하늘을 보게 되고 아파트 단지 위에서 가까스로 빛나고 있는 별 몇 개를 찾으면, 몇 광년을 건너서도 온다는 별빛처럼, 피식하던 그 얼굴이 반짝, 한다.

문학과 수학

"윤경아."

"네."

"요즘 수학이 어떠냐?"

"……."

"재밌나 하는가 말이다."

"네……."

"미적분은 배웠나? 미분, 적분."

"네……. 미분은 끝났고 지금 적분 개념 배우고 있어요."

"오 그래. 그럼 잘 됐다."

"네?"

"이거 공식 하나 만들어봐라."

주섬주섬 메모해둔 종이를 건네신다.

"이게 뭐예요?"

"이게 인간과 시간과 기억의 관계를 도식으로 나타낸 건데. 이걸 미분이나 적분공식을 사용해서 표현해볼 수 있겠니? 할 수 있을 것 같은데."

아버지가 할 수 있을 것 같다고 생각한 다음에는 어떻게든 해내야 한다.

> […] 그런 갈등은 조금 있어요. 우리 학급에 상당히 총명한 학생이 있어서 '정말 문학을 가르칠 수 있다고 생각해서 가르치느냐'라고 물은 적이 있어서 대답이 상당히 궁색했었는데, 그 당장에는 그렇게 썩 명쾌한 대답을 못 해줬습니다. […]
>
> […] 좋은 교사가 되기 위해서는 많은 노력을 해야 될 것 같습니다.
>
> —「변동하는 시대의 예술가의 탐구」 중에서[7]

아버지는 문학을 도식화, 공식화하기 위해 많이 노력했다. 짐작하기에 그 첫째 이유는 위의 인용 글처럼 문학을 학생들에게 가르치는 과정에서 필요했을 테고, 둘째 이유로는 머릿속에서 합리적인 체계로 납득이 되어야 답답함이 풀리는 천성이 있었을 것이다.

미적분을 배우면 리미트와 시그마로, 함수를 배우면 방정식으로, 예술과 인간과 기억과 시간에 대한 공식을 만들라는 주문이 있었다. 그런데 생각보다 어렵지는 않았다. 애초에 예술 이론이나 수학 이론에 대한 별 깊이 있고 방대한 지식 따위가 없었기 때문에 일은 오히려 간단했다.

선무당이 사람 잡는다지만 내가 엉터리 공식 몇 개 만든다고 큰일이야 나겠는가. 나는 잠깐씩 당혹스러운 주문에 곤란해하다가, 아버지가 불러주는 문학과 예술에 대한 통찰을 대충 되새겨보고 나서, 리미트와 시그마, x와 y와 제곱근, 거기에 완만한 산을 이루는 쌍곡선들을 적당히 버무려, 시간이 무한히 영원에 가까워질 때 인간 x는 한없이 기억에 수렴한다거나 x라는 인간이 예술이라는 상수를 만날 때 그의 기억은 '…한' 지점에서 변곡점을 만들게 된다는 식의 되도 않고 성의도 없는 공식

---

7) 최인훈, 『길에 관한 명상』(문학과지성사, 2010), 64쪽.

을 아무렇게나, 그야말로 마구잡이로 만들어서 노트에 적은 후에 페이지를 쭉 찢어서 아버지에게 내밀었다.

아버지는 때로 마음에 들어 하고, 때로는 너무나 속도감 있게 만들어진 공식이 적힌 종잇조각을 들여다보며 의심했다.

"이렇게 하면 되는 거냐?"

"네."

"너무 간단한데."

"공식으로 만들라고 하셨잖아요. 공식은 원래 간단하죠."

속으로는 나도 긴가민가 싶지만, 나로서는 최선이기도 한 데다 귀찮기도 하기 때문에 강경한 입장을 취한다.

"그러니까, 이렇게 되는 거란 말이지."

"네, 맞아요."

이쯤에서 얼렁뚱땅, '나는 지금 수학 숙제 때문에 몹시 바쁘기 때문에 더 이상은 이렇게 낭비할 시간이 없다'는 투로, 수학 교과서나 문제집 따위를 신경질적으로 이리저리 펼치고 있으면, 수학 앞에서 한없이 약해지기만 하는 아버지는 몹시 미안해하면서 퇴장하게 된다.

"호오…… 그래. 수고했다."

아버지는 수학을 못하지 않았다. 하지만 피난을 나오면서, 진도에 공백이 생기는 과정에서 어쩔 수 없이 수학 공부에 구멍이 생기게 되었다. 아버지는 이 일을 두고두고 안타까워했다. 다른 과목만큼 '천재적' 혹은 '영재적'으로 잘하지 못했달 뿐이지 사실 수학을 못한 것도 아니었으면서.

"영어는 남한에서 처음 시작해도 금방 따라잡을 수가 있었는데. 그전에는 러시아어를 배웠고. 수학은, 한번 흐름을 놓치니까 그만 어렵게 되어버린 거지. 수학을 제대로 공부하면 사람이 아주 구조적으로 분명하게 생각할 수 있어. 그러면 평생 힘이 될 거다. 꾸준히. 한번 놓치면 어렵게 되니까, 응?"

열심히는 몰라도 꾸준히는 했다. 하지만 처음 접하는 고등학교 수학은 어려웠고 어려우니 흥미도 성적도 떨어졌다. 고등학교 입학하고서 처음 성적표를 아버지께 보여드렸을 때 수학 성적이 50점 만점에 16점이었다.

> 선생은 내 답안지를 마치 똥이라도 만지는 것처럼 손에 들고 있었다.
>
> —『호밀밭의 파수꾼』 중에서[8]

아버지가 성적표를 한번, 내 얼굴을 한번 들여다보더니, 뒤를 돌아 어깨너머로 성적표를, 바닥에 버렸다. 얇은 종잇장이 나폴나폴 나비처럼 허공에 나부끼다가 카펫 바닥에 사뿐히 내려앉았다.

그래도 계속 꾸준히 했다. 2학년 때 수학 선생님의 지도로 나는 수학에 재미를 붙이게 되었고 2년 후 대입 학력고사에서 수학 과목 만점을 받았다. 아버지가 누구보다 기뻐했음은 짐작할 만한 일이었다.

---

8) 제롬 데이비드 샐린저, 『호밀밭의 파수꾼』(민음사, 2001), 22쪽.

문학과 영어

이렇게는 아니지 않은가.

문학과 가장 먼 것을 고르겠다는 생각이었다. 아버지와 비교되는 것도 그 이름에 먹칠을 하게 되는 것도 싫었다. 그러나 어쩌다 보니 나는 영문학을 전공하고 있었다.

나는 이미 아버지의 이름에 먹칠을 한 바가 여러 번 있다. 고등학교 2학년, 1학기 기말고사 성적이 나온 후였다. 학교를 밥먹듯이 결석한 것도, 수업을 멋대로 빠진 것도, 시험을 거부한 것도 아니었다. 한다고 열심히 준비했는데도 지난 시험에 비해 등수가 여러 등급 떨어졌다.

담임 선생님도 아닌 교과 선생님이 수업 후 나를 복도로 따로 불렀다. 당시 해가 들지 않아 어둡고 급히 화장실을 다녀오는 친구들로 시끄러웠던 복도와, 출석부를 가슴에 안고 있던 작은 키의 선생님 이미지는 선명한데, 어느 과목 선생님이었는지는 '어떻게 해도 기억이 나지 않는다'라고 일단 적는다. 나는 이 선생님이 밉지 않다.

"무슨 일 있었니?"

"아니요."

"근데 성적이 그렇잖아."

"……."

"네가 이러면 아버지 이름에 먹칠을 하는 거야. 알고 있지?"

모르고 있었다. 거기까지 거슬러 올라갈 만한 일이라고 알고 있지는 않았다.

이 일로 상처를 받지는 않았다. 한 가지 이유는 선생님의 애정이 느껴졌기 때문이다. 선생님은 진정으로 따뜻하게 안타까워하고 있었다. 나의 성적을, 내 아버지 이름에 시커멓게 먹이 칠해지고 있는 작금의 사태를 진심으로 걱정하는 눈치였다. 악의로 느껴지지 않았다.

상처를 받지 않은 다음 이유는, 내가 책임감을 느끼고 감당해야 할 질책으로 여겨지지 않았기 때문이다. 아버지의 명성에 내가 그런 식으로 책임져야 할 것 같지는 않았다. 어른이, 더군다나 선생님씩이나 되어서 학생을 그런 이유로 힐난한다는 것은 부당하다고 생각했다.

하지만 부끄러웠다. 복도를 오고 가는 아이들이 모두 한 번씩 벌 받듯 선생님과 마주서 있는 나를 쳐다보고 지나갔다. 여럿이 지나가며 서로 귓속말을 주고받기도 했다. 내 잘못이 아니라는 말을 표정으로 한껏 어필하고 있었지만 이런 상황에서는 그런 태도가 더욱 웃음거리가 된다.

불편하다고도 생각했다. 아버지와 연관되어 평가받는다는 일이. 굳이 그렇게 살 필요가 있겠는가.

나는 예나 지금이나 천성이 아주 경박하고 즉물적이며 돈을 좋아한다. 한마디로 속물이다. 맛있는 것이 좋고 예쁜 것이 좋다. 추운 것, 더운 것, 힘든 것에 참을성이 적어 아무리 고매한 의미가 있더라도 가뿐히 제쳐둘 수 있으며 거의 언제나 고생을 덜 하는 쪽을 선택한다.

비싼 것이 제값을 할 때가 많다고 믿는다. 하물며 '싼 게 비지떡'의 비지떡도, 돈을 좀 더 주고 껍질뿐 아니라 속 알갱이까지 함께 갈아 만든 비지를 사면 훨씬 고소하고 맛있다는 생각부터 든다. 그렇게 생각하는 것이 맞다는 게 아니라 그냥 내가 그런 선택을 하는 좁고 얕은 사람이라는 말이다. 다만 남에게 폐는 되도록 끼치지 않도록 살피고 조심하려 한다.

역사에 대한 깊이 있는 지식이 없고 사회사상에 대해서도 잘 모른다. 한 시대를 풍미한 철학 사조도, 철학가의 이름도, 그들이 남긴 어록에 대해서도 아는 것이 적다. 역시 그래서 잘했다는 것이 아니라 그저 나라는 사람이 그것밖에는 안 된다는 것이다. 나는 좁고 얕고 즐겁게 살고 싶었다.

천성과 현황이 이러할진대, 문학과 나는 당연히 어울리지 않는 조합이었다. 문학을 하는 사람들은 '철조망이나 시멘트 벽 쪽을 골라 사는 사람들'이다.[9] '세상의 가난은 왜 사라지지 않는가' 하는 문제가 자신의 다음 끼니 메뉴보다 궁금한 사람들의 영역.

아버지는, 내가 아버지를 이어 글 쓰는 사람이 되기를 바라는 마음을 전하다가, "어렵고 복잡한 얘기는 아빠가 많이 했으니까, 윤경이는 이담에 그냥 쉽고 재미있는 글만 쓰면 되지"라고 말한 적이 여러 번이었다. 무슨 마음이었을까 아버지는. 딸의 깊이 없는 뇌 속 풍경(속물적 성향이라는 추상적 현실)을 일찍이 간파해버린 걸까. 아니면 진심으로 딸이 즐거운 글을 쓰며 사는 삶을 살기를 바란 걸까. 즐거운 글이라는 것이 가능하기는 한 걸까.

그림을 그리는 사람이 되어볼까 했었다. 화실을 다닌 지 한 달 정도 후에 화실 선생님이 집으로 전화를 걸었다. "따님이 미술에 소질이 있어요. 본격적으로 시켰으면 해서 전화 드렸습니다." 부모님은 자고로 '화가'라는 직업은 타고난 천재들을 위한 진로라고 했다. 나는 천재까지는

9) 최인훈, 『광장』 일본어판 서문 참조.

아니었다. 이 일은 어머니가, "아니에요, 우리 윤경이는 몸이 약해서 공부랑 미술 둘 다는 못합니다"라고 대답하고 화실에서 쓰던 미술도구 일체를 챙겨 나오는 것으로 일단락되었다.

다음으로 디자이너가 되고자 했다. 그림을 그리지 않고 공부만으로도 의상학과에 진학할 수가 있다는 것이었다. 하지만 역시 끊임없는 방해 공작이 뒤따랐다. 부모님은 이 진로를 택했을 경우에 가능한 암울한 경우의 수를 다채롭게 제시했다. 막상 대학을 졸업해도 연줄이 없으면 취직이 하늘의 별 따기라더라, 어렵게 취직을 해도 한동안 육체노동에 가까운 일을 견뎌야 한다더라, 하는.

천성적으로 고난을 두려워하는 속물인 데다가, 불안도가 높고, 부모의 뜻을 거스를 만한 용기도, 무엇을 반드시 이루고 말리라 하는 패기도 없으며, 이과 수학 성적이 만족할 만큼 나와주지도 않아, 고등학교 3학년에 올라가면서 자연스럽게 문과로 전과를 하게 되었다. 당시 내가 희망하던 의상학과는 이과계열 학과로 분류되어 있었으므로, 그쪽으로의 진로는 또 자연스럽게 정리되었다.

문과로 계열을 바꾸고 나니, 가고 싶은 학과가 정말이지 하나도 없었다. 그야말로 어느 전공을 택하든 다 싫었기 때문에 반대로 아무 전공이나 택해도 상관없어 뭐, 하는 상황에서 당시에는 인문계열에서 취직에 가장 유리한 학과가 영어영문학과였다. 영문과에 가겠다고 밝혔을 때 아버지의 입가에서 참지 못하고 새어 나오는 묘한 웃음이 꺼림칙하기는 했지만 그런가 보다 했다.

대학에 입학해 세 번째 전공 시간에, '영미소설의 이해'라는 강좌를 맡고 있던(제목이 정확하지 않을 수도 있다) 은발이 근사했던 노교수가 돌연 강의를 멈추고 말했다. "여러분은 빨리 진로를 결정하라고. 내가 외국계 은행을 갈 건지 문학을 할 건지." 아마 문학에는 일말의 관심과 이해도 없이 강의실을 채우고 앉아 있는 학생들을 놓고 문학 강의를 하자니 영 의욕이 나지 않았던 것 같다.

은행인지는 몰라도 문학은 확실히 아니지요. 속으로 그렇게 말했다. 나는 영문학이 아니라 생활기술로서의 영어를 내 길로 택했다.

그러나 아버지는 내내, 생각보다 훨씬 장기적인 계획으로 다른 셈을 하고 있었다. 이 음모의 전말은 대학 입학 후 첫 방학식을 마치고 집에 돌아온 그날부터 밝혀지기 시작한다. 화가는 타고난 천재들이 되는 것이다, 잘 만들어진 옷을 사서 입으면 되지 네 손으로 만들 필요까지 있겠는가, 하고 말하던 속마음은 따로 있었다.

똑똑. 노크 소리가 들린다.

"윤경아."

나는 숨소리를 죽인다. 기척이 날까 봐 몸을 움직이지 않는다. 확률은 반반이다. 아버지가 포기하고 돌아가거나 문을 열거나. 아, 문이 열린다.

"……네."

자느라 못 들은 척하는 연기는 이미 수준급이다.

"방학했다고?"

"네."

"그래 학교 다니느라 고생했다."

"네."

"그럼 시간이 좀 있지? 이제 아무래도."

"……."

"이거 한번 읽어봐라."

영어로 된 책이었다. 앞표지에 'The Catcher in the Rye'라고 적혀 있었다. 'rye'가 뭔지도 알지 못했다. 암울한 방학이 시작되었다는 것도 알지 못했다. 고난은 그렇게 시작되었다. 이건 아니지 않나. 하루에도 열두 번씩 입술을 깨물었다.

아버지의 추천도서 1

『호밀밭의 파수꾼』

미친놈인가.

홀든 콜필드에 대한 내 첫 느낌이다. 찌질하다. 두 번째 느낌이다. 이 인간 얘기를 내가 왜. 진짜 있던 일도 아닌 허접한 인간의 이야기를 내가 왜.

> […] '결국 거짓말이 아닌가?' 하고 말하는 사람처럼 예술과 먼 사람은 없다. 그렇다. 거짓말을 하기로 약속하고 우리는 예술에 관계하는 것이다. 밥을 먹어도 또 배고프지 않은가라든지, 술은 깨는 것인데 마시면 뭘 하느냐라든지, 하고 말한다면 우리는 그 사람은 밥과 인연 없는 사람, 술과 인연 없는 사람이라 부를 것이다. […]
>
> —「소설과 희곡」 중에서[10]

10) 최인훈, 『문학과 이데올로기』(문학과지성사, 2009), 513쪽.

그렇다. 나는 예술과 먼 사람이었다. 문학과 인연이 없는 사람이었다. 그러면 아버지도 그냥 나를 문학과 멀고 인연이 없는 사람 취급하면 될 일이었다.

영문 제목으로 『The Catcher in the Rye』, 우리말로 『호밀밭의 파수꾼』은 미국 출생인 작가 데이비드 샐린저의 자전적 장편소설로 지금은 현대 100대 영문소설에 포함되는 유명한 작품이다.

하지만 1951년 발표된 당시에 서평 전문 매체인 《굿리즈GoodReads》는 이 작품을 역대 최악의 도서로 기록했다. 청소년기를 지나치게 냉소적으로 묘사했다고 비난했으며 내용이 장황하고 지루하다는 등 부정적인 서평이 대부분이었다.

나의 소감은 출간 당시의 이 부정적인 서평들과 정확하게 일치했다. 정말 최악이었다. 불평불만이 많은 주인공은 끊임없이 투덜거린다. 먼저 싸움을 걸었다가 흠씬 두들겨 맞고 돈을 주고 여자를 사려다가 봉변을 당한다. 도대체 무엇 때문인지, '센트럴 파크 남쪽 연못에 사는 오리들은 겨울이 되어 연못이 얼어붙으면 어디로 가는지'에 대해 끊임없이 지대한 관심을 보이는 '루저'다.

짧은 소설이라고는 하나 영어로 된 책이었고 진도가 빨리 나가지 않았다. 재미가 없으니 더 속도가 안 붙었다. 급하게 달리는 것은 아버지의 마음뿐이었다. 파이프 담배와 멋진 사냥모자가 시그니처인 어느 유명 탐정 못지않게 상대를 끝내 예외 없는 궁지로 몰아넣는 아버지 특유의 심문과 추궁이 본격적으로 시작됐다.

화장실에 가다가 아버지와 마주친다.

"다 읽었니?"

"아니요. 방금 주셨잖아요."

"그래도. 얼른 읽어버려라. 분량이 얼마 안 되니까."

저녁 식탁에서 아버지와 함께 식사를 한다.

"다 읽었니?"

"아뇨, 아직요. 몇 시간도 안 됐는데. 천천히 읽을게요."

TV를 보다가 방에 들어서는 아버지와 눈이 마주친다.

"얼마나 읽었니?"

"한…… 삼십 페이지요."

"얼른 읽지 그러냐. 재밌지?"

"네."

"어디가 재밌냐?"

"……."

도통 재미있는 구석을 찾을 수가 없었다.

나이가 들고 나서 이 책을 다시 읽었다. 우연히 책장에 꽂혀 있는 『호밀밭의 파수꾼』이 눈에 들어왔고, 앉은 자리에서 끝까지 읽는 내내 웃다가 울다가 다시 웃었다. 미친놈인 줄만 알았더니 한없이 사랑을 향하며 책을 좋아하고 통찰력이 있는, 아직 세상에 믿는 바가 있는, 순수하고 여린 친구였다. 책에서 좋아하는 부분들을 다 열거하려면 아마 소설을 통째로 옮겨놓아야 할 것이다.

홀든 콜필드는 문득 이명준과 겹쳐지기도 했다. 물론 이 신생 쪽이 훨씬 연로하고, 감당해야 할 현안의 무게나 바다에 몸을 던지게 되는 운명의 무게에 있어 그 사안의 심각성이 훨씬 더 육중하지만, 두 주인공이 존재의 근간으로 하는 '자신만의 삶의 짐작'을 깨닫고자 하는 마음속 자세와 풍경이 어쩐지 많이 닮았다고 느꼈다.

> […] 이 얘기의 주인공도 그런 사람이다. 초목처럼 살기도 싫고, 그렇다고 계산이 다 되지도 않은 데를 잔인하게 잘라버리고 사는 데도 내키지 않는 사람이다.
>
> 위대한 사람이라면, 이 막다른 골목에서 빠져나오는 힘이 있으리라. 그러나 이 주인공에게는 그런 힘이 없다. 그리고 이 주인공과 시대를 함께하는 많은 사람들에게도 그런 힘이 없다. 그래서 그가 한 자리 얘기의 주인공이 된 것은 그가 위대해서가 아니다. 되레 그렇지 못한 탓으로, 많건 적건, 많은 사람들의 운명의 표정으로서 이 소설에 나타난 것이다. […]

인용한 부분은 『광장』의 일본어판 서문이다. 이명준에 대해 말한 부분인데, 단락 그대로를 홀든 콜필드에 대한 소개라고 해도 이상할 것이 없다.

나는 심정적으로 두 인물을 향해 비슷한 시선을 보내게 되었다. 홀든이 북미 대륙이 아니라 이 나라에서 나고 자라 어른이 되었다면. 사랑을 하고 전쟁을 겪고 포로가 되고 다시 풀려나서 그날 타고르 호의 갑판 위에 섰다면.

비극은 대물림된다. 『호밀밭의 파수꾼』을 중학생이던 큰딸에게 권했지만 반응은 신통치 않았다. "엄마는, 이게 재밌어요? 이거 읽고, 울었어요?"

딸의 반응은 옛날 내 모습 그대로였다.

최근에 『호밀밭의 파수꾼』의 저자인 샐린저의 일대기를 다룬 영화 〈호밀밭의 반항아〉가 개봉했다. 샐린저를 피상적으로 묘사했다는 비난도 있지만, 작가를 둘러싸고 일어난 일들의 전후사정을 알 수 있어 좋았다.

〈도버의 흰 절벽〉이라는 영화에 대한 감상을 담은 아버지의 수필이 있다. 영화 〈호밀밭의 반항아〉를 보고 나니 아버지와 이 영화를 보고 싶다는 생각이 들었다. 함께 영화를 보고 난 후 듣고 싶은 이야기가 있었다. 그러기에는 영화의 개봉이 너무 늦었다. 우리는 누군가가 사라진 후에야 그 사람의 이야기가 궁금해진다. 그리고 '그의 연락이 끊어진 데서 비롯'하는, 그 사라진 곳이 지니는 '깊이의 무서움'을 알게 된다.

「나의 아들 로드 랜달」과 『호밀밭의 파수꾼』과 아버지와 나

나는 무섭고도 끔찍한 길치다. 그리고 머리가 나쁘면 몸이 무섭도록 끔찍하게 고생하는 법이다.

영문학을 공부하며 대학을 다니던 시절에, 대부분의 수업을 듣던 인문관 건물에서 중앙도서관까지 헤매지 않고 한 번에 제대로 찾아간 적이 없었다. 자료를 찾을 일이 있으면 길 잃을 양(나)의 손을 잡고 도서관까지 인도해줄 친구가 꼭 필요했다. 필요한 시간에 맞춰 동행해줄 친구가 없으면 자료 찾기를 포기해야 했다.

혼자 학교를 이리저리 헤매다 보면 마침내 도서관을 찾는다 해도 어차피 자료를 찾아 또다시 도서관을 이리저리 헤매고 다닐 의욕도 체력도 남지 않았다. 내게 주어진 체력의 한계가 예나 지금이나 그렇게 보잘것없다. 지금처럼 인터넷으로 방대한 자료 검색이 가능한 때도 아니었고 결국 사전 자료 없이 혼자 과제를 해결해야 했다.

어느 추석 연휴를 앞두고 기어이 이런 일이 일어나고야 말았다. 워즈워스의 에세이를 읽고 감상을 적어가는 것이 연휴 동안의 숙제였는데, 나는 도서관에서 배경지식이 될 만한 자료를 찾지 못한 채 집에서 워즈워스와 외롭게 마주했다. 어떻게든 이해하고 무엇이든 혼자 준비해야 하니 읽고 또 읽는 수밖에 없었다.

그렇게 해서 제출한 과제가 좋은 평가를 받았다. 교수님이 내 이름을 부르고 자리에서 일어나게 했다.

"지금 여기서 이번 과제를 제대로 해온 학생은 저 한 사람뿐이에요. 해석도 정확하고 자기 시각도 있고. 앉아 있는 사람들 다 박수 한번 쳐 줍시다."

얼떨떨하면서 가슴이 뛰었다. 내 인생에 몇 번 안 되는 너무나 감동적이고 드라마틱한 순간이라 내가 좀 심하게 덧칠해 기억했을 수도 있지만, 맹세코 일부러 보태지는 않았다.

박수 소리는 희미하고 떨떠름했다. (이 글을 읽고 있는 독자의 마음도 아마 희미하고 떨떠름할 것이라고 짐작해본다.)

걱정한 것보다 영문학 공부가 재미있다는 기분이 들기 시작할 적이었고, 내가 가진 패도 나쁘지 않았다. 들은 풍월, 워낙 일찍부터 아버지에게서 문학적 의미와 해석에 대해 무슨 세탁기 작동법에 대한 설명 듣듯이 들어온 탓에 내 안에 꺼내 쓸 만한 이런저런 생각의 틀이 몇 개는 있었다.

생애 최초, 도끼로 내리찍히는 문학적 경험을 한 것은 저 박수의 날로부터 얼마 지나지 않아서였다. 19세기 영시를 공부하던 어느 날, 교수님이 교탁 위에서 카세트테이프를 틀어 발라드 하나를 재생시켰다. 떨리는 듯 비장한 음성에 실려 다음의 시가 낭송되었다.

> "O where ha you been, Lord Randal, my son?
> And where ha you been, my handsome young man?"
> "I ha been at the greenwood; mother, mak my bed soon,
> For I'm wearied wi hunting, and fain wad lie down."

"오 어딜 다녀오느냐, 로드 랜달 내 아들아?
어디를 다녀오느냐, 내 멋진 청년?"
"그린우드에 다녀왔어요. 어머니, 어서 잠자리를 만들어주세요.
사냥으로 지쳤어요. 쓰러질 것 같아요. 눕고 싶어요."

영문학의 발라드는 우리나라로 치면 구전 민요 정도에 해당한다. 발라드에 대한 주제들은 살인, 반목, 중요한 역사적인 사건과 반란을 포함하는데, 위 발라드에 젊은 남자로 나오는 로드 랜달이 그의 애인에 의해 독살당한다.

처음에 아들은 그저 지쳤다고 말할 뿐이다. 나는 너무 지쳤어요, 어머니 어서 잠자리를 마련해주세요. 시에서 '어머니'가 나오면 독자들은 이미 일정 감수성을 장착하고 시인의 큐 사인에 맞춰 눈물 흘릴 준비를 한다.

이 발라드의 주요한 극적 요소는 추궁하는 어머니와 마지못해 대답하는 로드 랜달이라는 화자의 성격, 이야기를 조금씩 풀어놓는 전개 방식, 그로 인해 지연되는 클라이맥스, 여기에서 발생하는 서스펜스에 있다.

어머니 : 얘야 어딜 다녀오는 게냐?
로드 랜달 : (마지못해 피곤한 듯이) 아 피곤해요. 엄마 나 좀 쉬고 싶어요.

동서고금을 막론하고 어머니들은 아들의 일거수일투족이 궁금하며 아들은 어머니의 추궁이 귀찮기만 하다. 여느 어머니처럼 로드 랜달의 어머니도 정확히 계산된 질문들을 쏟아내고, 독자들은 이를 통해 차츰 차츰 1. 그의 아들이 그린우드에 다녀왔으며 2. 그곳에서 연인을 만났고 3. 연인이 아들에게 기름에 요리한 뱀을 먹였는데 4. 아들이 남긴 것을 먹은 사냥개와 사냥매는 이미 죽어서 뻗은 상태임을 파악하게 된다.

어머니 : (울부짖으며) 오 이런! 네가 독을 먹은 게로구나!

하지만 이 집요한 어머니는 급박한 상황에서 아들의 잠자리를 마련해 주기 전에 아직 질문할 것이 남아 있다. 어머니는 죽어가는 아들에게 상속 정황을 확인한다.

어머니: 그래, 어떻게 된 일인지는 이제 알겠다. 그런데 아들아, 네 어미와 여동생과 남동생에게 남길 재산은 있는 게냐?

아들 : 땅과 집과 금은보화 이것저것이요. 어머니 잠자리 좀요 제발.

어머니 : 그래, 그럼 네 연인에게는? 무얼 남길 테냐?

아들 : 지옥과 불을요. 어머니, 지옥과 불을요.

그러나 복수의 징표로 연인에게 지옥과 불을 남기겠다는 아들의 결심은 차라리 체념에 가깝다. 아들은 이미 죽음에 너무 가까워져 있으며 복수에의 투지보다는 배신의 상처로 인한 아픔이 더 크다.

"[…] 어머니, 내 잠자리를 만드네. 왜냐하면 나는 마음에 병이 들어 어쩔 수 없이 창백하여져 눕기 때문입니다."

오래전 먼 나라에서 불리던 민요에 온 마음이 흔들렸다. 무섭고 서럽고 안쓰럽고 슬펐다. 버스를 타고 집에 오는 내내 가슴이 둥둥거렸다.

집에 도착하자마자 아버지를 찾았다.

"아빠! 아빠!"

"오 그래. 고생했다. 오늘도 자알 다녀왔고? 별일 없었고?"

가방에서 책을 꺼내 아버지의 코앞에 펼쳤다.

"아빠, 이거, 이거요!"

"저…… 손부터 씻고. 어서."

자주 있지는 않은 일이다. 아버지가 내 손을 밀쳤다. 외출했다 돌아오면 집 안의 다른 것을 만지기 전에 손부터 씻어야 했다. 손에 반드시 묻어 있을 외부 세균의 가내 전파를 우려한 아버지의 철칙이었다.

손을 씻고 돌아와 보니, 아까 펼쳐두고 간 그 책에 아버지의 시선이 꽂혀 있다.

"이 시, 아세요?"

아버지가 웃는다. 웃기만 한다.

"아세요?"

"아니."

"모르세요?"

"응, 처음 보는데."

"너무 좋아서요. 학교에서 수업 시간에 오디오로도 들었는데. 그 목소리랑 막 분위기가. 처음에는 독살된 건 줄 모르고 방심하고 들었는데. 근데 나중에 쾅!"

"좋았으면 됐다."

미심쩍게 희미한 반응을 보이던 아버지가 오랫동안 내 얼굴을 뚫어지게 바라만 보다가 이내 미소를 보이며 말했다.

"밥 먹자. 배 안 고프냐?"

평소 아버지라면 딸이 먼저 꺼낸 문학 얘기에 이렇게 시큰둥할 리가 없었다. 김이 새기는 했지만 배가 고프니 밥을 먹었다.

수십 년이 흐르고 다시 『호밀밭의 파수꾼』을 읽었을 때, 나는 몇 장 넘기지 않아 다음의 구절을 만났다.

> […] 결국 잔소리가 시작되었다. "도대체 문제가 뭔가? 이번 학기에 몇 과목을 들었나?" 스펜서 선생이 물었다. 선생이 물었다. 선생으로서는 꽤 사나운 말투였다.
>
> "다섯 과목입니다"
>
> "다섯 개라. 그럼 낙제한 과목은 몇 개지?" 난 침대 위에 걸친 엉덩이를 약간 움직였다. 그 침대는 이제까지 앉아본 것 중에 가장 딱딱한 침대였다. "영어는 합격했습니다. 「베오울프」와 「나의 아들 로드 랜달」과 같은 것들은 후튼고등학교를 다닐 때 다 배웠거든요. 어쩌다 한 번씩 작문을 하는 것 말고는 어떤 공부도 할 필요가 없었습니다." […] [11]

뒤통수를 맞은 느낌이었다. 처음 읽었을 때는 있는지도 몰랐던 구절이었다. 친정에 다니러 갔다가 아버지에게 물었다.

이러저러했다 말하고 나서,

"다 알고 계셨잖아요. 『호밀밭의 파수꾼』에 이 시가 있는데, 왜 그때 말씀 안 하셨어요?"

---

11) 제롬 데이비드 샐린저, 『호밀밭의 파수꾼』(민음사, 2001), 21쪽.

하고 물었더니 아버지가 대답했다. 예의 그 미소를 지으면서.

"배 안 고프냐? 밥 먹자."

2부

화두라는 화두

바다와 동시

초등학교 2학년 때, 동시로 아버지의 칭찬을 받았다. 시의 한 구절이 지금도 머릿속에 있다.

바다

바다야 바다야
너의 그 푸르고 넓은 옷은 누가 맞추어주었니

내가 태어나서 처음 시라고 지은 글이다. 시의 첫 구절이었고 틀림없이 그 뒤로 무슨 행들이 또 있었는데 생각나지 않는다. 무슨 '너울너울', '출렁출렁', 그런 의성어와 '바다는 주머니 안에 ○○를 품고' 하는 내용이 있었다. 유독 저 구절을 기억하는 이유는 아버지의 칭찬 때문일 것이다.

저녁 밥상을 물리고 나서, 낱장으로 굴러다니는, 한 달 날짜가 다 들어가 있는 달력 종이를 보고 낙서나 할 요량으로 장을 뒤집자 바다 생각이 났다. 종이가 컸다. 크고 넓고 하얬다. 하얬는데도 푸른 바다 생각이 났다. 바다 생각이 난 김에 몇 줄을 적어 옆에서 신문을 읽고 계시던 아버지께 보여드렸다. 기색을 살피자 아버지 입가에서 움틀움틀 웃음이 새어 나오는 게 보였다.

"오, 거, 아주 잘 썼다. 바다를 사람처럼 표현한 것도. 푸른색을 옷이라고 한 것도 잘 됐다."

"……."

나는 칭찬을 듣고 어쩐지 긴장이 되었다. 방심하기에는 일렀다. 아버지의 말에는 농이든 칭찬이든 꾸지람이든 반전이 많았기 때문이다.

"바다를 사람처럼 생각한 것, 그게 아주 잘 됐어. 푸른 옷을 입고 있다고 상상한 것도."

『광장』의 첫 대목이 바다로 시작된다거나 아버지의 마지막 책 제목이 '바다의 편지'가 될 줄 모를 때의 일이다.

아버지의 칭찬에 신이 났던 나는 어떻게든 새로운 시를 써서 또 칭찬을 받으려고 애썼다(나는 아버지의 칭찬에 목을 매는 아이였다). 그러던 차에 어머니의 생일이라는 좋은 계기가 생겼다. 변변한 선물을 살 돈도 없었다. 나는 시를 선물하기로 했다.

돌

나무는 나무는
점점 크는데
돌덩인 돌덩인
점점 작아져
오랜 시간 지나며 깎이고 깎여
돌덩인 작은 게

어른인 거야

아가는 아가는
점점 크는데
돌덩인 돌덩인
점점 작아져
오랜 세월 지나며 깎이고 깎여
돌덩인 작은 게
어른인 거야

어쩐 일인지(혹은 당연한 일인지) 이 시는 아버지에게서도 어머니에게서도 큰 반향이 없었다. 시구 하나하나가 지금까지도 또렷이 기억나는 이유는 내가 이 시를 적고 바위와 나무와 아기를 그려 넣은 다음 코팅해 선물한 종이가 지금까지 어머니의 화장대 서랍에 보관돼 있기 때문이다. 어머니의 립스틱을 몰래 바르고 놀거나 서랍 안의 귀고리를 꺼내 놀거나 할 때, 나름 수채물감으로 그려 넣은 아기와 나무와 바위를 한 번씩 쳐다보곤 했다.

예상 밖으로 일이 곤란하게 된 것은 세 번째 시 때문이었다. 지난번 작품으로 기대했던 반응을 얻지 못한 나는 무엇이든 걸리기만 해봐라, 눈에 띄는 건 다 시로 써버릴 테니, 그런 각오였다. 그래서 쓰게 된 시가 「비와 책」이었다.

비와 책

누가 우나요

엉엉

비에 젖은

책이 울고 있어요

비 오는 날

창가에서

울고 있어요

이렇게 시작한 시는 어이없게도,

열심히 책을 읽어

선진 조국 이룩하자

로 끝이 났다. 중간을 생략한 이유는 실제로 정확히 생각나지 않는 이유도 있지만 교조적인 이 시의 내용이 지금도 좀 부끄럽기 때문이다. 시의 허리 부분에서 나는 선진 조국 건설에 그때까지 마땅히 기여한 바 없는 스스로에 대해 맹목적으로 반성하고 자기비하로 일관했다. 내가 초등학생이었던 1980년대에는 텔레비전에서 늘 '선진 조국 이룩'이라든가 '새나라 창조'라는 말이 나왔다. 일상으로 듣고 자란 그 말들은 내게 절대선이었다. 그러니 그걸 주제로 시를 쓰면 틀림이 없겠다, 그런 계산이 있었던 것이다.

시를 읽어 내려가시던 아버지의 얼굴이 점점 굳어졌다. 그러더니 아

버지의 얼굴이 점점 새빨개졌다.

"왜 갑자기 선진 조국이냐?"

"……."

칭찬을 질문으로 하는 건가. 머리가 바빠졌다.

"선진 조국이 무슨 해당사항이냐, 갑자기!"

어쩐 일인지 아버지의 언성이 높아졌다. 나는 아버지를 바로 쳐다볼 수 없었다. 얼굴이 뜨거워지고 심장 뛰는 소리가 관자놀이에서 들렸다.

틀림없다고 생각한 시가 제대로 틀려버린 것 같은데 뭐가 틀렸는지 알 수가 없었고 야단맞는 것 같은데 억울하게 야단맞는 기분이 되었다. 입을 떼지도 못하는 내 얼굴을 한참 보던 아버지가 갑자기 웃기 시작했다. 선진 조국, 껄껄, 선진 조국 윤경아, 하하, 하면서. 웃는 아버지가 미웠다.

햐 참 무섭구나.

아버지의 그 말 뒤로 어린 시인 지망생은 더 이상 동시를 쓰지 않았다.

고약하게도, 기억할 만도 한, 칭찬받은 첫 시는 잘 생각나지 않고, 무심했거나 부당하게 꾸지람을 들었다고 생각되는 시들만 또렷이 기억이 난다. 아마 부모에 대한 자식의 기억은 이러기가 쉬운가 보다.

아버지와 물고기

> 선생님께서는 작년 11월, 전집 재발간 기념 심포지엄에 참석하셔서 스스로의 문학을 "실험실의 기초 생물학자의 유전자 추출 실험 같은 것"이며 "40억 년을 걸쳐 살아온 미미한 단백질들의 이야기를 표현하는 것"이라고 밝히셨습니다. […]
>
> — 최인훈 문학 50주년 기념 인터뷰, 「두만강에서 바다의 편지까지」 중에서

아버지는 내가 이런 어른이 되었으면 좋겠다는 내 미래의 설계에 늘 나보다 더 바빴다. 실제로 그중 몇 가지는 입 밖의 말로 꺼내어 직접 권하기도 했는데, '생물학이 학문 중에 최고인 학문, 결국 모든 사유가 돌아오는 자리는 생물학'이라는 말로 내게 생물학자가 되기를 권한 적도 있었다.

"개체발생은 계통발생을 반복한다."

거실의 동그란 어항 속 물고기를 넋 놓고 구경하던 유치원 때부터 뜻도 모르고 아버지에게 들어온 말이었는데, 알고 보니 헤켈의 말이었다.

간추릴 때 이 말은, 생물(개체)이 발생하는 동안 그 선조(종)의 진화단계를 거친다는 내용이다. 잘 간추려진 것 같지 않다. 생물학적으로 깊은

이해가 나에게 없어서인지 쉽게 설명하기 어려운데, 예를 들어 인간 개체가 수정란〉배아〉태아로 진행하는 단계는 인간이 물고기〉양서류〉포유류로 진화한 과정을 일일이 반영하여 전개된다는 뜻이다.

이 이론은 생물과학계에서 여러 반론이 제기되고 있다는데, 인간 정신 진화의 측면에서는 정설로 받아들여도 무방할 것이다. 태어난 인간은 인류 최초의 사유, 즉 물고기적 사유에서부터 포유류인 인간의 사유에까지 이를 수 있도록 끊임없는 배움을 통해 진화해야 하는 존재이기 때문이다. 각 개인은, 인류문명의 과정 전체를 어느 수준까지는 온전히 반복해내야만 최소한 남에게 폐를 끼치지 않고 사는 온전한 사람이 되는 것이다.

그 말이 무슨 뜻인지 모르던 일곱 살부터 내 생각의 얕은 깊이와 본능의 강한 욕구가 물고기와 하등 다를 바 없다고 느껴지는 지금까지 사십여 년의 시간이 지났다(이렇게 여기는 것도 혹 물고기의 정신세계를 전혀 알

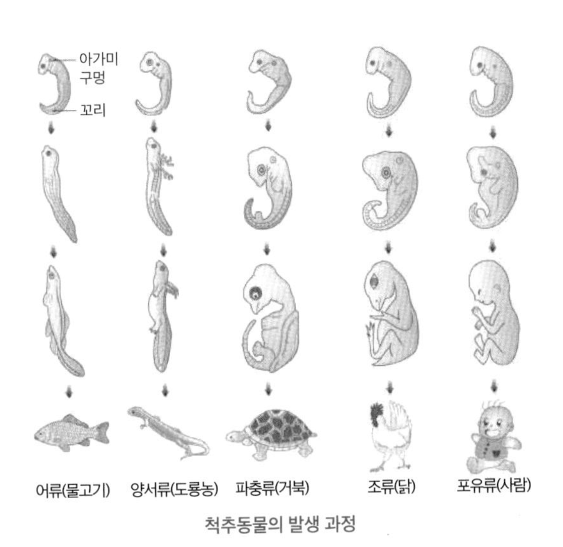

척추동물의 발생 과정

지도 못하면서 지껄이는 인간중심적인 사고여서 물고기에게 모욕이 될 수도 있겠다는 생각이 스치지만). 물고기의 정서가 사람의 그것이 될 때까지 다시 얼마간의 시간이 필요할까. 포유류 일반의 정서에서 내가 아버지의 사유를 온전히 이해하기까지는 또 얼마의 시간이 필요할까.

물고기와 나는 다르다고 생각하며 너무 많은 시간을 허비했다. 물고기와 내가 다르지 않다는 정체성까지 알고 태어났더라면, 최소한 그 자각을 가지고 사람의 삶을 시작했더라면, 방황의 시간을 훨씬 단축할 수도 있었을 텐데. 그러고 보니 내 별자리는 물고기자리다. 모든 것은 처음부터 정해져 있었나. 별자리 따위 대수냐 하면서도 별자리 운세를 한 번씩 흘끔거리는 걸 보면 나는 역시 일정 부분 물고기이다.

비늘과 아버지

> 인류를 커다란 공룡에 비유해본다면 […] 그 머리는 20세기의 마지막 부분에서 바야흐로 21세기를 넘보고 있는데 […] 어떤 사람들은 이 꼬리 부분의 한 토막이다. […] 꼬리의 한 토막 부분을 민족이라는 거대한 집단으로 비유한다면 개인은 비늘이라고 할까. 비늘들은 거대한 몸의 운동에 따라 시간 속으로 부스러져 떨어진다. 그때까지를 개인의 생애라고 불러볼까. […] 비늘들의 신음이 들린다. 결코 어떤 물리적 계기에도 나타나지 않는, 듣지 않으려는 귀에는 들리지 않는, 이런 그림이 보이고 이런 소리가 들린다. […] 이 침묵의 우주 공간 속을 기어가는 '인류'라는 이름의 이 공룡의, '역사'라는 이름의 이 운동방식이 나를 전율시킨다. […] 이 소설은 아직 공룡의 몸통에 붙어 있는 한 비늘의 이야기다.
>
> —『화두』 서문 중에서[12)]

"비늘아. 아빠가 부르면 귀찮아하는 요 비늘아, 이리 좀 와봐라."

아버지가 딸에게 하는 말치고는 어색하게 느껴지겠지만, 아버지가 저

---

12) 최인훈, 『화두』(문학과지성사, 2008), 21쪽.

런 식으로 말을 건네는 건 굉장히 자연스러운 일이었다. 또 무슨 말씀을 하시려고 나를 저리 부르실까. 비늘이라니.

"윤경아. 이리 좀."

아버지 손에 『화두』가 들려 있다.

"여기부터. 여기까지 한번 읽어봐라. 큰 소리로."

"인류를 커다란 공룡에 비유해본다면……."

아버지가 읽으라고 펼쳐 건네준 글은 『화두』의 서문이었다.

"알겠니?"

"네."

"어렵지 않고?"

"네."

『화두』의 서두에서 인류 전체와 그 역사는 공룡으로, 각 개인은 비늘로 요약된다. 비늘의 은유는 또 있다.

> 바다는, 크레파스보다 진한 푸르고 육중한 비늘을 무겁게 뒤채면서, 숨을 쉰다.

많은 이들에게 회자되고 사랑받는 『광장』의 감각적인 서두에서, 바다는 마치 비늘 달린 물고기처럼 묘사된다.

물과 바다, 물고기, 큰 몸통으로서의 역사와 작은 비늘로서의 개인, 역사의 거대한 흐름과 그 일원으로 유한한 시간을 배정받은 비늘로서의 개인에 대한 아버지의 비유는 일관성을 지닌다.

한 사람의 일생을 작은 비늘에 비유한 아버지의 입장과 시각에는 단단한 이성적 면모 너머의, 평생 가까이 오래 대한 이들은 생활에서도 충분히 경험했던 여린 마음, 자신 또한 한 명의 인간으로서 개별자로서의 인간을 언제나 슬프고 불쌍하게 여기는 마음이 있다.

이 책을 쓰면서도 마음속에 바라는 큰 하나는, 이 따뜻한 마음과 시선을 독자분들이 느낄 수 있었으면 하는 것이다. 내가 잘하고 있는 것이면 좋겠다.

아버지와 꽃－오를레 앙드로

소설 『도리언 그레이의 초상』의 헨리 경은 사물에 새로운 이름을 붙이겠다는 계획을 밝히면서 말한다.

“슬픈 일이지만 사실 우리는 사물에 아름다운 이름을 붙이는 능력을 상실했어. 이름이야말로 가장 중요한 건데. 나는 결코 행동을 놓고 불평하는 사람은 아니야. 내가 불평하는 이유는 오로지 낱말 때문이지.”[13]

아버지도 사물에 아름다운 이름을 붙이는 능력을 상실한 조상을 탓할 때가 있었다. 갈현동 집 안방에는 해마다 어느 은행에서 나누어주는 아름다운 꽃 사진이 박힌 달력이 걸려 있었는데 그 아래에 작은 글씨로 소개된 꽃 이름이 안타깝기는 했다. ‘며느리밥풀꽃’이나 ‘큰개불알풀’ 같은 이름은 한 번의 빗나감 없이 매번 아버지를 화나게 했다.

“귀하고 예쁜 꽃에 어째 이름을 저렇게밖에는 못 지었는가 말이다!”

어느 여름, 화분에 물을 주던 아버지가 곁에서 구경하던 내게 물었다.

“윤경아, 이 꽃 이름이 뭔 줄 아니?”

당연히 알았다. 아버지가 좋아하는 꽃나무였다.

---

13) 오스카 와일드, 『도리언 그레이의 초상』.

"네. 유도화요."

"영어로는 뭐라고 하는 줄 아니?"

당연히 몰랐다. 아이들은 보통 풀이나 나무의 이름에 별 관심이 없다. 유도화라는 이름도 아버지의 반복 학습 덕에 겨우 기억해낸 것이었다.

"……."

"올리앤더Orleander."

"……."

"한번 해봐라. 올리앤더."

"올리……앤더."

어쩌자고 유도화의 영어 이름을 몰랐던 걸까 생각하면서 등에서 땀이 났다 식었다.

> […] 이탈리아의 베수비오 산 아래 폼페이 유적에서 나는 과꽃을 닮은 꽃이 이 폐허의 도시 사방에 피어 있는 것을 보았다. 줄기가 길어 코스모스처럼 보였으나 꽃 모양은 과꽃에 가까웠다. 특히 빛깔이 그렇다. 벽돌 빛깔의 꽃인데 폼페이 유적의 벽돌 빛깔은 바로 이 꽃 빛깔이었다. 그리고 유럽의 집들의 벽돌 빛깔도 이 빛깔이다. 나는 이 빛깔을 '폼페이의 분홍색'이라고 분류하고 있다. […]
>
> —「꽃과 나」 중에서[14]

아버지는 유럽 여행을 다녀오고 나서 그 지방 특유의 벽돌 색에 대해 여러 번 이야기했다. 벽돌 색을 한 폼페이의 분홍 꽃 유도화도 아버지에

---

14) 최인훈, 『길에 관한 명상』(문학과지성사, 2010), 167쪽.

게 인상적으로 남은 것이었다고 짐작한다.

유도화는 따뜻한 곳에서 사는 식물이다. 키우기에 특별히 까다로운 꽃은 아니었다. 다만 독성이 강해서 잎·줄기·뿌리 등 나무 전체에 청산가리의 6천 배에 달하는 독성물질인 라신을 비롯해 올레안드린, 네리안틴 등의 유독물질이 포함돼 있다는 사실은 최근 들어 알게 되었다. 조심성이 많은 아버지에게서 한 번도 주의를 들은 적이 없는 것을 보면 아마 아버지도 유도화의 독성에 대해서는 모르고 있었다고 생각된다. 모르는 독은 의외로 그렇게 아무 일 없이 지나가기도 한다.

키우기에 곤란한 식물은 아니지만 추위에 약했다. 날이 추워질 기미가 보이면 아버지는 유도화 화분부터 챙겼다. 손수 화분을 실내로 옮겼다. 볕이 제일 잘 드는 큰 거실 창에 바짝 두고 살폈다. 물을 흠뻑 주어야 하지만 실내에서 물을 주다 자칫 화분 밑받침에서 물이 넘치기 십상이기 때문에 늘 조심조심, 물을 주고 넘치지 않는지 살피고 물을 주고 살피고 했다.

봄이 와도 유도화 화분부터 챙겼다. 나무가 얼지 않겠다 싶을 정도로 날이 순해지면 밖에 화분을 내놓고 수도꼭지에 호스를 연결해서 화분 아래로 물이 철철 흘러넘칠 때까지 흠뻑 물을 주었다.

"아주 속이 다 개운하다."

유도화 외에도 아버지는 꽃을 좋아했다. 꽃을 유난히 싫어하는 사람을 찾는 것이 더 힘든 일이기는 하겠으나, 아버지는 종류에 무관하게 유난히 꽃을 좋아했다. 선물 중에도 꽃 선물을 좋아했다. 꽃을 들고 아버지를 찾는 사람은 '감각 있는' 사람으로 인정받았다. 그래서 누구에게 선물을 하거나 인사를 갈 때면 늘상,

"꽃, 꽃을 사가거라. 그게 좋지. 꽃이."

하고 권했다.

> […] 그래서 어떤 꽃은 즐거운 꽃이 되고 어떤 것은 슬픈 꽃이 된다.
>
> […] 사실은 사람마다 다른 꽃말을 가졌다 함이 옳지 않을까.
>
> […] 꽃은 꽃을 부르고 그들 꽃에 얽힌 마음을 부른다.
>
> —「꽃과 나」 중에서[15]

아버지에게 유도화는 유럽 집의 벽돌 빛을 불러왔다. 내게 유도화는 꽃 이름을 알려주던 아버지가 얽혀 있다. 내게는 그런 얘기가 얽힌 추억

15) 같은 곳.

있는 꽃이 되나 보다.

추억은 독이 되기도 한다. 돌이킬 수 없는 지점에서 되살아날 때 그럴 수 있다. 아버지와 나는 이제 한 꽃에 대해 즐겁고 슬픈 서로 다른 꽃말을 가졌다.

예스 걸

“네, 네…… 예스 걸이 되지 말고, 윤경아. 씩씩하게. Girls, be ambitious. 소녀여, 야망을 가져라.”

말하면서 딸의 얼굴을 뚫어지게 바라보는, 똑똑히 기억해라, 부디 내 말이 그 거죽을 뚫고 들어가 네 영혼의 뼈까지 들어가 박히기를 바란다, 하는 바람과 당부가 눈에 쟁쟁 울리는, 빤히 들여다보는 아버지의 그 눈빛과 눈빛과 눈빛. 그러나 아버지가 소녀에게 야망을 가지라고 외칠수록 나는 어쩐지 더 작아지기만 했다.

어릴 때 아버지에게 내 쪽에서 먼저 말을 길게 해본 적이 많지 않다. 아버지나 선생님 같은 어른들이 묻거나 하는 말에, 정 싫을 때는 그저 말없는 침묵으로 아니요, 싫어요라는 음성 있는 말을 대신하거나 크게 싫지 않은 일이면 짧고 공손하게 네, 하고 대답했다.

이는 첫째, 사람이 본디 말이 길어지면 영락없이 뭔가 실수를 해서 꼬투리 잡히기가 십상인 까닭이고, 둘째, 성의 있는 대답으로 관심을 보이면 대화가 끝도 없이 길어져 끼니때를 놓칠 수도 있으며(혹은 끼니때까지 대화가 이어질 수 있으며), 셋째, 혹여 아버지의 말과 반대되는 생각을 발설했다가는, 졸지에 당대의 지식인이 제시한 주장과 반대되는 생각의 근거를 옹골차고 타당한 논리에 기반하여 제시하고 증명하는 막중한 책임을 떠안아야 하기 때문이다.

그런 정황을 만든 데 가장 큰 역할을 한 장본인이면서도 아버지는 흡사 졸듯이 마주 앉아 잠꼬대처럼 네, 네, 하고만 주워섬기는 딸의 태도가 영 못마땅했다. 그리고 딸이 더 진취적이기를, 투쟁적이기를, 용감하고 씩씩한 성정을 부단히 키우고 마침내 성취하기를 열망했다.

그러한 열망의 발로로, 아버지는 나의 성의 없는 예스에 번번이 무슨 캠페인 구호처럼 대응했다.

"Don't be a 'yes' girl. Don't be a good girl. Girls, be ambitious."

구호는 사람을 위축되게 할 수 있다.

대학에 갓 입학했을 때, 나는 신입생 오리엔테이션에 참석하려고 정문을 지나 본관 쪽으로 힘찬 발걸음을 옮기다가 정면에 펄럭이는 커다란 플래카드를 보게 되었다.

'가열차게 살자, ○○인이여. 1993년 신입생의 입학을 환영합니다.'

갈비뼈 안쪽에서 가열차게 심장이 뛰었다. 열정에 불을 지피려는 구호였겠거늘, 내 속에서는 죄책감 같은 것이 꿈틀거렸다. 역시 그런가. 가열차게 살아야 하는 것인가. 아버지의 'Girls, be ambitious'를 들을 때와 같은 맥락으로 나는 어쩐지 가열찬 속도로 움츠러들었다.

무엇을 위해 가열차게 살아야 하나. 어떻게 사는 것이 가열차게 사는 것인가. 가열차게 쪼그라든 이 'yes girl'은 정해지지 않은 인생의 목표와 행로에 대해 번뇌하게 된다. "학번이 백팔 번이라니, 앞으로의 대학 생활이 쉽지 않을 것 같지만, 잘 부탁드립니다." 강의실을 가득 채운 동기들이 내 자기소개를 듣고 웃었다.

급기야 백팔 번뇌를 연상시키는 108번이라는 학번까지 받아들고, 태어난 이래로 늘 깡마른 체형이었던 나는 대학 입학 후 정확히 두 달 만에 반복된 스트레스성 폭식과 거식을 거쳐 12킬로그램이라는 체중을 획득하게 된다. 갑자기 부하된 무게에 압도된 무릎 관절은 우리 셈으로 스무 살의 나이에 비가 오지 않아도 시큰시큰 쑤셔대기 시작했다.

나는 지금도 어떻게 사는 것이 가열차게 사는 것인지, 무엇을 위해 가열차게 사는 것이 옳은 일인지 확실히 알지 못하겠다.

아버지가 돌아가신 해 2018년, 그해의 첫날 1월 1일이 되어 친정에 다니러 갔을 때 식사 후 아버지와 둘이 앉게 되었다.

"아빠는 지금 생각에 제일 좋다, 생각되는 책이 뭐예요?"

"글쎄, 하나만 꼽을 수 있나. '제일', 그런 말이 제일 어렵지."

아버지의 말이 단정적이지 않고 머뭇머뭇하다.

"그래도요, 하나만 억지로 꼽자면."

너무 길지는 않게 생각한 끝에 아버지가 다시 입을 뗐다.

"『좁은 문』."

"『좁은 문』이요?"

"응."

"왜요?"

중년이 된 나는 이제 아버지에게 왜, 라고 묻기도 잘했다.

"거기 보면 자기 동생을 위해서, 가족을 위해서, 자기가 사랑하는 사람을 포기하거든. 그리고 수녀원에 들어가버린다고. 결국 사랑이란 건 그런 게 아닌가."

"사랑이 그런 거라고 생각하세요?"

"한마디로는 할 수 없지."

"……."

"평생을 괴로워해도 다 알 수 없었는데."

"그게 괴로우셨어요, 평생?"

"지금도 괴로워, 제일."

"뭐가요?"

"어떻게 사는 게 옳은 건가. 그게 제일, 괴롭지."

'제일'이라고. 아버지는 괴롭고 어려운 말을 한다. 거실 빈 구석으로 돌리는 아버지의 시선이 가여웠다. 자식으로서 부모가 가여워질 때 그 사이에는 시간이 얼마 남지 않은 것이다. 아버지는 내 어린 시절에 바라본 모습보다 한결 부드러웠다. 유柔해진 아버지에게서 노년이 느껴졌고 따뜻하면서 서글펐다.

아버지는 어쩌자고 지금도 그게 제일 괴로운 평생을 살아온 걸까. 지금도 괴롭다는 아버지의 외로운 말은 이후로 나를 여러 날과 밤 동안 힘들게 한다.

누가 결기 있고 확신 있게 단정적으로 권위적으로 어떤 말을 하면 내 마음에서는 쿵, 하고 큰 문 닫히는 소리가 난다. '역심.' 반대하는 마음, 반항하는 마음이다. 특히 사춘기의 자식들에게 이런 투로 말을 하면 역효과를 보기 쉽다. 그래서 나도 아버지의 특별한 양육 양태에 반하는 마음을 가진 적이 있었다.

대신, 보통 사람들이 깊게 살아갈 때 그 인생을 신화라고 불러주는 누긋하고 다정한 마음을 만날 때, 오히려 기어이, 결심하는 마음이 일어난다. 일어난 마음에 용기가 보태지고 그 용기가 갈수록 패기가 되어 굳세어진다. 그 결심한 뜻을 위해 가열차게 살고 싶어진다.

신화란, 특별한 사람들의 이야기가 아니라, 보통 사람들이 깊게 살아갈 때 그 인생을 부르는 이름이다.

—「인생. '만남'과 '헤어짐'의 모자이크」 중에서[16)]

나는 아버지 사후에 생각을 정리할 요량으로 아버지가 쓴 책을 이러저리 읽다가 저 마음을 만나고 혼자 많이 울었다. 보통 사람의 마음을 깊게 바라보는 마음, 그 인생을 귀히 불러주는 마음. 내가 아버지를 단단한 사람이라고만 생각했을 때에도 아버지 안에는 저런 말이 있었구나. 오래 얼어 있던 마음속 어느 곳의 눈이 늦게나마 한순간에 녹았다.

오래 억눌려 참은 그림자는 어느 때고 우스운 모양새로 불거져 나오게 마련이다.

고등학교 졸업식에서 나는 단상에 나가 '자매부대상'이란 것을 받게 되었다. 학교와 결연을 맺은 자매부대 이름도 모르고 재학시절 동안 위문편지 한 번 써본 일 없지만, 3년 동안 학교 공부를 그럭저럭 성실히 한 공으로 받게 된 상이었다.

졸업식 전날 예행연습이 있었다. 이름이 호명되자, 나는 앞으로 얌전하게 걸어 나가 차분하게 계단을 올랐다. 학생주임 선생님이 상장 내용을 읽고 교장 선생님이 가짜 상장을 건네는 시늉을 하는 순간, 단정하게 서 있던 내 머리에 갑자기 'Yes girl처럼 보이기 싫다', 'Good girl처럼 상을 받지 않겠다' 하는 생각이 스쳤다.

그런 생각 때문에, 순간 미쳤었나 보다. 나는 교장 선생님이 건네주는

16) 최인훈, 『길에 관한 명상』(문학과지성사, 2010), 133쪽.

가짜 상장을 한 손으로 받으면서, 한 발에 체중을 실어 삐딱하게 선 다음, 가만히 다른 한 손을 등 뒤로 돌려 바지 뒷주머니에 꽂았다. 등 뒤에서 어이없어하는 졸업생 일동의 웃음소리가 들렸다. 그러나 계단을 다시 밟아 내려오는 한 졸업생의 마음은 아랑곳없이 의기양양하기만 했다.

'반역에 굶주린' 사춘기의 No 하고자 하는 마음은 우스꽝스럽지만 그야말로 이러한 것이다.

벽

아픈 사람들은 벽과 친하다. 그것은 천장과 벽, 할 때의 벽이기도 하고 마음의 벽이기도 하다.

우리 집에는 출근하거나 등교하는 사람이 없는 날이 많았다. 아버지는 여러 해 동안 학교 강의를 나가셨지만 대학교는 방학이 길었다. 오빠는 몸이 아파 오래 학교를 쉬었다. 일 년 내내 정기적이고 장기적으로 외부기관에 소속되어 일상적인 바깥 외출을 하는 사람은 나뿐이었다. 매일 아침이면 집을 나서서 학교를 마치고 귀가하는 나를 아버지는 항상 "고생이 많았다. 얼마나 힘드냐. 애썼다."라며 신기해하고 기특해했는데 그럴 때마다 나는 뭔가 큰일을 해낸 듯 우쭐했다. 이런 분위기는 내가 대학교를 다닐 때까지도 계속 이어졌다. 신입생이던 나는 어머니와 옷이나 그 밖의 것들을 사러 다닐 적이 있었고, 마음에 드는 물건을 사고 싶어 하는 나와 너무 비싸서 안 된다는 어머니 사이에 실랑이가 생기곤 했다. 그럴 때마다 아버지는 옆에서 조용히 신문을 읽거나 하며 듣고 계시다가 "그냥 사줘요. 우리 집에서 바깥에 나가서 사회생활 하는 사람이 윤경이뿐인데."라고 한마디씩 거들곤 했다.

그러나 사회생활 하는 나도 학교에 결석하는 날이 많았다. 문에 손가락을 찧으면 다음날 학교에 안 갔다. 전날 저녁에 체기가 있으면 학교에 안 갔다. 다음날 아침에 회복이 되어도 학교에 가지 않았다. 입에 머리카락 한 올이 들어가 목에 걸린 것 같으면 학교에 안 갔고, 발톱을 짧게 잘라 걸을 때 불편하면 학교에 안 갔다. 날씨가 지나치게 춥거나 더워도, 간밤의 무서운 꿈에 잠을 설친 다음날도 학교에 결석했다.

집에서 내가 가장 '일반인'에 가까웠다는 사실이 지금 생각하면 희한하다. 남편은 '아파도 참고 쓰러져도 학교 책상에 엎드려서 쓰러져라'라는 말을 듣고 자랐고, 나는 '잠을 설쳤는데 학교에 어떻게 가겠냐. 집에서 쉬어라.'라는 말을 듣고 자랐다.

생각하기에, 아버지는 나를 일관성 있게 양육하지는 않은 것 같다. 언제나 딸에게 'Girls, be ambitious'를 부르짖으며 야망 있는 씩씩한 소녀가 될 것을 독려했지만, 동시에 엄청나게 과잉보호를 했다. 태생적으로 허약한 나의 체질과 아버지의 염려하는 성품이 빚어낸 결과였다.

"아픈데 어떻게 학교를 가냐."

"추운데 어떻게 학교를 가냐."

"이렇게 더운데 어떻게 학교를 가냐."

"힘든데 어떻게 소풍을 가냐. 집에서 쉬어야지."

"얼굴이 어째 좀 까칠하다. 내일 학교 안 가고 하루 좀 쉬면 어떻겠니?"

중학교에 들어가 'spoil'이라는 영어단어를 처음 배울 때, 나는 어렵지 않게 나의 어린 시절을 떠올릴 수 있었다.

별로(크게) 아프지 않은데 학교에 가지 않은 어린이가 집에서 할 수 있는 일은 많지 않았다. 이태준은 『무서록』이라는 책에서, "어제 K 군의 입원으로 S 병원에 가보았다. […] 앞에는 널따란 벽면이 멀찌가니 떠 있었다. […] 우리는 모두 좋은 벽이라 하였다. 그리고 아까운 벽이라 하였다. 그렇게 훌륭한 벽면에는 파리 하나 머물러 있지 않았다. […] 병상에 누운 환자들은 그 사막 위에 피곤한 시선을 달리고 달리고 하다가는 머무를 곳이 없어 그만 눈을 감아버리곤 하였다. 나는 감방의 벽이 저러려니 생각되었다."라고 적고 있다.[17]

벽과 예술가들은 밀접한 관계가 있나 보다. 오스카 와일드도 죽기 전에 "나는 벽지와 목숨을 건 결투를 벌이고 있다. 둘 중 하나가 죽어야 끝이 나겠다."라며 벽에 대해 말했다고 한다. 오스카 와일드의 유언이 되었다는 말처럼 결투까지는 아니었지만, 나도 누워서 벽지나 천장의 무늬를 하나하나 뜯어보는 시간이 길었다. 나는 아픈 날, 결석하고 혼자 집에 누워 있는 때가 많아서 그랬다.

어머니의 취향이었는지 단색으로 된 벽은 없었다. 벽에는 내 주먹의 두 배만 한 꽃무늬가 은은하면서도 큼직하게 일정 간격으로 박혔거나 무슨 담쟁이덩굴 줄기처럼 꼬불거리는 선이 이리저리 얽힌 무늬가 있었다. 부분부분 벽지의 이음새 부분이 들뜬 곳도 있었고 그런 곳을 오래 뚫어지게 들여다보면 들썩하게 들린 부분 아래의 그늘 부분은 어쩐지 무슨 토끼가 빠져서 이상한 나라로 갔다고 하는 그런 구멍의 입구처럼 보이기도 했다.

'벽 감상'이 끝나면 천장을 구경했다. 방에 있는 천장은 민무늬의 도배지로 발라져 있었고 잠깐이라도 구경할 거리조차 없었지만, 그럴 땐 그냥 천장 가운데에 안방 등이 달린 모양을 이곳저곳 구석구석 뜯어보았다. 거실 소파에 누웠을 때는 그래도 천장에서 볼 것이 있었다. 거실

---

17) 이태준, 『무서록』(소명출판, 2015), 13쪽.

천장은 패널로 마감되어 있었는데, 각 패널에는 실지렁이가 움틀거리는 것 같은, 홈이 파인 듯한 무늬가 있었다.

천장을 구경하는 것마저 신물이 나고, 점심밥을 먹고 노곤해져 한숨 낮잠을 자고 일어나면, 병문안 차 친구들이 들이닥칠 시간이 되었다. 갈현동 집은 학교로부터 걸어서 오륙 분이면 되는 거리에 있었다. 친구들은 꼭 전해야 할 숙제거리나(그런 것은 많지 않았다) 그날의 놀거리, 배구공이나 제기, 공기 따위를 들고 왔다.

이상하다면 이상한 풍경이지만, 오전 내내 체력을 비축해둔 결석생은 오후 동안 친구들과 제법 신나게 놀 수 있었다.

이런 생활은 중학교에 입학하면서부터 끝이 났다. 중학교에 가보니 그런 식으로 학교를 다녀서는 공부를 따라갈 수가 없었다. 하루 학교를 안 가면 밀린 필기며 듣지 못한 수업이며, 일주일 내내 그 하루만큼의 공부를 보충하느라 진이 빠졌다. 이렇게는 안 되겠다고 생각이 들었고 내가 변해야 했다. 머리가 아파도, 배탈이 나도, 발목을 삐어도, 아버지의 근심 어린 눈길이 등 뒤에 쿡쿡 박혀도, 나는 '괜찮다, 학교는 충분히 갈 수 있다'라고 최대한 큰 목소리로 씩씩하게 선언하며 도망치듯 재빨리 등굣길에 나섰다.

학교를 절반씩만 다녔던 시간의 여파에 대해서는 훨씬 나중에 알게 되었다. 대학원을 졸업하고 직장에 출퇴근하는 생활을 하면서 나는 나의 어느 한 부분이 아주 망쳐졌다는 걸 깨달았다. 날마다 저녁이면 우울하고 억울한 마음을 떨칠 수가 없었다. 내일도, 그다음 날도 결석하지 못하고 매일 매일 어디로 출근해야 한다는 사실이 해 기우는 저녁마다 새로이 슬펐다.

지나치게 하기

실비아 플라스의 자전적 소설 『벨 자』에 보면 사회 초년생인 주인공이 팁을 주는 문화를 잘 몰라 곤란을 겪는 장면이 있다.

> […] 뉴욕에 와서 처음 택시를 탔을 때 운전사에게 10센트를 팁으로 주었다. 택시 요금이 1달러여서 10센트면 딱 알맞다고 생각했다. 미소를 지으며 감사의 말과 함께 10센트짜리 동전을 주었다. 그런데 그는 동전을 손바닥에 펴놓고 멀뚱멀뚱 쳐다보기만 했다. 실수로 캐나다 동전을 주지 않았기를 바라며 택시에서 내리는데 운전사가 고함치기 시작했다.
>
> "아가씨같이 깍쟁이처럼 살아야 하는데." […][18)]

어떤 일을 처음부터 똑떨어지게 하거나 모를 때 남에게 물어본다는 것이, 누구에게나 항상 쉬운 일은 아니다.

광화문에 있는 호주 대사관에 근무할 때의 일이다.

외국 생활을 오래 한 것은 아니지만, 영어를 곧잘 했다. 영문학과를

18) 실비아 플라스, 『벨 자』(마음산책, 2018), 77쪽.

나온 것도 보탬이 되었지만, 그전부터도 외국어 공부가 좋았다. 같은 뜻을 나타내는 다른 기호와 다른 발음이 있다는 것이 신기했다. 초등학교 3학년 때는 오빠가 중학교 입학 준비로 사둔, 교과서 해설이 담긴 테이프 세트를 가지고 와서 종일 들었다. 알파벳을 혼자 쓰고 익혀보았다. 며칠이 지나니 단어들이 들렸다. 어조와 강세만 있던 말의 흐름이 뜻으로 들리니 마냥 신기했다.

낮 동안에는 TV에 늘 AFKN이 틀어져 있었다. 지상파에 케이블 채널, IPTV와 각종 유튜브 채널이며 넷플릭스까지 원하면 언제고 영상을 시청할 수 있는 지금과는 달리, 전에는 영상이 재생되는 유일 매체인 TV 방송이 5시부터야 시작되었다. 주한 미군을 위한 영어 방송인 AFKN은 좀 더 오랜 시간 전파를 탔다. 그래서였는지 AFKN을 많이 보았다. 〈뽀뽀뽀〉를 본 기억은 많이 없어도 쿠키 몬스터가 나오는 〈세서미 스트리트〉는 말도 알아듣지 못하면서 거의 매일이다시피 보았다. 말은 몰라도 상황과 억양과 어조로 의미를 짐작하기에는 충분했다.

억양과 어조로 짐작하던 말이 하나하나 의미로 다가오는 경험은 경이로웠다. 나는 오빠의 테이프를 듣고 따라 하고 듣고 따라 했다. 발음을 따라서 하다 보니 점점 많이 들렸다. 대학 공부까지는 흥미를 가지고 차곡차곡 쌓은 영어 실력으로 너끈히 가능했다. 짧은 대화라면 영어권 원어민에게서 '너는 원어민이냐? 아니면 외국 생활을 오래 했냐?'라는 말을 들었다.

문제는 대학원에 진학하면서부터 드러나기 시작했다. 나는 '세계화 시대'를 맞아, 거창한 포부를 담고, 정부의 지원을 받아 선정된, 사립대 몇 군데에 만들어진 국제대학원에 진학했다. 나라에서 주는 장학금을 받아 공짜로 공부했고, 대학원 사무실에서 간단한 업무를 하면 꼬박꼬박 월급도 나왔다.

모든 수업은 영어로 진행되었다. 영어 수업을 듣는 데까지는 문제가 없었으나, 토론 수업 때는 그야말로 자괴감을 느꼈다. 나는 좀처럼 입을 뗄 수가 없었다. 할 말이 없어서가 아니라 '말'이라는 것이 내 생각을 표현할 수단과 무기가 되어주질 못해서였다. 우리말로 하자면야 백 번이고 천 번이고 반박할 수 있는 상대의 논거이지만 영어는 그 정도까지 내 편, 내 말이 아니었다.

말을 정리하면 타이밍이 늦었다. 타이밍을 맞추자고 말부터 시작하면 나는 논리적이고 합당한 전개 대신 어휘와 문장 구성력의 한계로 유아적이고 떼쓰는 것 비슷하게 여기저기 뚝뚝 끊긴 어설픈 반론을 제시하게 될 뿐이었다. 그렇게 2년 동안 대학원 생활을 하는 동안 나는 '한국에서만 공부했지만 영어를 잘하는 학생'이라는 정체성과 자신감을 잃고 '그러니까 나는 결국 제대로 잘할 수 있는 것이 아무것도 없었던 거구나' 하는 열등감을 얻었다.

그래도 졸업 후 추천받아 대사관에서 일하게 되었다. 계약직이었지만 잘만 하면 눌러앉을 수도 있지 않았을까 한다. 하지만 이곳은 더 어려웠다. 내가 그나마 구사할 수 있는 영어는 미국식 영어였다. 내가 들어간 곳은 호주 대사관이었고 내가 소통과 업무에 사용해야 할 수단은 호주식 영어였다.

나라마다 다른 영어가 있다고 할 수는 없겠지만, 분명 다르긴 달랐다. 업무 지시를 전화로 받을 때가 많았는데 거의 절반이나 그보다 조금 더 한 정도만 알아들을 수 있었다. 얼굴을 보고 말을 들으면 입 모양을 읽을 수 있지만, 전화로는 그게 되지 않았다.

추론 능력은 좋은 편이었다. 좀 더 일상적인 말로는 '눈치'라고 할 수 있겠다. 최근에 해왔던 업무와 근래에 호주와 관련해 미디어에 화제가 되는 이슈를 꿰어맞추면 얼추 짐작이 나왔다. 조금 전 나에게 내려진 업무 지시가 무엇이었는지.

여기까지 실마리가 나오면 이제 시작이다. 팁을 얼마나 주어야 할지 모르면 일단 많이 주고 보면 실수가 없고 어떤 일을 어떻게 해야 하는지 정확히 모르면 일단 어떤 일이든 많이 해두면 업무적으로 큰 탈이 없다.

나는 모든 가능성을 염두에 두고 보고서를 작성하기 시작한다. 호주는 육류의 수출이 매우 중요한 현안인 나라다. 전화 통화에서 '소고기'라든가 '수출'이라는 단어를 들었다면 나는 모든 관련 자료와 기사를 검색하기 시작한다. 그리고 모든 방향으로 보고서를 작성하기 시작한다. 소고기 수출입과 관련하여 한국과 호주와의 무역 역사에서부터 시작하여 향후 전망까지를 나름대로 분석하고 미디어에 노출된 호주 소고기의 이미지와 기사가 실린 빈도, 호주와 소고기의 연관 관계에 대해 한국인들이 어느 정도 인식하고 있는지 등등. 한국과 호주와 소고기의 '모든 것에 대한 모든 보고서'를 작성하는 식이다. 나중에 알고 보면 그저 '어제 호주의 소고기 대한對韓 수출 증가에 대해 다룬 ○○신문 기사 스크랩 좀 부탁해' 정도의 일이었다.

당연히 나에 대한 업무 평가는 훌륭했다. 오가는 직원들이 나에게 눈을 맞추며 '지금까지 왔던 직원 중에 네가 최고야'라고 말했다. '넌 정말 일을 잘해', '넌 정말 글을 종합적이면서도 알기 쉽게 작성해'라는 말을 들었다.

칭찬을 들을수록 나는 죽을 것 같았다. 그들을 계속 속이고 있는 것 같았고 그런 식으로 얼마나 오래 일을 계속할 수 있을지도, 언제 나의 한계가 들통날지도 알 수 없었다.

'그런 식'으로 일하는 데에는 너무 많은 시간과 체력이 소모되었다. 점심 먹으러 갈 시간 따위는 당연히 없었다. "같이 점심 먹으러 가요" 하는 직원들의 제의를 거절하고 집에서 싸온 도시락(삶은 고구마)을 혼자 먹으며 일했다. 체력은 점점 바닥을 드러내고 있었다.

때는 호주 올림픽을 1년 앞둔 시점이었다. 원래 대사관 일이라는 것이 그다지 업무가 과다하지 않으며 정시 출근·정시 퇴근이라는 아름다운 전통을 지니고 있음에도, 그때는 올림픽으로 인해 나름 미디어 관련 업무다 행사다 해서 대사관치고는 일이 많은 편에 속했다, 그렇더라도 일반 사기업 업무에 비한다면 엄살을 부려서는 안 될 상황이었겠지만, 올림픽 관련 행사가 가끔 저녁 아홉 시 정도까지 있었고(나름대로 야근이었다고 생각한다), 나머지 시간에도 모든 시간과 능력을 갈아 넣어 필요 이상으로 지나치게 업무를 하다 보니, 나는 대사관에 다니는 동안 두 번을 쓰러졌다.

지금 생각하면 다시 한 번 물어보고 확인하면 되는 일이었다. 하지만, 자신감 없는 사회 초년생의 입장에서, 지시받은 업무에 대해 다시 묻는 일은 곧 스스로의 무능을 광고하는 일처럼 느껴졌다. 주변에 마땅히 고민과 고충을 털어놓을 직장인 어른이라도 있었다면 좋았겠거늘 그런 이도 내 주위에는 없었다. 대신 우리 집에는 아버지가 있었다.

두 번째로 쓰러졌을 때는 아버지 앞에서였다. 휴일 아침에 여느 때처럼 아버지가 "잘 잤니? 왜 좀 더 푹 자면 좋을 건데." 하면서 이층 계단에서 나를 안아줄 준비로 팔을 벌리며 내려오고 있었다. 아버지를 마주 안으려고 나도 팔을 벌려 내밀었다. 그런데 그때 누가 뒤에서 잡아당기는 것처럼 몸이 아주 천천히, 천천히 뒤로 기울기 시작했다. 거기까지는 선명하다. 그다음엔 카메라 조리개가 닫히듯, 가장자리부터 동그랗게 까만

부분이 점점 넓어지면서 시야가 닫히더니 마침내 보이는 범위가 한 점으로 줄어들고 그다음에는 '눈앞이 깜깜'해졌다.

그리고 소리가 들렸다. "윤경아 정신 차려!" "괜찮니?" "물 좀! 물 좀!" "윤경아! 윤경아! 눈 좀 떠봐!"

눈을 떴다. 계단 앞 거실 카펫 위에 내가 누워 있었다.

여기에서 아버지의 '그렇게 힘든데 어떻게 다니겠니'가 초등학교 이후 오랜만에 다시 등장했다.

"쓰러지면서까지 다닐 직장은 아니다."

그렇게 대사관 생활은 정리되었다.

아버지가 틀렸다. 쓰러지면서 엎어지면서 다녀야 할 직장이었다. 나중에 두고두고 곱씹어봐도 아무래도 그렇다. 아버지를 원망할 수는 없다. 너무 힘들어 그만하고 싶은 나의 나약한 의지가 절반 이상 들어간 결정이었기 때문이다. 울고 싶은데 뺨 때린 격이었다.

불교에 '연기'라는 말이 있다. 세상일은 다 그럴 만해서 일어난다. 책임이나 업보, 누구 탓과는 조금 다른 뜻으로 이해한다. 우연과 필연의 완벽한 합치가 이루어질 때 어떤 일은 일어난다. 울고 싶기도 하고 뺨 때려주는 사람도 있고, 그저 그럴 만한 조건들이 정확한 시기에 충분히 갖추어져 나는 대사관을 그만두게 되었다.

아버지의 49재가 끝나고 함께 모인 제자분들과 식사를 하게 되었다. 아버지의 조교로 여러 해 집에서 만났고, 이후로도 사적인 연을 반갑게 이어오던 옛 조교 언니와 옆으로 나란히 앉았는데 그 자리에서 뜻밖의 말을 들었다.

"너 그때 대사관 다닐 때, 선생님이 계속 내내, 하 그냥 그만뒀으면 좋겠다고. 그래서 내가 그때 참 그랬지. 우리들은 얼마나 응, 얼마나 힘들게 일하면서 공부하고 그랬는데. 딸 고생하는 건 그냥 못 보셔가지고."

처음 대사관에 취직이라는 걸 했을 때 아버지가 정말 썩 좋아하셨다. 아무래도 문화와 관련된 곳이라 그랬고, 한국에서 외국어를 공부해서 그걸 활용할 만한 일을 얻었다는 것에 기특해서 그랬고, 무엇보다 딸이 첫 직장이라고 어디에 자리를 잡았다는 사실에 기뻐서 그랬다.

그랬는데 계속 내내 그만두기를 바랐다니. 소녀여 야망을 가지라는 말은 다 무엇이었단 말인가. 야망 이전에 건강, 그런 것이었나 말이다. 아버지의 팔은 언제나 딸의 건강과 안위 쪽으로 지나치게 많이 굽었다.

사회 초년생들에게라고 하자면 자격이 부실하고 말이 거창하다. 내 딸들에게는, 사회에 첫발을 들여놓았을 때 자기를 지나치게 괴롭히지 말라고, 그건 노력이나 성실과는 좀 다르다고, 누구든 붙들고 많이 물어보라고, 그래도 괜찮다고, 모두 이해한다고 말해주고 싶다.

중앙공원에서

아이들과 할아버지 사이에 추억이 많다.

분당 집에 다니러 오실 때는 근처 동네 구경도 함께하곤 했다. 아버지가 하도 바깥출입을 않다 보니 화정 집에서 분당 딸네 집까지 기왕 멀리 나온 김에, 무슨 벼락치기 공부하듯 그동안 밀린 외출을 몰아서 하자는 욕심이 생기기 쉬운 것이었다. 언제는 한번 아버지, 어머니, 큰딸 혜규, 이렇게 세 사람이 함께 분당 중앙공원에 산책을 나가게 되었다.

세 사람이 공원에 나간 후 나는 따로 내 볼일을 보러 집을 나섰다. 일을 마치고 돌아와 아파트 현관 앞에 서니, 현관 번호키에 비밀번호를 입력하는 짧은 동안에도 시끌시끌 앞다투어 말하는 소리와 깔깔깔 하는 웃음소리가 집 안에서부터 흘러나왔다.

집에 들어서자 아버지가 나를 보며 제일 먼저 말을 꺼낸다.

"혜규라는 어린이가 글쎄 분당 중앙공원에서 길을 잃어버렸대요."

어디서 많이 듣던 말인데 싶었더니, 전에 "옛날에 윤경이란 어린이가 살았대요" 하고 엉터리 이야기를 시작하던 그 말머리이다.

그런데 먼저 말을 꺼낸 아버지가 어쩐지 쑥스러워하고 어머니와 혜규는 말도 안 된다는 표정.

"어, 아니잖아요. 할아버지가 없어진 건데."

길을 잃은 사람은 아버지였다. 낯선 동네, 낯선 공원. 낯선데 볼 만한 나무가 많아 보기 좋은 나무만 따라 길을 밟으며 가다 보니 어느새 나머지 일행과 멀어지게 된 모양이었다. 어머니와 혜규는 할아버지가 없어진 사실을 알아채고 공원을 몇 바퀴씩 돌며 찾아다녔다. 사라진 할아버지가 얼른 눈에 띄지 않자, 두 사람은 온갖 좋지 않은 상상들을 떠올린 끝에, 급기야 공원 관리 사무소에 안내 방송을 부탁했다.

"화정에서 오신 최인훈 씨를 찾습니다. 지금 가족들이 화정에서 오신 최인훈 씨를 찾습니다. 이 방송을 들으시면 최인훈 씨는 공원 입구에 있는 관리 사무소로 오시기 바랍니다. 다시 한 번 말씀드립니다. 화정에서 오신 최인훈 씨를 찾습니다. 화정에서 오신 최인훈 씨를 찾습니다……."

아마 '화정에서 오신 최인훈 씨'가 방송을 탄 모든 사례를 통틀어 가장 급박하고 드라마틱한 순간이 아니었을까 한다. 한참 만에 방송을 들은 아버지가 관리 사무소를 찾아와 가족은 다시 상봉하게 되었다.

"얼레리 꼴레리 얼레리 꼴레리. 혜규는 분당 중앙공원에서 길을 잃어버렸대요."

아버지가 놀리자 혜규가 가만있지 않는다.

"얼레리 꼴레리 얼레리 꼴레리. 할아버지가 길을 잃어버렸대요."

거기까지만 할 것이지, 아이는 멈출 줄을 모른다.

"할아버지는 바보래요, 바보래요, 바보래요."

어, 어. 나는 불안해지기 시작한다. 아버지는 저런 말을 아마 평생 꿈에서라도 들어본 적이 없을 텐데. 할아버지 무서운 줄을 아직 모르고. 얼마나 크게 혼나려고. 너무 나가는 큰아이를 제지하려는 순간, 아버지가 어깨를 들썩거리고 고개를 뒤로 젖히며, 소리 내어 크게 웃으면서 말한다.

"할아버지가 바보라고?"

바보라는데, 웃는다. 화정에서 오신 최인훈 씨가.

이후에도 화제가 떨어지면 아버지는 벙글벙글 웃으며 이날 이야기를 다시 꺼냈다.

"이게 누군가, 분당 중앙공원에서 길을 잃어버린 이혜규 양 아니신가."

농인 줄 알 법도 한데 아이는 매번 흥분하며 억울해한다.

그럼 이번에도 성공했다는 듯이 만족스럽게 웃는다. 화정에서 오신 최인훈 씨가.

시상식

아버지는 박경리문학상의 제1회 수상자이다. 토요일에도 근무가 있는 남편을 제외한 분당 식구들 모두 시상식에 참석했다. 상을 주는 입장이 아니라 받는 입장이 되어보기는 오랜만이었다.

내가 참석했다고 기억되는 박경리문학상 이전의 시상식은 아주 한참 전이다.

시상식 자체는 막상 세세하게 기억나지 않는다. 열을 지은 의자에 오래 앉아 있던 것과 사진을 많이 찍던 일 정도가 느낌으로 남아 있다.

그 시상식 후의 식사 자리였던가, 내가 줄기차게 물을 마셔댔던 일. 둥근 테이블에 코스로 나오는 식사였는데 한구석에는 턱시도를 입은 남자가 서 있었다. 애초에 둥근 와인 잔에 담겨 있는 물을 마셨던 게 화근으로 물을 다 마시면 턱시도 남자가 다시 물을 채워 넣고 애써 다시 마시면 다시 채워 넣고 겨우 다시 마시면 다시 물을 가득 채워 따랐다.

따라준 물을 다 마시는 것이 턱시도 남자에 대한 도리라고 생각했고 그렇게 하는 것이 온통 어른들로 둘러싸인, 샹들리에가 빛나고 음식에 닿았던 포크며 나이프를 내려놓기가 미안하도록 희디흰 천이 드리워진 테이블에 대한 매너라고 짐작했다. 물배가 너무 차서 막상 메인코스의 접시에는 거의 손도 대지 못한 채 연신 화장실만 들락거렸다. 집에 돌아와 어머니가 왜 그렇게 물만 마셔댔는지 물었고 내가 사정을 설명하자 온 식구가 웃었다. 나는 웃지 못했다. 원통하기 이를 데가 없었다.

아마 같은 날이었다 싶지만, 다른 날이었을 수도 있다. 아무튼 시상식을 마치고 집에 돌아와 어른들이 내게 물었다. 아버지를 시상식장에서 보니 어떻더냐고, 멋있더냐고. 믿어지지 않지만 전해오는 바로는 내가 "네, 멀리서 보니까 멋있었어요. 코에 점도 안 보이고."라고 대답했다고 하는데 얼마 후, 아끼고 믿었던 아부쟁이 막내딸의 이 괘씸한 대답에 충격을 받은 아버지의 코에서 점이 사라졌다.

박경리문학상 시상식이 있던 날, 나는 아버지와 다른 차를 타고 원주로 향했다. 장거리 외출이 오랜만의 일이라 무리가 되고 가족이 아닌 사람의 차를 타고 먼길을 가는 것도 아버지에게 부담이 되었던 것 같다. 한창 출발해 가고 있는 도중에 연락을 받았다.

아버지가 쓰러져 근처의 병원으로 가는 길이라는 전화였다. 나는 시상식장에 먼저 도착해 병원과 연락을 주고받았다. 양해의 말로 시상식이 늦추어졌고 자리한 사람들 모두 걱정이 가득했다. 가족들은 더 말할 나위도 없었다.

다행히 곧 의식을 회복하고 시상식장에 도착한 아버지를 불안한 마음으로 맞았다. 시상식이 끝나고 우리는 불안한 마음으로 집으로 돌아왔다.

크리스마스 캐럴

> [⋯] 이것은 무엇이었을까? 모든 예술에 전제되는 유희를 완전히 이해하지 못한 것인가. 미숙한 어린아이의 덜 계몽된 순진한 믿음인가. 상상과 현실 사이의 경계가 존재한다는 인식이 없는 것일까, 아니면 그 반대로 자아를 잊을 정도로 환상의 영역으로 깊숙이 들어가 그 경계 바깥의 모든 것들이 의미와 내용을 상실하는 것일까?
>
> 가벼운 정신 병리적 기운마저 도는 독서열은 꿈속에서도 소네치카를 내버려두지 않았다. 그녀는 마치 꿈조차도 '읽는' 듯했다. [⋯][19]

「소네치카」는 제2회 박경리문학상 수상작품으로 어릴 때부터 독서광이었던 흥미로운 소녀 소네치카가 주인공으로 등장하는 러시아 소설이다.

유아기를 갓 벗어난 아주 어렸을 때부터 독서광이었던 소네치카는 오래된 도서관의 지하보관실에서 일하던 어느 날, 앞으로 그녀의 인생을 참으로 복잡하게 만들게 될 한 남자를 만난다. 처음부터 길고 복잡한 등장인물들이 대거 등장하여 오로지 그 이름들만으로도 독자를 좌절시키는 여타의 러시아 소설과 달리 인물들의 이름이 쉽게 파악되며(소네치카

19) 류드밀라 울리츠카야, 『소네치카』(비채, 2012), 9쪽.

라는 짤막한 여주인공의 이름에 안심하다가 로베르트 빅토로비치라는 남주인공의 이름에 당황할까 싶지만 이 고비만 넘으면 이후로는 별 무리가 없다), 소재가 새롭고, 문체가 경쾌하면서 작품의 진행이 믿고 따라갈 만한 데다가, 시각이 독특하고 생생한 비유 또한 풍성하여, 책읽기를 좋아하는 독자, 특히 '독서에 대한 독서'에 흥미를 느끼는 독자라면 아주 기꺼이, 그렇지 않은 사람이라도 그다지 어려움을 느끼지 않고 심호흡하지 않고도 재미있게 읽을 만하다고 생각하며 책을 읽기 시작했다. 주인공 소네치카는 "상상과 현실 사이의 경계가 존재한다는 인식이 없"다고 느껴지는 인물이며, 그녀에게는 책 속 세계와 현실이 하나가 되어 굴러간다.

아버지에게도, 책 속 세계와 현실은 하나가 되어 굴러갔다.

1988년에, 대외적으로는 고르바초프가 UN에서 행한 짤막한 연설에 의해 냉전의 벽이 허물어졌으며, 같은 해 여름에 대내적으로는 서울올림픽이 개최되었고, 그해 겨울 나에게는 생애 최초로 크리스마스 전날을 기려 친구들과 함께 밤을 새워보겠다는 원대한 계획이 마련되어 있었다.

초등학교 때부터 친했던 친구의 동창네 집이 '경양식' 집을 운영하고 있었다. 가게가 있는 건물 꼭대기에 옥탑방이 있는데, 네댓 되는 단짝 친구들은 시간만 나면 그곳에 모여 놀았다. '아지트'였던 셈이다.

다른 친구들은 부모님의 허락을 받고 왔다. 나는 어머니에게서 절반의 허락을 받았다. 아버지가 일찍 잠들면, 혹은 책을 읽다 아버지가 내 존재를 잠시 잊은 상태에서 내가 다음날 아침 일찍 들어가면, 그렇게 일이 잘만 되면, 평생의 추억을 만들 수도 있었다.

친구네 경양식 집에서 공짜로 제공해준 '코스요리(빵과 밥 중에 식사를 고르고, 달콤하고 상큼한 코울슬로와 감자샐러드가 함께 나오는 돈가스 정식 세트)'를 마친 우리는 정신이 번쩍 들게 하는 찬 공기를 맞으며 옥상으로 올라왔다.

옥탑방 가운데에는 난로가 있었다. 바닥에는 온기가 날아가지 않도록 빈틈없이 이불이 깔려 있었는데, 우리는 이불 하나씩을 차지하고 그 아래에 들어가 앉거나 누웠다. 누가 비밀을 고백하기 시작했고 시키지 않아도 차례로 하나씩 깊은 이야기를 털어놓은 다음 한바탕 함께 울었다.

겨울 해는 짧았다. 밤이 점점 깊어가면서 즐거운 시간은 계속되었다. 나는 불안했던 마음을 차차 내려놓기 시작했다. 무슨 일이 났으면 벌써 났지. 아버지에게 들통이 났다면 벌써 불려가고도 남았을 것이었다.

웃음 끝에 눈물 난다는 말이 있지만(아버지는 주로 내가 어떤 일로 지나치게 좋아하고 흥분할 때 이 말을 사용했다), 반대도 가능하다. 실컷 울고 난 친구들은 잠깐 머쓱해하다 갑자기 흐히히 흐히히 하고 미친 듯이 웃어대며 베개 싸움을 시작했다. 공중에 베개가, 이불이 날아다녔다. 비행물체들은 가운데에 놓인 난로를 아슬아슬하게 피해 날았다. 어느 베개는 난로 위에 ㄷ자 모양으로 달린 철사 같은 손잡이를 살짝 스치고 지나기도 했다. 불이 나면 어쩌지. 그런 생각이 머리를 살짝 스쳤다.

저녁 아홉 시경, 불은 다른 곳에서 나고 있었다. 크리스마스이브라는 대목을 맞은 은평구 소재 한 경양식 집의 서빙 직원은 불이 나게 울리는 전화벨을 처음에는 그냥 무시하기로 한다. 그러나 벨소리는 지칠 줄도 포기할 줄도 몰랐다.

마지못해 전화를 받은 직원이 급히 계단을 올라 옥탑방 문을 두드린다. 그 소리가 다급하다. 우리는 아무 쓸데없이 안에 사람이 없는 것처럼 소리를 죽였다.

"전화 좀 받아요!"

전화. 옥탑방에도 전화가 있었다. 다만 광란의 베개 싸움으로 우리는 벨소리를 듣지 못했다. 어머니는 애가 달아 딸이 미리 번호를 남겨둔 옥탑방으로 계속해서 전화를 걸었지만 딸과 연락이 닿질 않자, 가게로 연락을 취했다. 물론 아버지 때문이었다. 잘 시간이 가까워지는데도 딸이 눈에 띄지 않으니, 아버지는 어머니를 추궁했고, 사건의 전모는 크리스마스이브의 형형한 달빛 아래 명명백백하게 드러났다.

어머니 손에 이끌려 집까지 걸어오는 동안, 캐럴 소리와 사람들 소리로 거리가 시끄러웠을 테지만, 나에게는 관자놀이에서 뛰는 맥박 소리만 들렸다. 사람이 머리끝까지 화가 나면 머리에서 심장 뛰는 소리가 들린다.

소설 「소네치카」의 전개와 결말은 내 예상과는 크게 다른 반전의 양상이었다. 두 가지 현실을 살 것으로 기대했던 소네치카는 한 가지 현실만 살게 된다. 그녀의 선택은 구체적 현실이었다. 이것이 보통 사람들의 평균적인 선택이다.

> […] 책 속의 삶을 살아 있는 것처럼 생생하게 받아들이는 능력은 자취를 감추었고, 갑자기 이 세상에서 가장 변변치 않았던 것들, 예를 들어 직접 만든 쥐덫으로 쥐를 잡은 일, 컵 안에 떨어진 오래된 죽은 나뭇가지, 로베르트 빅토로비치가 우연히 얻게 된 중국차 한 줌이 다른 사람들의 첫사랑이나 그들의 죽음, 지옥으로 내려가는 사건보다 더 중요하고 의미 있는 것으로 다가왔다. […][20]

20) 같은 책, 22쪽

남편인 로베르트가 자신이 딸처럼 생각했던 딸 친구인 소냐와 복상사를 맞는 상황에서도, 소네치카는 '의연'하게 그 죽음을 맞이하며 소냐를 여전히 둘째 딸로 여기고 아낀다. 나는 문학에서 배우자의 불륜을 예술적 행위로 승화시키는 방식을 좀처럼 받아들이지 못한다. 그래서 이 작품에서 소네치카가 구현하는 '인고의 여인상'에 전적으로 몰입되지는 못했다.

소네치카와 달리, 아버지의 선택은 언제나 올곧게 한 가지였다. 반전은 없었으며, 그 선택은 언제나 '추상적 현실'이었다. 옥탑방의 친구들을 뒤로한 채 불만에 진정되지 않는 마음으로 도착한 집에는 그저 자상하고 미안해하는 아버지만 있었다. 어머니의 전화로 전해 들은 화염을 뿜을 듯한 아버지의 노한 기운은 흔적도 없었다. 당장 딸을 잡아오라고 했다던 아버지는 몹시 안절부절못하는 양으로 미안해하며 현관에 서서 기다리고 섰을 뿐이었다.

부서져라 문을 닫고 방에 들어왔지만 당연히 아버지의 노크 소리가 있을 거라고 생각했고, 당연히 아버지가 똑똑 하고 방문을 두드린다. 무슨 말을 한대도 쉽게 풀릴 마음이 아니었다. 아버지가 대체 무슨 말을 꺼내놓을까, 하고 기다리는데 아버지가 꺼내놓는 것은 말이 아니라 책이다. 미안한 마음을 담아 더듬더듬 뭉툭하게 꺼내어 놓은 몇 마디 후에 내민 책의 표지에 '크리스마스 캐럴'이라는 제목이 선명하다. 책이라니, 흥이다. 그렇지만 또 오래 흥, 흥만 하며 무시할 수도 없다. 아버지를 보낸 후, 그저 책을 읽기 시작한다.

> "[…] 그건 그렇구 오늘은 크리스마스이브란 말이다. […]"
> "그걸 물으신 것인가요?"

"그렇다."

딴은 오늘이 양력으로 섣달 스무나흗 날이니까 크리스마스이브임에 틀림은 없다. […]

[…] 이때 옥이가 상냥스럽게 풀이해주었다. 밖에서 잔다는 말은, 한데서 잔다는 말이 아니라, 외박한다는 뜻이니까 그렇게 알아달라고 했다. […]

[…] "아버님 왜 자꾸 그렇게 말씀하셔요? 꼬지 마시고 순하게 해주세요." […]

[…] "아무튼 내 생각은 외박은 안 된다는 거야. 이 점이 가장 중요해."

"글쎄 아빠는 그저 안 된다니 왜 안 돼요?"

"그럼 내가 묻겠다, 옥아 넌 교인이던가?"

"아이 참 누가 교인이래요?"

"그럼 크리스마스가 어쨌다는 거니?"

"크리스마스니깐 그렇죠."

"뭐가?"

"크리스마스지 뭐긴 뭐야요?" […]

[…] "몇 번 말해야 알겠니?"

"다들 오늘 저녁은 밤샘을 하는 걸요."

"왜 그런다더냐."

"아이 속상해, 왜는 왜야? 크리스마스니깐 그런대두요." […]

[…] "크리스마스면 예수가 난 날이라지, 예수교인이면 밤새 기도두 드리고 좀 즐겁게 오락도 섞어서 이 밤을 보내도 되련만 온 장안이 아니, 온 나라가 큰일이나 난 것처럼 야단이니 도대체 이게 어떻게 된 거니?" […]

[…] "창피한 일이다. 정신이 성한 사람이 보면 얼마나 우스꽝스럽겠느냐. 넌 남의 제사에 가서 곡을 해본 적이 있느냐?" […]

—「크리스마스 캐럴」 중에서[21]

내 속에, 이쯤이라면, 하는 생각이 든다. 한 지붕 아래서 사는 동안에는 그저 단념하고 '인고'해야 하려나 보다, 그런 마음이 들어선다.

성인의 탄일을 앞두고, 체념의 밤이 고요하게 깊어갔다.

21) 최인훈, 『크리스마스 캐럴』(문학과 지성사, 2009), 12~14쪽.

화두

"비트겐슈타인은 내 인생에서 큰 사건이었습니다. 나는 그를 아낍니다. 너무 늙어서 내가 풀 수 없는 문제들(내 연구가 제기하는 모든 종류의 문제들, 그러나 신선한 정신과 젊음의 활기를 요구하는 문제들)을 그가 풀 것이라고 느낍니다."[22] 비트겐슈타인에게 선생이 필요하던 바로 그때 러셀은 제자가 필요했다. 한 학기를 지도한 후 러셀은 그가 찾고 있던 제자의 모습을 비트겐슈타인에게서 찾아낸 것이다. 비트겐슈타인에게 러셀의 격려는 구원이었으며, 9년 동안(이 기간 동안 그는 자살을 계속 생각하고 있었다)의 외로움과 고통을 끝나게 했다.[23] 세상에는 이렇게 행복한 스승과 제자도 있다.

나는 아버지 인생에서 큰 사건이 되지 못하고 있었다. 아버지는 희망을 놓지 않고 있었지만, 아버지의 정신적 유산을 나에게 물려주려고 애썼지만, 나는 나를 알았다. 내게는 아버지가 풀 수 없는 문제를 이어 풀 만한 역량이 없었다. 아버지는 너무 컸고 나는 너무 얕았다. 애초에 그러고 싶은 의지도 없었다. 다만 아버지에게 그렇게 말할 수는 없었다. 그래

---

22) 레이 몽크, 『비트게슈타인 평전』(필로소픽, 2012), 72쪽.

23) 같은 책, 71쪽.

서 강의는 계속되었다.

똑똑.

자정이 가까운 시간에 들리는 노크 소리는 아버지가 아닐 수 없다. 시간 때문이 아니더라도 우리 집에서 노크를 하고 내 방문을 여는 사람은 아버지밖에 없다. 몇 번 모른 척하다 마지못해 방문을 열면, 문 뒤에 조금은 미안해하고 조금은 기대하는 표정의 아버지가 서 있다. 그렇게 한 밤의 강의가 시작되는 것이다.

주제는 다양하다. 아버지 입장에서, 잘 밤에 못 자게 하고 딸을 일어나 앉힌 것이 더 미안할 때에는 빙빙 에둘러 일상적인 화제에서부터 시작하고, 덜 미안할 때에는 바로 본론으로 들어간다. 문학에서 철학, 윤리학에서 천문학, 미학을 딛고 원시시대로 거슬러 올라갔다가 그리스 로마를 거쳐 미래로 닿았다가 종교·미술·음악까지.

시큰둥해하며 반쯤은 졸고 들어도 내용이 생각보다 어렵지는 않았다. 이 광범위한 주제에 대해 아버지가 학술용어나 전문용어를 사용하지 않고, 아버지의 어휘체계를 활용해 설명했기 때문이며, 아버지의 어휘체계라는 것은 오랜 세월을 통해 이미 나에게 익숙한 언어였기 때문이다.

소설 『화두』가 나에게 조금도 어렵지 않게 느껴졌던 것도 같은 맥락이다. 작품이 처음 출간되었을 때는 1994년, 내가 대학교 2학년 때였다. 작품의 형식이나 정체성, 장르를 두고 의견이 분분했고, 작품의 이해에 있어 어려움을 피력하는 평도 있었지만, 나에게는 늘 들어 알고 있는 내용이었다. 자전적 소설, 콜라주 기법, 그리고 역사의 기점들에 대한 아버지의 생각, 사람에 대한 입장, 개인과 사회, 역사와 기억.

작품을 쓰는 과정에도 가족들 모두가 흠뻑 개입되어 있었다. 글을 쓴 당사자는 물론 아버지이지만, 우리는 매일 지난밤 쓴 원고를 손에 들고

2층에서부터 계단을 내려오는 아버지를 기다렸다. 매일 연재되는 소설을 기다리듯이. 아버지가 쓴 원고를 돌려 읽고 각자 한마디씩 하고 나면 저마다 약간씩 기분 좋은 흥분상태가 되었다.

아버지가 소설을 쓰는 과정을 직접 본 것은 처음이었다. 아버지는 몇 번, "전집을 너무 일찍, 다 써버려서" 하며 웃은 적이 있다. 일찍 써버린 작품들은 모두 내가 태어나기 전의 일이고, 희곡작품들은 내가 태어난 이후에 썼지만 너무 어릴 때라 과정을 목격한 기억이 없다. 『화두』는 소설 쓰는 아버지를 직접 볼 수 있게 해준 작품이다.

『화두』를 쓰면서 아버지는 매일 상당한 양의 고기를 섭취했다. 가족들은 건강 문제를 걱정하기도 했지만, 그렇게 고기를 먹어도 아버지는 몸에 살이 더 붙거나 하지는 않았다.

작품의 출간 당시는 지금과는 또 조금 다른 분위기여서 '난해하고 생경하다'는 소감들이 있었는데, 그러던 어느 날 한 독자가 "선생님 이번 소설이 너무 좋아서 저는 침대 옆에 성경처럼 두고 조금씩 아껴 읽습니다."라는 소감을 전해 와 아버지가 무척 기뻐하기도 했다.

아버지의 작품을 어렵다고 하면, 누구에게나 그런 말은 그렇게 듣기 좋은 소리가 아니니까, "내용이 어려운 내용이니 그런걸. 쉬운 걸 일부러 어렵게 쓰는 게 아닌데. 어렵고 복잡해서 시간을 들이고 공을 들여 읽어야 하는 글도 있는 거지 어떻게 모두 다 쉽게만 쓰라고 하나 말이다." 할 때도 있고, "그러니까, 어려운 내용도 아주 쉽게 전달할 수 있어야 그게 잘하는 건데" 할 때도 있었다.

『화두』에 대한 아버지의 애정은 각별했다. 우리는 어느 명절의 차례에서 절하기에 앞서 아버지가 『화두』의 한 대목을 낭송하는 것을 들은 적도 있다. 차례상에 모신 조상님 중에 『화두』에 등장하는 어른이 있어,

"생전 알지도 못하는 사람인 줄 알고 절하는 것보다 낫지." 하는 말과 함께 그 어른이 등장하는 대목을 아버지의 음성으로 듣고 난 다음에 절을 올렸다.

『화두』를 쉽게 읽게 될 만큼 아버지는 공들여 씨를 뿌렸지만, 나는 아버지에게 큰 사건, 큰 제자가 되지 못했다. 문학은 나의 화두가 아니었다. 어느 때까지, 나는 문학에서 갈수록 멀어지기만 했다. 도망갈 수 있는 한 멀리 달아나고자 했다.

완벽한 임신과 출산과 양육

결혼을 하고 내 가정을 꾸리면서 나는 자연스럽게 산다고 느끼게 되었다. 남편은 안정적이고 무던한 성향이다. 작은 것에는 큰 신경을 안 쓰거나 못 쓰는 사람이다. 결혼 후, 남편은 나에게 여우인 줄 알고 결혼했더니 곰이라고 했고, 나는 남편이 곰인 줄 알았는데 여우 같은 점도 있다고 생각했다. 우리 부부는 서로 정반대의 성격이었지만 생각의 중요하고 큰 기준이 잘 맞았다. 신혼 초 한동안은 모두가 몸을 맡기고 있는 큰 물결에, 거스르지 않고 실려 가는 기분이었다. 편안했다. 그러나 이런 기분이 오래 계속되지는 않았다. 첫 임신을 하면서 전혀 예상치 못한 전개가 시작되었다.

이물감. 아니, 이신감. 내 몸이 내 것 같지 않았다. 조절 불가한 육체적 변화와 불편, 통증 때문이었고 정신적으로 내 몸이 어떤 도구가 되어 희생되는 느낌이었다. 어쩌면 생애 가장 큰 축복이라는 일을 두고 입 밖에 그런 심정을 꺼내놓을 수 없는 막막함과 외로움이 더해갔다. 지금은 환경이 조금은 달라진 것 같다. 사실 실제적으로 해결된 일은 아직 없지만 그런 막막함과 외로움을 말할 수 있는 시작에까지는 온 것 같다.

직장에 다니고 있었다면 몸은 더 괴롭고 마음은 덜 답답했을까. 신혼 살림의 정리가 좀 끝나면 다시 가정 밖의 직업을 가질 생각이었던 나는,

'임산부인 전업주부'라는 주 직업을 가지게 되었다. 입덧이 심해 체중이 37킬로그램이 되자, 의사가 "이 이상 체중이 내려가면 병원에 입원해야" 한다고 말했다. 그리고 "먹을 수 있는 것은 무엇이냐"라고 물었다. 거의 없다고 답하자 "아이스크림은 먹을 수 있냐"라고 다시 물어 그렇다고 답하니 그러면 됐다는 답이 돌아왔다.

무엇이 됐다는 건지 모르지만 아이스크림이 우유 비슷하고 우유는 완전식품이니 됐다는 건가 보다 생각했다. 임산부의 완전식품일지도 모를 아이스크림과 그 밖의 몇몇 먹을 수 있는 음식으로 연명하고 낳는 날까지 입덧을 하며 나는 엄마가 되었다.

출산 후 2박 3일을 병원에 머물고 퇴원하면서 나는 아기를 두고 나왔다. 아기를 신생아실에 그대로 둔 채 내 소지품만 꼼꼼히 챙겨 들고 내 한 몸 덜렁 병원의 1층 로비에 서 있었다.

"아기는?"

어머니가 물었다.

"아……."

아. 아기도 챙겨야 하는 거구나 이제. 그때까지 내 소지품도 내 몸도 아니었던 아기가 앞으로는 내 어떤 소지품보다 심지어 내 몸보다 더 소중한 존재가 될 참이었다.

엄마면 자기 아이에 대한 전문가여야 할 텐데 나는 아기에 대해 아무것도 몰랐다. 젖을 먹이느라 아기를 안고 있으면 행복감보다 이 없던 사람은 대체 어디서 온 걸까, 하고 낯가림을 했다. 아기도 낯설고 이십 몇 년 알아온 내 몸도 낯설었다. 유축기로 모유를 짜내고 있으면 세상에서 가장 낯설게 느껴지는 것이 나의 몸이었다. 이 액체가 다 어디서 오는 걸까. 나도 모르게 내 몸이 그런 걸 만들어내고 있다는 사실을 믿기 어려웠다.

아기는 24시간을 10분 단위로 쪼개 10분 울고 10분 자기를 반복했다. 백일이 지나니 밤잠은 길게 자게 되었지만, 밤잠에 들기 전에 기본 서너 시간 잠투정이 있었다. 해가 질 기미를 보이면 울적해졌다. 잠투정이 시작되면 짧게는 세 시간에서 길게는 대여섯 시간을 아기가 잠들 때까지 꼬박 안고서 걸어 다녀야 했다. 남편이 안으면 아기는 더 울었다.

외롭고 외롭고 외로운 데다 서글프며 화가 났고 무엇보다 몸이 고되기 이를 데 없었다. 지금 생각하면 산후 우울증도 있었던 것 같은데 그때는 아기를 낳은 엄마라면 당연히 겪는 과정이니 엄살 부리지 말자고만 생각했다.

집이 직장인 전업주부 엄마는 함부로 직장생활에 대한 불만과 고충을 토로하기 어려웠다. 그렇게 하는 일은 곧 내가 너무나도 사랑하는 가족에 대한 원망과 분노가 되었다. 원망하고 분노하기에는 나는 그 사람들을 너무 사랑하고 있었다.

그러니 차라리 화난 얼굴을 할지언정 입은 닫았다. 시간이 갈수록 나는 '즐거운 나의 집'에서 쉴 수가 없었다.

산후 우울증은 극복되었다기보다는 지나갔다. 밥이 눈으로 들어가는지 귀로 들어가는지 모르게 바삐 돌아가는 일상 중에 아이가 걷고 말하게 되자 나는 생각지도 못했던 새로운 세상을 만나게 되었다. 낳았을 때는 몰랐던 정이 기르면서 커갔다. 흔한 말이지만, 아기가 없는 삶은 상상도 되지 않았다.

"나는 애 키울 때 예쁜 줄 몰랐는데. 너무 힘들어서. 너는 애를 참 예뻐하면서 키운다."

어머니의 말에 제 말이 그 말, 했다. 아이가 신기하고 신비롭고 참 예뻤다. 그래서 둘째도 낳았다. 동생 생각을 따로 안 했는데 몸이 좋지 않아 병원에 갔다가 "동생 볼 생각이시면 빨리 가지시죠. 시간 지나면 어려워질 수도 있어요." 하는 말을 듣자 마음이 급해졌다. 큰아이같이 예쁜 아이가 하나 더 생긴다니. 그 아이를 꼭 만나 보고 싶었다.

그때는 모든 것이 격렬했다. 보람과 벅참과 행복이 격했다. 불만과 외로움과 피로도 그랬다.

오븐과 박스 테이프

미국 작가 실비아 플라스는 1963년 겨울, 아이들의 방문에 가스가 새어 들어가지 않도록 테이핑을 하고 오븐을 열어 머리를 집어넣어서 자살했다. 이 죽음에 대해 알게 된 후로, 가장 정서적으로 상황이 좋지 않던 동안은, 눈을 감을 때마다 테이핑을 하는 손을 보았다.

테이프를 쭉 잡아당기는 두 손이 보였고 찍찍 하고 테이프가 뜯어지는 소리가 들렸다. 깜짝 놀라며 눈을 떴고 죄책감에 시달렸다. 집에 있는 20년 가까이 된 오븐은 쿠키 따위 굽지 않고 방치된 지 하도 오래이고 전기로 작동하는 방식이라 혹시 내가 모종의 의미심장한 결심을 한대도 목적에 따라 제대로 작동해줄지 의심스러운 상태였지만. 어차피 정말로 뭘 어떻게 해보겠다는 생각은 아니었다.

> 가지 끝마다 매달린 탐스러운 무화과는 멋진 미래를 향해 손짓하고 윙크를 보냈다. 어떤 무화과는 남편이며 행복한 가정과 아이들이었고, 어떤 것은 유명한 시인이었고, 또 어떤 것은 뛰어난 교수였다. […]
>
> […] 이런 것들 위에는 내가 이해 못 하는 무화과가 더 많이 있었다. 무화과나무의 갈라진 자리에 앉아, 어느 열매를 딸지 못 정해서 배를 곯는 내가 보였다. 열매를 몽땅 따고 싶었다. 하나만 고르는 것은 나머

지 모두를 잃는다는 뜻이었다. 결정을 못 하고 그렇게 앉아 있는 사이, 무화과는 쪼글쪼글 검게 변하더니, 하나씩 땅에 떨어지기 시작했다.

—『벨 자』 중에서[24]

아이들이 자라 제 손으로 제 일을 챙기게 되었다. 격렬한 행복과 피로의 시절이 지나가자, 나는 흔히 '빈 둥지 증후군'이라는 단계를 겪게 되었다. 배를 곯으며 앉아서 녹슬어가는 오래된 오븐 같았다. 나는 아무것도 구워내지 못하고 있었다. 무엇을 구워야 하는 건지조차 알 수가 없었다. 한때를 바쳐 열심히 구워낸 아이들은 내 성과물이 아니라 독립된 인격체여서 놓아주어야 한다고 했다.

심리학 서적과 정신과 의사들의 칼럼에 집착했다. 뼈와 피와 손톱이 끊임없이 열거되는 시를 찾아 읽게 되었다. 점점 더 단단한 뼈와 흥건한 피와 날카로운 손톱이 등장하는 시가 필요했다. 아이들이 불안해하기 시작했다. 박쥐가 나오는 시를 작은 딸에게 읽어주자, 초등학교 6학년이던 아이가 밤에 잠을 못 잘 것 같다며 울었다. 엄마가 그런 시는 그만 읽어야 할 것 같다고 경고했다.

'손이 바쁘면 잡생각이 없다'라는 말을 주문처럼 되뇌었다. 울적한 생각이 떠오르면 집안일을 시작해 손을 바삐 움직였다.

24) 실비아 플라스, 『벨 자』(마음산책, 2013), 107쪽.

화두라는 화두

'광장'. '회색인'.

아버지 작품의 제목들이 이제는 대화의 광장, 만남의 광장, 현대인은 모두 회색인이다, 하는 식으로 비유의 '흔한 보조관념'이 될 만큼 익숙해졌다.

하지만 어느 작가가 붙인 이름이 그만한 자리를 잡기까지에는 처음의 충격과 신선함이 반드시 있었을 것이다. 그 충격과 신선함을 활용해 나도 한 번씩 표현해보고 싶어진 마음들이 모여 관용구로 자리를 잡게 되는 것이라고 생각한다. 그것이 그 작가의 역량이고 아버지는 제목을 붙이는 데 있어서도 그 탁월한 역량을 인정받을 만했다.

하지만 그건 담장 밖에서의 일이다. 널리 탁월한 역량을 인정받은 작가도 집에서는 아버지이고 남편이라는 사실이 먼저다. 본인에게는 무척이나 답답하고 안타깝게도, 동등한 가족의 일원이라는 존재감이 더 클 수밖에는 없다는 사정이며, 생활인으로서의 정체성에 앞서 인정받고 대우받고 존경받기가 어렵다는 말이다.

가족들은 하나같이 '화두'라는 제목을 반대했다. 25년 전이었다. 더러는 그전에도 들어보았다고 하는 사람들이 있겠지만, 작품이 발표될 당시에 '화두'라는 말을 접해본 사람이 많지는 않았을 것 같고 지금처럼 널리 알고 사용하는 말은 더더욱 아니었다. 뇌 안에 지적 공간이랄 게 그다지 없던 나는 확실히 처음 들어보는 말이었다.

아버지는 설명했다. 화두란 무엇인가, 이 불교의 용어는 어떤 때 어떤 용례로 쓰이는가, 아버지의 이번 작품이 무엇인가, 작품 전체의 흐름과 말하고자 하는 바가 무엇인가, '화두'라는 말과 새 작품, 이 둘이 어떤 접점을 가지는가, 그 접점에서 어떤 의미가 생산되는가, 작품의 제목은 왜 화두여야만 하는가.

듣고 나서도 우리는 좀 시큰둥했다. 사실 가족들은 대개 가족 중 다른 누군가가 하는 말에 일단 시큰둥하고 보지 않는가. 그러지 않는다면 참 좋은 일이지만, 어제도 오늘도 내일도, 같은 집에서 날마다 마주치며 사는 사람들끼리, 상대의 언행에 대해 매 순간 감동하고 감격하는 자세라는 것은 스스로 노력을 한다고 해도, 상대가 아무리 매순간 감동하고 감격할 만한 존재라 해도, 설사 그 상대가 강요를 한다 해도(간혹 그런 강요가 아주 없었다고 말하지는 않겠다), 쉬운 일이 아니다.

가족들은 화두라는 화두를 놓고 제각기 고민하는 시간을 따로 좀 더 가졌다. 그러고 나서도 계속 좀 더 시큰둥해했다. 안 될 제목은 아니지만, 지금 딱 결정하지는 말자. 더 생각해보는 게 좋겠다. 다른 제목도 가능성을 열어두고 여러 개 생각해보자.

아버지는 실망했다. 실망했을 것이다. 지금 생각해보면 아버지가 옳았다. 그렇지 않나. '화두'라는 제목. 얼마나 옳았는가. 그 옳음을 알아봐주는 '지기知己'가 가족 안에 없다는 것. 사람을 따로 즐겨 밖에서 만나지 않는 아버지로서는 외로웠을 것이다.

가족 중의 하나는 이제야 이 글을 쓰며 그 외로움을 늦게 짐작한다.

이십 몇 년 전에 너무나도 외로웠을 아버지가 난데없이 가여워서, 오전 아홉 시 삼십사 분에 카페 한구석에서 글을 쓰다가 주책맞게 울음이 너무 솟아서, 줄줄 흘러서, 건너편 테이블에 앉아 모듬 과제를 하는 학생들이 자꾸 쳐다보니까, 어떻게 하면 내가 아주 그렇게 '항상 이상한, 미친 사람'은 아니고 그냥 지금 개인적으로 많이 슬픈 일이 있어서 그럴 뿐이라는 것을 증명할 표정을 보여줄 수 있을까, 생각하다가 결국 그런 건 증명할 수 없겠다고 생각하고는, 울음을 참기도 하면서 닦기도 하면서 그러고 있다. 미안해하고 있다.

아버지는 그렇게 쓸쓸히 다시 2층 서재 아버지의 방으로 올라갔다. 그리고 가족과 대면하느니 차라리 면벽 끝에, 단독자로서의 결단을 내려 발표를 앞둔 새 장편의 제목을 '화두'라고 결정하게 된다.

울어보자고 시작한 얘기가 아닌데 나는 또 그렇게 되었다. 재밌게 쓰려고 했는데, 아버지 이야기를 하다 보면 요즘 자꾸 그렇게 된다. 아버지를 떠나보내고 나서는, 재미있던 이야기들이 다 슬픈 이야기로 변했다. 아무 데서나 울고 나는 자꾸 신파가 되어간다. 아버지가 너무 보고 싶어 어떻게 해야 할지 모르겠다. 실시간으로 제공되는 교통 정보처럼 자판을 두드리고 있는 지금에, 아이스라테를 받아들고 지나가던 사람이 나를 흘깃 보고 지나간다. 정말 어째야 할지 모르겠다.

할아버지와 은규

2017년 2월 18일 내 일기의 일부이다.

은규의 말.

은규에게 『소설가 구보 씨의 일일』의 일부를 보여주자,

"되게 멋지다. 유명한 미술 혁신주의 모임 같은 데서 서로 마주보고 초상화를 그려주고 그런 것 같아요."

"처음에는 어려웠는데 점점 구보 씨가 돼가는 느낌이에요."

"정말 힘들다. 책 하나 읽고 이렇게 육체적 피로를 느끼다니. 어지러웠어요. 끝없는 우주 속으로 들어가는 느낌이었어요."

작은딸 은규는 어려서부터 희한한 말을 잘했다. 큰딸을 학원으로 데리러 혼자 가야 하는 길이 심심해 은규를 데리고 집을 나선 적이 있었다. 아이는 그냥 길을 지나가는 법이 없었다. 지나는 길에 있는 꽃도 풀도 나무도 강아지도 모두 오래 보면서 한 걸음씩을 옮겼다.

도시의 밤은 환한 편이다. 하지만 아이의 눈에는 그대로 어두운 밤이었나 보다. 밤하늘을 올려다보던 아이가 물었다.

"엄마, 밤은 나무도 길도 안 보이게 다 훔치는데 왜 달은 안 훔쳐요?"

묘한 기분이 들어 아이의 말을 적어두었다. 그러다 쓰게 된 시가 은규의 첫 동시 「밤하늘」이다.

밤하늘

깜깜한 밤하늘아
무엇을 훔치니?

나무도 훔치고
길도 훔치고
사람도 훔치는
밤하늘아

왜
달은
안
훔치니?

아이는 매일 매일 적어두면 시가 되는 말을 했다.

자장면

먹어도 먹어도
줄지 않는 자장면아

너, 살아 있니?

뺄셈

친구야 안녕!

뺄셈을
할 때마다
내 숫자 친구들이
떠나간다.

963-396=
752-651=
812-600=

덧셈 타고
친구들이
다시 왔으면…….

신기했다. 격세유전인가. 글 쓰는 할아버지의 피가 이리로 갔나 싶었다. 은규가 시를 쓸 때마다 하루에 두 번이고 세 번이고 아버지에게 전화로 알렸다.

"아빠."

"오 그래 별일 없고? 오늘은 뭐 새로 쓴 거 없니?"

"있어요."

그날 쓴 시를 읽어드리면 그렇게 좋아하실 수가 없었다.

"대단하구나, 아주."

"어떻게 고 머리에서 그런 생각이 나왔을까."

"미래가 보인다. 잘 한번 키워봐라."

"어허, 참."

"은규는 이미 시인이다."

그렇게 모인 동시들에 아이가 직접 그림을 그려 『맛있는 동시 요리법』이라는 제목으로 책을 냈다. 다행히 책을 출판해주겠다는 곳이 있었다. 어른이 쓴 동시가 아니라 아이가 쓴 동시이기 때문에 내용이 더 재미있었던 것도 같다. 책이 좋은 반응을 얻어 금방 재판을 찍고 그해의 좋은 책에 선정되어 전국 국립도서관에 배부되었다. 아이의 할아버지에 대해서는 출판사 말고는 외부에 알리지 않았다. 괜한 눈길을 받지 않을까 걱정되었다.

두 번째 동시집을 낼 때에는 출판사 측의 요청이 있었다. 홍보에 사용할 수 있도록 책 소개에 은규의 할아버지에 대해 언급할 수 있었으면 좋겠다고 전해왔고, 아버지의 허락하에 그렇게 진행되었다. 두 번째 동시집의 맨 앞에는 아버지가 골라준 시를 실었다.

꽃샘 추위

바람은 매운데

해는 달다

은규의 두번째 동시집

이 책에는 아버지의 축하 글도 실려 있다. 그 글은 이 책의 뒷부분에 따로 실었다.

은규가 엄마에 대해 쓴 시가 하나 있는데 내용 때문에 책으로 출판할 때 삭제를 정중하게 요청했으나 저자와의 원만한 합의가 이루어지지 않아 그대로 싣게 되었다.

엄마손

다른 사람들은

책을 들고 계신
엄마 손이
뼈가 앙상해서

약할 거라고

생각하지만

진실은…….

엉덩이 맴매를

맞아보면

뼈 때문에 강하다.

약하고

강한

엄마손

샤워부스

화정 집에는 욕조에 줄 달린 수전이 있고 분당 우리 집에는 거실 쪽 화장실에 샤워부스가 있다. 아버지는 아늑한 느낌이 좋았는지, 분당에 오면 부스 안에서 샤워를 즐겨 했다. 뽀얗고 불쾌해져서 아버지가 소파에 앉아 있으면 내가 다 개운했다.

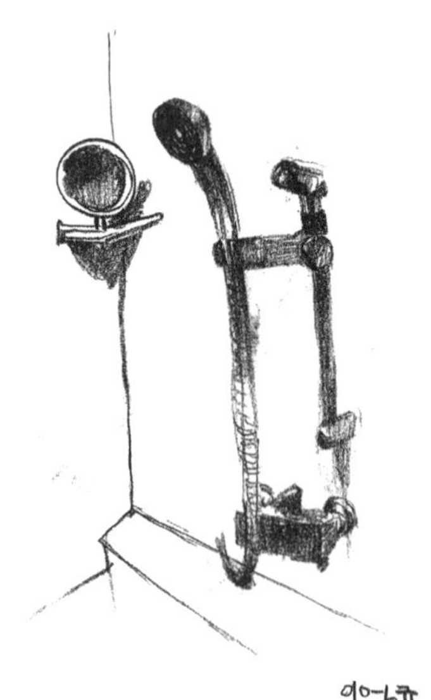

놀리다가 닮는다

아버지는 음식을 가리지 않고 다 잘 드셨다. 짜지만 않으면. 상에 올라온 음식의 가짓수가 너무 많은 것을 좋아하지 않았고, 음식이 짠 것은 으으으 하며 몸서리치게 싫어했다. 나물은 생것을 데치기만 해서 따로 만든 양념장에 찍어 먹었으면 하고 바랐지만, 나머지 식구들이 그런 나물에 젓가락을 대지도 않고, 아버지 것을 따로 하자면 두 번 손이 가는 일이라, 어머니가 몇 번 해보다가 더 이상 그렇게 상이 차려지지 않았다.

식성이 까다로운 편은 아니었다. 짜지만 않으면. 아버지는 간단하게 쿠키와 커피만으로도 끼니를 마쳤다고 생각했다. 종종 쿠키와 커피, 생마늘과 된장으로 구성된 괴이해 보이는 메뉴로 식사를 해결하기도 했다. 쿠키 한 입 베어 물고, 커피 한 모금 마신 다음, 생마늘에 된장을 찍어 먹는 순서를 되풀이하는 식이다. 생마늘과 된장을 무척 좋아해서 이 두 가지 기초 찬이 있으면 거의 모든 음식을 맛있게 들었다. 물론 어머니의 취미가 요리인 데다 솜씨도 좋고 손도 커서, 식탁은 훨씬 풍성하게 차려질 때가 대부분이었다.

놀리면서 닮는다고 나도 생마늘을 좋아한다. 된장보다 쌈장에 찍어 먹기를 좋아하는데, 큰아이를 가지고 입덧을 할 때 오로지 고기에 생마늘에 쌈장만 입에 맞아서 지나치게 먹다가 위경련으로 바닥을 여러 번

굴렀다.

놀리면 닮게 되니 되도록 남을 놀리지 말고 살아야 한다. 이상한 조합으로 끼니를 구성하는 것도 흔적이 남아서 나는 초콜릿과 김치와 커피로 식사를 만족스럽게 해결하기도 한다.

엄마는 밥을 이상하게 먹는다고 놀리는 은규야, 너도 안심할 때가 아니다. 놀리다가 닮게 된다. 너도 할아버지처럼 엎드려서 다리를 올리고 잔다. 사진도 다 있다. 함부로 누굴 놀리는 게 아니다.

자전거

비가 오려는지, 붉게 타며 어두워지던 하늘에 먹구름이 모여들기 시작했다. 우르릉 우르릉 마른 천둥소리가 났다. 급기야 하늘이 기괴한 암석의 색을 띠고 낮게 내려앉으며 굳어갔지만 나는 무섭지 않았다. 무섭지 않다는 것은 행복한 것이다. 다정한 누가 옆에 있는 것이다.

그날, 어디서부터 무슨 바람이 불었는지 모르겠다.

아버지가 자전거를 빌리러 가자고 했다. 나는 영문을 모르고 따라나섰다. 집에서 한 십여 분을 걸어가면 자전거 가게가 있었다. 나와는 꿈에서라도 상관이 없다고 생각한 곳이었다. 창고같이 어두컴컴한 가게 안쪽으로 자전거가 가득 줄을 맞춰 세워져 있었고 천장에도 주렁주렁 자전거가 매달려 있었다. 저러다 뚝 떨어지면 와장창이겠다, 그런 생각을 하고 있었다. 그런 중에 아버지가 꺼낸 말이 더 와장창이었다.

"이쪽에서 골라보자. 어느 게 마음에 드니?"

아버지에 대한 뭔가가 와장창, 하는 것 같았다. 무슨 일일까. 우리 아버지가 맞나.

내 나이 또래 아이가 탈 만한 자전거는 종류가 많지 않았다. 바퀴 주변의 프레임이 빨갛게 칠해져 있고 손잡이 앞에 하얀 바구니가 달린 자전거를 골랐다. 주인아저씨가 바퀴에 바람을 넣어주었고 브레이크며 안장이며 이곳저곳을 살폈다.

자전거를 집까지 끌고 오며 생각했다. 자전거로 뭘 하려는 걸까. 자전거를 끌고 오면서 그런 생각이 드는 게 우리 가족의 자연스러운 맥락이었다. 애들하고 좀 놀아주라는 어머니의 닦달 끝에 창경원에 한번 다녀온 것 말고는 아버지와 어떤 종류든 '몸으로 하는 오락 활동'이랄 것을 해본 적이 없었다. 그때도 기록용으로 남길 사진을 위해 아버지가 사진용 포즈를 너무 많이 요구하는 바람에 손에 쥔 아이스크림이 다 녹아 흘러 끈적해지고, 지치고 짜증난 자녀들과 아버지 사이에 분위기가 매우 냉랭해졌었다.

자전거로 자전거 타기를 하자는 말이었다. 어쩌면 당연한 말이지만 나는 너무 놀랐다. 자전거를 마당에 놓고 어떻게 생겼나 구경하는 게 아니고 자전거를 탄다고? 심지어 아버지가 뒤에서 잡아줄 테니 오늘 한번 자전거를 연습해보라고?

온 동네 아이들을 다 골목에 불러 구경시키고 싶었다. 나도 아빠가 있고, 아빠와 이런 것도 한다고 자랑하고 싶었다.

한나절을 꼬박 아버지가 뒤를 봐주었다.

“아빠가 잡고 있으니까. 걱정 말고.”

“아빠가 꽉 잡고 있다.”

“아빠가……. 아빠가…….”

생각에, 아버지도 그 역할을 꽤나 즐겼던 것 같다. ‘아빠’가 물리적인 형체를 가진 구체적 손으로 딸을 꽉 잡아주는 그 일을.

누가 나와서 봐주었으면 하는 바람이 어느 신에게 닿았는지, 부르지 않았는데도 골목에는 어느새 아이들이 여럿 모여 구경을 하고 있었다. 동네 친구들에게도 신기한 구경이었다. 일단 초록색 나무 대문 집 아저씨를 밖에서 보는 일이 흔치 않은 일이었고 그 아저씨가 딸과 놀아주는 모습은 더군다나 한 번도 본 적 없는 일이니까.

원래 몸을 잘 못 쓰는 데다가, 안장 위에서 균형 잡기가 쉽지 않았다. 자전거가 자꾸 쓰러져서, 아버지가 잡아주느라 애를 먹었다. 아버지도 그닥 몸을 잘 쓰는 사람이 아니라 나는 신경이 쓰였다. 내가 자전거를 너무 못 타서 아버지가 화가 나버리면 어쩌나. 아버지가 도와줄 마음이 남아 있는 동안에 내가 자전거 타기를 못 익히면 어쩌나.

그러나 그날 아버지는 끝까지 나를 도왔다. 자전거가 넘어가면서 아버지를 세게 때리고 상처를 내도 한 번 더 해보자며 웃었다. “어렵지? 균형 잡는 게 쉽지가 않아. 그래도 한 번 되면 그담엔 평생이니까 오늘 그렇게 하자.”

날이 저물고 있었다. 매캐하게 피어오르는 노을 속에 축축하고 묵직한 구름이 모여들었다. 그 저녁은 평소와 달랐고 나를 둘러싼 풍경과 소리가 아득하고 멀게 느껴졌다. 진짜처럼 느껴지지 않았다. 늦은 아침을 먹고 시작한 자전거 배우기가 북한산 언저리로 해가 빨갛게 넘어갈 때까지 성과 없이 계속되는데도, 아버지는 좋은 표정으로 나를 도왔다. 붉은 하늘이 완전히 검은 빛으로 되어갈 때쯤에는, 아버지의 도움 없이, 부드럽게 턴은 못할지언정 이쪽에서 저쪽으로 쭉쭉 일방통행으로 달릴 정도는 되었다.

막상 아버지 당신이 자전거를 탈 줄 아는지 여부는 모르겠다. 여하간에, 부녀간의 아름다운 추억의 장면으로는 자전거 타기가 제일이다. 그날의 아버지가 내게 평생 따뜻하고 든든한 모습으로 남았으니. 한번 배운 자전거 타기는 평생을 간다. 깊게 새겨진 인상도 평생을 간다. 엄격한 아버지의 나에 대한 사랑을 의심하고 또 의심하다가도 그날의 아버지만 생각하면 와장창, 하고 의심이 산산조각나곤 했으니, 내 기준으로 부모 자식 간에 자전거 가르쳐주고 배우기를 넘을 만한 정은 없는 거다.

아버지의 추천도서 2

『도리언 그레이의 초상』: 미안해. 참다못해 반은 내가 먹었어.

아버지는 내가 고등학교를 졸업할 때까지 책 읽으라는 소리를 한 번도 한 적이 없다. 초등학교 저학년 때는 가만히 두어도 책을 늘 손에 들고 다녔고, 이후로는 학과 공부가 더 중요하다고 생각했던 것 같다.

"학교 공부가 이렇게 바쁜데, 책 읽을 시간이 어디 있겠니. 중고등학교 학생들한테 책 읽어라 하는 건 아주 나쁜 말이야. 그런 말 하는 사람들은 아주 나쁜 사람들이야."

그렇다고 아버지가 나에 대한 추상적 기대(지적 성장)를 접었다고 생각한 것은 착각이었다. 영문학과에 진학한 이후로 아버지는 시시각각 기회를 노렸다. 대학 1학년 여름 방학 때 『호밀밭의 파수꾼』 다음으로 아버지가 나를 위해 준비해둔 리스트의 두 번째 소설은 오스카 와일드의 소설 『도리언 그레이의 초상』이었다.

아버지가 놓은 덫에 잡혀버린 것 같아서 어쩐지 자존심이 상하면서도 이 책은 진심으로 흥미롭게 읽었다. 잘 알려진 바와 같이 이 소설은 실제 사람 대신 그림이 늙어가는 이야기이다. 아도니스같이 아름다운 청년인 주인공 도리언 그레이와 이를 그리는 화가 바질, 작가의 사상적 자아인 헨리 워튼 경이 이야기를 엮어나간다.

> "[…] 난 지금 그 어떤 것도 인정한다, 인정 못 한다, 이렇게 말할 수 없어. 그건 인생에 대해 취해야 할 올바른 태도가 아니거든. 우리가 지닌 도덕적 편견을 내세우자고 우리가 이 세상에 태어난 것은 아니잖아. 나는 보통 사람들이 무슨 말을 하든 결코 마음에 두지 않아. 그리고 아름다운 사람들이 무슨 행동을 하든 간섭하지도 않지. […]"[25)]

> […] "해리, 바로 그게 네 잘못이야. 너는 아름다움을 너무 과대평가하고 있다고."
>
> "어떻게 그런 말을. 내가 선한 것보다는 아름다운 것을 더 좋게 생각하는 것은 인정하지. […] 추함은 일곱 가지 치명적인 덕복 가운데 하나야." […][26)]

작중 인물 중 헨리 워튼 경(해리라고도 불린다)은 유미적 쾌락주의의 화신이라고 할 수 있는데, 선악의 판단보다 미학적 시각과 가치를 우위에 둔다. 가끔 이 소설을 다시 뒤적이며 헨리 워튼 경의 궤변에 가

---

25) 오스카 와일드, 『도리언 그레이의 초상』

26) 같은 책.

까울만치 일면 사악한 대화를 대할 때마다 생각나는 일이 있다. 그 일이 있던 그날, 나는 꼼짝없이 불호령이 떨어질 줄 알았다.

좋아하던 만화가 있었다. 그렇게나 좋아했는데 지금은 제목도 기억나지 않는다. 네 컷짜리 가로로 긴 판형의 만화책이었다. 그 책 중에 주인공이 누구의 빵인가를 몰래 절반 먹고 나서 없어진 절반의 빵 자리에 쪽지를 남겨두는 에피소드가 있었다. "미안해. 참다못해 반은 내가 먹었어."

아, 아. 그 만화를 너무 재미있게 읽은 게 탈이었다. 아이디어가 너무 재미있어서 나도 꼭 한번 해보고 싶었다. 그 쪽지의 글귀를 꼭 한번 사용해보고 싶었다. 호시탐탐 노리는 자에게 기회는 지천에 널려 있다.

바나나가 전에는 참 비쌌다. 소풍 갈 때나 생일, 아픈 때에나 겨우 구경할 수 있는 귀한 음식이었다. 셋 중에 어떤 일 때문이었는지, 집에 바나나가 있었다. 비싸고 귀하고 그래서인지 세상에 둘도 없이, 참을 수 없게 맛있는 바나나가 어쩐 일인지 집에 있었던 게 애초에 화근이었다. 당연히 한 사람당 하나였다. 내 몫의 바나나를 금세 다 먹어치우고 나니 스물스물 더 욕심이 났다. 아직 오빠의 바나나 하나가 통째로 남아 있었다.

구체적 욕심으로 치자면 맛있는 바나나를 더 먹을 욕심이요, 추상으로 치자면 드디어 "미안해. 참다못해 반은 내가 먹었어."를 활용해볼 기회로 삼겠다는 욕심이었다.

쪽지를 먼저 쓰고, 정확히 절반을 겨눠 눈으로 금을 그은 다음, 오빠 몫의 바나나를 절반만큼 먹었다. 그리고 미리 준비해 접어둔 쪽지를 없어진 바나나의 자리에 얹어 두었다. 당연히 들통날 범죄였다. 다 먹어버리는 쪽이 차라리 완전하다. 일부러 죄의 자취를 남겨두고 겁이 나면서도 발각의 순간이 기다려졌다. 설레었다. 그러나 아버지에게까지 사실이 전해질 거라고는 생각하지 못했다. 어떻게 어떻게 어머니와 오빠에게 혼이 나고 야단을 맞는 선까지가 내 예상이었고 준비였고 각오였다.

일은 커져 있었다. 쪽지는 아버지 손에 들려 있었고, 나는 그 앞으로 불려갔다. 아버지의 표정이 엄정해 보였다. 나를 불러놓고도 조용히 쪽지만 내려다보던 아버지가 고개를 들지 않은 채로 나를 불렀다.

"윤경아."

"……네."

"오빠 바나나를 네가 먹었냐?"

"……네."

"왜 그랬니?"

"……."

"왜 그랬니?"

"먹고 싶어서요."

"그게 다냐?

"……."

"그게 다냐?"

"써보고 싶어서요."

"뭘?"

"그…… 쪽지요."

"쪽지 내용은, 네가 쓴 거니?"

"아니요."

"남이 쓴 거냐?"

"네."

"어디서 보고 쓴 거니?"

이런. 베껴서 쓴 것까지 합해서 혼나나 보다.

"……네."

"큰 소리로. 잘 안 들린다."

아버지는 작은 소리로 웅얼거리는 대답은 안 좋아했다. 이 상황에서 아버지의 화를 더 돋우어서는 안 된다.

"네!"

"어디서 본 거니?"

"……만화……요."

"큰 소리로!"

"만화요!"

"그게, 재미있던가?"

아버지가 드디어 고개를 들어 나를 본다.

"……네."

말이 자꾸 기어들어간다.

"그게, 재미가 있었던가 말이다!"

"네!"

"그럼, 됐다."

"……."

잘못 보았나. 아버지가 웃고 있는 것 같은데. 이건 뭔가 방향이 다르다.

"재미가 있었으면 그 정도는 됐다."

"……."

"윤경아."

"네."

"잘했다. 그게 '패러디'라는 거다."

"……."

"그만 됐고 이제 가서 밥 먹자."

"……네."

잘못을 했는데 야단 대신 칭찬을 받은 나는 얼떨떨했다. 식사를 하면서도 아버지가 흐뭇한 눈길을 보냈다. 패러디가 나를 살리고 밥도 먹게 해준 기억이다. 옳고 그름의 판단보다, 패러디로 아름답게 포장한 사건의 미학적 가치를 우위에 둔 아버지에게서 헨리 경을 읽었던 기억이다.

3부

어 디 서 무엇이 되어 만 나 랴

바람

이미 불고 지나간 바람에 뒤늦게 가지가 꺾이는 일이 사람의 세상에서는 생긴다.

부모가 나에게 무관심했다고 말하는 건 어른들에게 부당하고, 관심을 많이 받았다고 하자니 나에게 부당하게 느껴진다. 추상적 현실과 관련해서 나는 지나친 관심을 받았고 구체적 현실에 대해서는 관심이 부족했다.

내 정신세계의 성장을 위해서는 유례없을 만큼 전폭적이고 상시적인 지지와 관심과 격려를 받았다. 이 책을 여기까지 읽어왔고 또 끝까지 읽는다면 자연스럽게 알 수 있을 것이다.

내가 헤쳐가는 구체적 현실에 대해서는 그다지 관심이나 도움이 없었다. 초등학교에 입학해서 고등학교를 졸업할 때까지 학교의 어떤 상담이나 행사에도 부모님이 참석한 적이 없다. 갑자기 내린 비에 우산을 들고 마중 나오는 어른도 없었으며, 고민거리가 생겼을 때 집안의 어른과 상의한다는 가능성은 내 선택지에 없었다. 물론 일이 이렇게 된 데에는 지레 삼가고 조심하는 나 자신의 타고난 성향 탓이 절반은 족히 넘는다.

아프고 힘든 사람들이 집안에 있었고, 나는 가능하면 걱정을 끼치지 말아야 하며 안 그래도 힘든 부모를 기쁘게 해야 하고 그들을 도와야겠다는 판단과 다짐을 굳혔다. 소설 『올리브 키터리지』의 주인공처럼,[27] "주의력이 배회하는 느낌, 모두를 만족시켜야 한다는 의무감 같은 것"으로 가득했다. 네 맘이 내 맘인 것처럼 글을 참 잘 쓰는 사람들이 있다.

비 오는 날 우산 들고 마중 나오지 않은 일 따위로 부모를 매도하며 징징거려서는 안 된다는 것쯤은 알고 있다. 갖춰진 상황에서 부모님이 최선을 다했음도 익히 알고 있다. 자라는 과정에서 아버지는 "부모도 사람이니 완벽할 수 없다. 혹시 좀 서운한 점이 있더라도 그렇게 이해해주면 좋겠다."라는 말을 여러 번 했다. 나의 부모는 자식들을 경제적 어려움에 처하게 한 적도 없다. 쉬운 일이 아니다. 아버지가 매일같이 출근하는 대신 집에서 책 읽고 글만 쓰는 생활을 얼마나 바랐는지도 알고 있다.

치우침은 있었지만, 마음의 다함, 정성의 부족은 없었다. 아버지는 2017년 여름에 어떤 일로 나와 통화하면서 "어릴 때 너에게 그렇게 희생을 강요하면 안 되는 거였는데 미안하다. 너도 그냥 어린아이였는데." 하고 사과했다. 이런 말은 어려운 말이다. 말이 나오기까지는 오래 걸렸지만, 아버지의 그 마음은 늘 느끼고 있었다.

그러니 매도는 천만부당한 일이다. 다만 바람의 일을 말하는 것이다. 맞서지 않으려 해도 그저 솔솔 불어와 기어이 어느 날 마음속 어느 가지인가를 부러뜨리고 마는 바람의 일에 대해 말하는 것이다.

잊고 살았던 일들은 내가 아이들을 낳고 키우면서, 기억이 되어서 새로 불어왔다. 아이들의 입학식에 가면서, 졸업식에 가면서, 학부모 상담에 가면서, 학교 시험을 챙겨 도우면서 솔솔 여기저기가 꺾였다. 자라면

27) 엘리자베스 스트라우트, 『올리브 키터리지』(문학동네, 2010), 11쪽.

서 부모에게 이런 도움을 받을 수도 있는 거구나. 부모에게 이런 일을 도와달라고 말해도 되는 거구나. 뒤늦게 억울한 마음에 다 지난 고릿적 일을 쓸데없이 돌아보게 되면서 좀 쓸쓸했다. 최대한 나쁘게 말한대도 원망보다는 쓸쓸한 기분 쪽이다.

아프면서 달래지기도 했다. 부모님들은 자녀들에게 기울이지 않았던 방향의 관심을 손녀들에게는 기울였다. 손녀들의 입학식과 재롱잔치, 졸업식, 전시회와 생일모임을 비롯해 이름 붙이기도 뭣한 온갖 기념과 행복의 자리에 할아버지와 할머니가 있었다.

이럴 때는 무언가 보상을 받는 마음과 함께 아이들이 부럽다는 마음이 동시에 들었다.

졸업식

딸의 졸업식에 단 한 번도 발걸음을 하지 않았던 아버지가 큰 손녀 혜규의 초등학교 졸업식에는 두 번 생각도 않고, 심지어 번복도 하지 않고 참석할 마음을 내었다.

나는 신이 나서 한 달 전부터 아버지가 입을 노란색 패딩을 샀다. 추운 날 나들이할 것에 대비해 가장 두꺼운 것으로 골랐다. 2013년, 그때는 원색이 강렬한 패딩이 한창 유행이었다. 허벅지까지를 너끈히 덮는 두터운 패딩 점퍼는 눈부신 노란 빛을 뿜어냈다.

졸업식이 아침부터 시작이라, 화정 식구들도 서둘러 분당 집에 도착해 모였다. 졸업식이 있는 초등학교까지는 걸어서 5분 정도 되는 거리였다. 그 거리를 걸어가는데 나는 참 행복했다. 그야말로 행복했다. 나에게도 이런 날이 오는구나. 졸업식에 아버지와 함께 참석하는 일이. 남들 다 하는 일을 나도 하는 날이. 제대로 사는 것 같았다. 드디어.

날이 추웠다. 바람이 불 때마다 찬물을 뒤집어쓰는 것 같았다. 속까지 찬 기운이 파고드는 날씨였다. 오랜만에 바깥바람을 맞는 아버지가 걱정되었다. 뒤따라가며 아버지가 입고 있는 외투 깃을 올리고 머리가 노출되지 않도록 모자로 더 단단히 눌러 덮었다.

학교 안에는 이미 많은 사람들이 와 있었다. 할아버지까지 온 집은 많지 않았다. 나는 정말 행복했다. 무언가 대단한 일을 해낸 것 같았다. '남들처럼 제대로' 사는 것 같았다.

6학년 졸업생들이 모두 교실 자기 자리에 앉은 상태에서 방송으로 식이 진행되었다. 학생들은 자리에 앉았지만 손님들은 교실 빈 구석과 복도에 서 있었다. 생각보다 시간이 오래 걸렸다. 모든 아이들이 치하의 말을 듣고 졸업장과 상장을 몇 개씩 나누어 받았다.

다리가 아파오기 시작했다. 나도 힘든데 아버지가 괜찮을까. 걱정스러운 마음에 슬금슬금 아버지를 쳐다보았다. 복도에 면한 교실 벽 사물함에 기대어 서 있는 아버지의 얼굴에 그다지 지친 기색은 보이지 않았다. 체력이 좋은 아버지였다. 본래 골격이 가는 체형이고 근력이 우세하다고는 할 수 없으나, 가족 중에 가장 잔병치레가 없고 물론 큰 병도 없었다. 지루한 시간을 보내며 창밖을 보다가 아버지를 보다가 번갈아 살폈다.

끄어억. 이상한 소리가 나더니 아버지가 섰던 자리에서 천천히 주저앉았다. 잠깐이지만 나는 몸이 굳어버렸다. 주위에 있던 사람들이 아버지를 부축해 교사 휴게실로 옮겼다. 그제야 나도 정신을 차리고 뒤따라 뛰어나갔다. 앰뷸런스를 불렀고, 학부모 중에 의사가 있어 아버지의 상태를 살폈다. "오래 서 계셔서 그럴 겁니다. 뇌로 가는 혈액이 일시적으로 부족해서. 별 문제는 없을 거예요." 아버지는 곧 의식을 회복했다.

그날의 나머지 시간, 우리는 행복한 것처럼 보냈다. 행복한 것처럼 사진을 찍고 행복한 것처럼 가족 식사를 하고 행복하기만 했던 것처럼 인사를 하며 헤어졌다. 이후에 진행된 검사에서도 이상은 발견되지 않았다. 나는 두고두고 행복했던 이 날의 일이 마음에 걸렸다. 아버지에게 몹쓸 일을 하게 한 것 같았다. 나 자신이 자꾸 용서되지 않았다.

도청과 입단속

보는 눈이 어디에나 있다는 것이나 아버지가 잘 알려진 사람이라는 사실을 '항상' 의식하고 살지는 않는다. 하지만 내 입을 조심해야 한다는 것은 언제나 가슴에 새기고 지냈다.

내가 어렸을 때는 시절이 수상할 때였다. "우리 집 전화는 도청이 될 수도 있으니, 통화할 때는 늘 조심해서 말해야 한다. 집에서 가족끼리 한 말을 함부로 전화에다 해서는 안 된다." 그런 말을 듣고 자랐다.

어른들의 당부는 이미지, 그리고 신체적 감각으로도 새겨졌는데, 당시에 집에 있던 검은색 전화기의 이미지와 어릴 때 들기에는 꽤 묵직하던 수화기의 무게감 같은 감각은, 그것에 대해 말할 때 지니게 된 나의 심적인 부담이나 책임감과 하나가 되었다.

이 각별한 지시에 타고난 조심성까지 보태어져서, 나는 가까운 사람들에게도 속 얘기를 잘 하지 않았다. 한번 자리잡은 태도는 그대로 굳어져 더 이상 그렇게까지 조심할 필요가 없어진 나중까지도 집안의 이야기, 특히 아버지에 대한 이야기는 사리고 조심하고 쉽게 꺼내놓지 않았다.

그랬던 내가 지금 아버지에 대한 글을 이렇게나 쓰고 있는 걸 보면, 시간이 바꾸지 못할 일은 아무것도 없고 정말 하고 싶은 얘기는 역시 결국 하게 될 수밖에 없다. 고인 말, 맺힌 말은 언제라도 쏟아지고 흐른다.

결혼 후 가족과 함께 원당에 있는 추어탕 집에서 최인훈 선생을 본 적이 있다. 뒷자리에서 가족과 식사를 하고 있었다. 뒤를 돌아볼 수 없어 식당의 유리창에 반사된 모습을 훔쳐보았다. 유일하게 들리던 말은 손녀로 보이는 아이에게 "맛있니, 많이 먹어라"라는 말이었다. '선생님의 글을 좋아합니다'라고 몇 번이나 다가가 말을 건네려다 말았고, 그 말을 하지 않았다는 것을 다행이라고 생각한다.

—《국민일보》 2018년 7월 30일자, 「살며 사랑하며-김태용」, '최인훈, 지성과 감각의 태풍' 중에서

보는 눈, 듣는 귀가 언제나 버겁고 두렵기만 한 것은 아니다. 우연히 위에 인용한 글을 접하게 되었다. 말을 건넸어도 아버지가 좋아했을 텐데, 하는 생각이 들었다.

글로 기록하여 남긴다는 것은 중요하다. 글에는, 했던 말도 하지 않았던 말도 더 중요하게 만드는 힘이 있다. 하지 않은 말에 대한 기록을 통해 우리 가족의 기억에 남아 있지 않던 어느 날의 외식이 색다르게 소중한 추억으로 남게 되었다. 글을 써주신 분께 감사의 마음을 전하고 싶다.

잉여인간

나 자신이 쓸모없다는 생각을 꽤 오랫동안 극복하기 어려웠다.

가족을 돌보는 데 모든 걸 바쳤다고 하기는 부끄럽고(나는 살림에 큰 소질이 없었다. 가정주부로 결혼생활을 하는 동안 내내 가장 재능이 없는 일을 주 직업으로 삼고 있다는 생각이 들었다.), 아무도 나를 고의로 속인 사람이 없음에도, 속았다는 느낌에 분노가 일었다. 남들에게 뒤처지고 있다는 후회는 이미 너무나 일찍부터 시작되어 있었다.

큰딸이 일곱 살 무렵, 유치원을 마치고 돌아올 때 나는 TV를 보고 있었다. 집안일 사이사이의 토막 시간에 큰 집중력을 필요로 하지 않으면서 시간을 보낼 방법이 달리 마땅치 않았다. 아이가 나를 빤히 쳐다보다가 물었다.

"엄마는 TV 보는 게 직업이에요?"

나의 가장 약하고 아픈 부분을 찔린 것 같았다. 세 살 터울인 작은아이가 네 살이었다. 무능한 엄마여서인지, 나는 그 뒤를 쫓아다니는 일만도 벅찼다. 집안일은 한 것에 대한 증인은 대체로 없고 하지 않은 것에 대한 물증만 남는다. 아이에게 처음으로 젖을 물리며 스스로를 젖소와 동일시하게 되었던 경험과 그때의 야릇했넌 감정은 날마다 강화되기만 하여 나는 젖소 이상은 아닌 존재라는 생각 속에 무력감만 커갔다. 스스로를 무능한 잉여의 인간으로 여기게 되었다.

아이 둘을 키우면서 내가 집 안에서 하는 일과 역할이 적지 않았지만 돈으로 교환되지 않는다는 것이 문제였다. 집 밖의 사회에는 내 자리가 없었다. 그래서, "엄마는 TV 보는 게 직업"이냐는 아이의 아무 악의 없는 물음에 어떤 스위치 하나가 정확하게 눌렸다. 나는 불같이 화를 냈고 아이는 영문을 모른 채 그 화를 다 받았다.

차곡차곡 쌓여만 가던 분노와 후회가 아이의 사춘기를 기점으로 폭발하기 시작했다. 그나마 내가 노력했고 결실이 있다고 생각한 부분이 아이들의 양육과 교육이었다. 초등학교를 졸업할 무렵 싹이 텄던 사춘기는 중학교에 진학하면서 꽃을 피웠다. 지금 생각하면 그래도 순한 사춘기다 싶기도 하지만, 그때는 아이가 나의 통제력을 벗어난 처음이라 어쩔 줄을 모르고 절망했다. 엄마의 모든 말에 반박하고 주식은 방 한쪽에 쌓아두고 먹는 컵라면이며 방과 후에는 학원을 빼먹고 간 곳을 알 수 없는 딸과 매일 대치하면서, 나는 아이에 대한 생각을 가능한 한 덜 하고 싶었고 그러다 드디어 '나'에 대해 생각하기 시작했다.

스스로의 존재에 대해 생각이 미치기 시작했다면, '나는 누구인가'를 물으며 나를 살고 있다면, 상황이 그다지 좋다고 볼 수는 없다. 정상적이고 행복한 사람은 존재의 의미에 대해 물으며 살지 않는다. 그냥 산다. 들숨과 날숨을 의식하며 숨을 쉬기 시작했다면, 호흡 과정의 어딘가에, 혹은 최소한 정신의 어딘가에 문제가 생긴 것이다.

집 안의 장서가 자녀에게 미치는 영향

집 안 어디에나 책이 널려 있었지만, 나는 좀처럼 아버지의 책에 손을 대는 일이 없었다. 책은 언제나 아버지가 마지막으로 놓아둔 자리에 마지막으로 놓아둔 모습을 지키고 있어야 하는데, 일단 한번 그 자리에서 꺼낸 이후에는 완벽하게 같은 상태로 재현해놓을 자신이 없었기 때문이다.

아버지의 서재에는 책이 넘쳤다. 책장에는 책이 가로로 세로로 겹치거나 위에까지 얹혀서 행여 낭비되는 공간이 없도록 빼곡히 꽂혀 있었다. 서재에 할 일 없이 누워 있다가 가로로 세로로 대각선으로, 아니면 선반 하나씩을 건너서 책 제목을 읽으면서 시간을 보내곤 했다. 한글은 어깨너머로 일찍 떼었지만, 영어나 일어로 된 제목들은 읽을 수가 없었다. 외국어로 된 책의 제목들은 그저 기호나 그림으로 감상하다가 제목에 정말 자주 등장하는 'and'나 'the', 'の' 같은 글자는 어른에게 물어서 뜻도 알게 되었다.

제목 읽는 일에도 싫증이 나면, 다음에는 책의 제목을 바탕으로 내용을 추리해보는 순서였다(그 시절의 병약한 어린이에게는 정말 마땅히 놀거리가 없었다). 『꺼삐딴리』, 『참을 수 없는 존재의 가벼움』, 『한없이 투명에 가까운 블루』 같은 제목이 박힌 책등이 빽빽하고 단단하게 자리잡고 있던 모습은, 지금도 위치까지 눈에 선하다.

유독 이 세 개의 제목들이 기억에 남는데, 『꺼삐딴리』의 경우 도무지 내용을 짐작하기도 어려울 만큼 독특한 제목 때문이었고(나는 '꺼삐딴리'가 무슨 의태어나 의성어, 혹은 도깨비의 이름일 것이라고 짐작했다), 『참을 수 없는 존재의 가벼움』의 경우에는 도대체 존재의 가벼움이라는 것은 무엇인가, 또 존재가 가벼우면 가벼웠지 참을 수 없을 건 또 뭔가, 그런 생각이 꼬리에 꼬리를 물었기 때문이며, 『한없이 투명에 가까운 블루』의 경우에는, 어쩐지 이 책이 한없이 투명에 가까운 블루를 뽐내는 바다 가까이 사는 어느 소년에 대한 동화 같은 이야기일 것이라 생각하고 마음대로 여러 줄거리를 상상해보았기 때문이다.

나중에, 『한없이 투명에 가까운 블루』가 근대화의 달성이라는 큰 목표를 완성한 후에 남는 '상실감'을 그린 소설인데 시적이면서 동시에 외설적인 표현 때문에 아쿠타가와상 후보로 올랐을 때 심사위원들의 의견이 장시간 엇갈리기도 했다는 사실을 알고 큰 충격을 받았다.

집에서 아파 누워 있는 무료한 시간이 많았던 나는 이런 쓸데없는 짓으로라도 시간을 때워야 했다. 책제목으로 상상하는 일에 싫증이 나면, 생각나는 무엇을 여러 번 반복해 소리 내어 말해보았다.

구름, 구름, 구름, 구름, 구름, 구름, 구름, 구름. 생각, 생각, 생각, 생각, 생각, 생각, 생각, 생각. 그러면 여지없이 애초에 저걸 구름이라고 이름 붙인 사람이나 이걸 생각이라고 부르기 시작한 사람을 정말 엉뚱하고 난데없다고 여기게 되었다. 저걸 구름이라고 이걸 생각이라고 부를 아무 이유가 없지 않나, 여기게 되었다.

책에 노출되는 것은 인지능력 발전에 전반적 영향을 미치고 그 결과, 언어능력, 수리능력 및 기술문제 해결능력에 영향을 미친다는 연구 결과가 있다고 하는데, 그런 연구 결과에 솔깃해하는 다수의 학부모 중 한 명인 나는, 비록 다 읽지는 않더라도 집에 책이 많은 것이 아무래도 좋겠지 하게 된다. 책이 있으면 뭐하나 안 읽으면 그만이지 하다가도, 소쉬르와 관련된 나의 경험을 생각해보면 책 구경만으로도 아이들에게 긍정적인 효과가 나타난다는 주장이 또 근거가 있는 말인가 싶기도 한 것이다.

현대 기호학의 창시자로 일컬어지는 소쉬르도 나만큼이나 무료한 시간이 많았던가 보다. 내가 알고 있는 바로, 소쉬르는 언어의 자의성에 대해, 즉 기표와 기의, 시니피앙과 시니피에, 표현과 내용 사이에 아무 필연적인 관계가 없다고 말한 사람이다. 그러니까 구름이라는 호칭과 하늘의 솜뭉치라는 물리적 실체 사이에는 아무 필연이 없다는 것을 말해서 유명해진 사람이다.

언어의 기호와 내용에 대한 소쉬르의 구조언어학을 몰라도 우리는 언어의 기호와 내용 사이에 아무 필연적 관계가 없다는 것을 안다. 구름, 구름, 구름, 구름(기호) 하고 몇 번만 말해보아도 왜 하늘에 떠 있는, 저 어떤 때는 더러운 솜뭉치 같고 다른 때는 깨끗하게 빨아놓은 솜뭉치 같은 것(내용)을 공히 구름이라고 하는지 이유를 알 수 없다는 생각, 구름이 아니면 어떻고 구름이면 어떠랴 하는 생각은 누구나 한 번쯤 자연스럽게 한다.

이 '구름이면 아니면 어떠랴' 하는 의문, 필연 없는 자의성을 소쉬르는 '시니피앙(기표, 기호)이 시니피에(기의, 내용) 위에서 미끄러진다'라고 표현했다. 이런 단순한 일로 무슨 학문의 창시자로 일컬어진다는 것이 기가 막히다.

나는 소쉬르를 거실 탁자에 굴러다니던 어느 문학 계간지에서 처음 접했다. 역시 정확한 때는 모르지만, 불광동 집에 살 적이니, 초등학교 4학년 이전이다. 표지에 뭐가 미끄러진다는 말이 있었다. 아버지의 책에는 손을 안 대는 것이 상책이지만, 자꾸 그 '미끄러진다'는 말이 눈에 밟혔다. 아버지가 읽는 책에서 뭐가 미끄러질 일이 딱히 없을 텐데. 늘 반듯반듯하게 각을 맞추어 책을 쌓아두는 아버지의 평소 습관과는 달리 비스듬하게 탁자 위에 외따로 얹혀 있는 책의 놓인 모양새에서 빈틈을 보고 용기를 내었다.

책을 집어 들고 소파에 누워 찾아 읽었던 해당 부분이 바로 소쉬르의 '구조언어학'에 대한 글이었다. 시니피앙이니 시니피에니 하는 외국어는 어려웠지만, 내용은 아주 쉬웠다. 구름과 솜뭉치에 대한 이야기였다. 우연히 접한 책과 거기서 얻은 지식은 내 머릿속에 생각의 뼈대를 만들었다.

이후에 모든 미끄러지는 관계와 그에 대한 철학, 예를 들면 '무의식의 언어인 욕망을 의식의 언어로 해석해내려는 우리의 노력은 항상 욕망의 대상 위에서 미끄러진다'로 시작하는 라캉의 이론이나 '모든 것은 시니피앙에 오염되었다'라는 데리다의 말 등을 접할 때 이 뼈대에 살을 보태어 쉽게 이해할 수 있었다.

그렇게 따져본다면, '몇 권 이상의 집 안 장서가 자녀에게 미치는 긍정적 영향'에 대한 주장에 찬성표를 던질 수도 있겠다고 생각한다. 모두 아이들을 위한 일이라는 변명을 대고, 오늘도 택배로 도착한 새 책 몇 권을 책장에 꽂으면서 느껴지는, 책을 또 너무 많이 사버렸다는 죄책감을 애써 덮는다.

집 안의 장서가 부녀관계에 미치는 영향

책 읽는 딸의 취미를 대견해하셨고, 딸네 집 책장을 둘러보시며 "좋은 책들이 많구나. 윤경이는 머릿속이 잘 정리돼 있어서 나중에라도 좋은 글을 쓸 수 있을 거야." 그러시면서 책 몇 권 뽑아 들고 집으로 돌아가곤 하셨습니다. 책장에 꽂힌 책들을 보며 딸의 머릿속이 보이셨던 걸까요. 책장에는 불안하고 우울한 제목을 한 책들도 많아 저는 마음 한 편 어쩐지 쑥스럽고 죄송한 마음이 들기도 했습니다.

— 영인문학관 전시 〈1950년대 작가들의 내면풍경〉 기념강연 중에서

아버지는 분당 집에 오시면 쓰고 온 모자와 선글라스를 소파 옆의 작은 탁자에 올려놓고 욕실에 들어가 손을 씻은 다음, 늘 두 딸아이의 방에 가서 새로 들여놓은 책이 어떤 게 있는지 살펴보았다. 대개 큰딸아이의 방으로 먼저 들어가 침대에 걸터앉거나 뒷짐을 지고 침대 앞에 서는 것이 시작이었다.

나이가 들고 추상적 현실과 구체적 현실의 안팎으로 어려움이 닥치면서 이를 견뎌볼 요량으로 나는 다시 책을 읽고 사 모으기 시작했다. 안의 어려움으로는 중년의 우울이 있었고 밖의 어려움으로는 아이의 사춘기가 있었다.

『죽음에 이르는 병』, 『기도하는 손을 잘라라』 같은 책들이 책장을 채웠다. 불안과 고통과 어둠을 피와 뼈와 살과 박쥐가 가득한 시어로 표현한 시집들도 가득했다. 그렇게 되었던 건 집 안 다른 장소에 책장을 들여놓을 만한 공간이 마땅하지 않아서였다지만, 지금 생각하면 사춘기 딸아이들의 방에 있는 책장 컬렉션을 그 지경으로 만들어놓고, 참 생각이 짧았다는 반성도 한다.

불안하고 우울한 제목을 한 책들이 대부분인 책장에 고전 명작들도 어느 정도는 되었다. 흔히 '세계명작'이라고 불리는 소설류에서부터 한국 근대 소설과 김수영 전집, 김소월 전집, 박목월 전집, 백석의 시집까지.

2017. 12. 4.

아빠, 엄마, 오빠가 다녀갔다. 아빠가 식사를 아주 잘하셨다. 전에 갔던 마리채에 갔는데 거의 말씀도 않고 웃기만 하시면서 열심히 식사하셨다.

집에 돌아와서 혜규 은규 방에 각각 들어가셔서 책장에 꽂힌 책들을 구경하셨다. 혜규 방에서 『박목월 시전집』을 가지고 나오셨다. 빌려가도 되냐고 물으셔서 농담으로 안 된다고 했더니 사레들려 기침을 하셔서 당황했다. 다시 웃으며 가져가시라고 했다. 작은 종이 쇼핑백에 넣어서 즐겁게 가져가셨다. 「나그네」 같은 시는 천재가 쓴 거라고 하셨다. 그때가 아니면 쓸 수 없는 것이라고 하셨다.

일기에 적어둔 이날, 나는 기뻤다. 아버지가 내 책장에 꽂힌 책들을 칭찬하셨기 때문이다. 어릴 때보다는 덜해도 나는 언제나 아버지의 인정과 칭찬에 목이 말랐다. 이날 나는 생명수를 실컷 들이켠 듯 뿌듯했다.

"좋은 책들이 많구나. 윤경이는 머릿속이 잘 정리돼 있어서 나중에라도 좋은 글을 쓸 수 있을 거야."

좋은 책들이 많구나, 머릿속이 잘 정리, 좋은 글을 쓸 수 있을 거야.

책장은 내 뇌를 꺼내어 전시해놓은 것 같은 사물이었다. 내 뇌 속에 있는 정신을 칭찬받은 기쁨이 첫째였고 어릴 때 들었던, 머릿속이 잘 정리되어 있다는 칭찬을 오랜만에 들은 기쁨이 둘째였으며 좋은 글을 쓸 수 있을 거야라는 말에 설레는 기쁨이 세 번째 순서였다.

"머릿속이 잘 정리되어 있다."

글을 깨우친 지 얼마 되지 않았을 때부터, 아버지가 쓴 글을 제일 먼저 읽는 일은 내 차지일 때가 적지 않았다. 아마 내가 제일 고분고분하고 거부의 의사를 본격적으로 드러내지 않았기 때문이 아니었을까 한다. 아버지에게 '싫어요'라고 말하기에는 내가 겁이 많았다. 그렇다고 나머지 식구들이 퇴고의 '기회'를 모면할 수 있었던 것은 아니고 아버지가 새로 쓴 글은 결국 마지막에는 거의 모든 가족이 한 번씩 돌려 읽었다.

나는 겁이 많았고 아버지에게는 원고 청탁이 많았다. 각종 잡지사(짧은 콩트 종류)와 신문사(주로 신춘문예의 심사평), 연극 공연 때 팸플릿에 실릴 작가의 말, 그 외에 가끔 쓰셨던 원고들(예술이론 관련)이었다.

아버지가 건네는 원고들을 나는 금방 읽었다. 아버지에게서 늘 듣던 사유를 글로 만나는 일이었다. 몇 장의 원고를 오래지 않아 읽고 아버지에게 되돌려 드렸다.

"다 읽었어요."

"벌써? 이렇게 금방? 안에 건너뛰지 않고 다 읽은 거시?"

"네."

의심하는 아버지가 원고의 내용 몇 가지에 대해 질문하고, 빼먹지 않고 읽었다는 것이 증명되는 절차를 거치게 된다. 이 절차에 당연히 통과되게끔 내용을 짚어가며 글을 읽는 것쯤은 필수이다.

"정말 다 읽긴 읽었구나. 그래, 어떠냐?"

여기부터가 문제다. 아버지의 모든 글이 딸이 읽기에 흥미롭지는 않다. 그렇다고 재미없다고 말할 수는 없다.

"재미있어요."

"어디가 재밌니?"

누구에게도 장점은 있고 눈 씻고 찾으면 어느 글에도 흥미요소는 있다. 지성이면 감천이라고 재미있는 부분을 꼭 찾겠다는 정성이 지극하면 하늘이 어둔 눈을 뜨게 해준다.

"여기, 이 비유가 꼭 맞고 좋았어요."

"그래, 그게 재미있던가? 그러면 잘됐다. 거기가 재미있게 읽혔으면 했는데."

그러나 정성이 그만 못해지기도 한다. 어린 딸의 마음에 그저 짜증이 날 때가 그런 때이다. 그만 좀 하지 아버지는 참, 하는 불선한 마음이 턱, 하고 들어서버릴 때가 그런 때이다. 그런 때는 하늘도 괘씸히 본다. 그럴 때에도 방법은 또 있다. 문장론으로 접근하는 것이다.

"네, '전체적'으로 글이 재미있는데요."

내용은 '전체'로 뭉뚱그린다.

"그래."

"여기, 여기, 여기, 같은 조사가 너무 많이 반복되는 것 같으니까 좀 고치고 바꾸면 좋을 것 같아요."

"어디? 응. 그래 그렇구나. 그런 건 바꾸면 되지."

"네."

"그리고 이 문장은 호응이 안 맞아요."

"그래? 그렇구나. 그런 건 바꾸면 되고. 내용은 어떻던가?"

다시 내용이다. 그러나 당황하지 않는다. 다음엔 글의 구조로 대응한다.

"네, 내용도 내용인데, 글의 순서도 약간 바꾸면 더 효과적일 것 같아요."

"응?"

"여기, 이 부분이 너무 늦게 나오니까, 핵심 내용이 나오기 전에 너무 오래 기다리는 느낌이 들어요. 차라리 이 문장을 맨 앞으로 빼면 읽는 사람들한테 인상도 강하고 훨씬 친절하게 느껴질 것 같아요."

이러면 시간을 좀 더 벌 수 있다. 대개의 경우에 아버지의 질문은 여기에서 멈춘다.

"윤경이는 머릿속이 참 잘 정리되어 있구나"라는 말과 함께.

"좋은 글을 쓸 수 있겠다."

아버지는 직간접적으로 내가 글 쓰는 사람이 되기를 바라는 속내를 장기적으로 비쳤지만, 나는 굳건히 버텼었다. 그러다가 아버지에게 이 말을 오랜만에 들은 2017년 12월 4일 즈음에는 정말로 무언가를 끄적거리고 있을 무렵이었다. 나도 모르게 그렇게 글을 쓰고 있었다. 그래서 '좋은 글을 쓸 수 있겠다'라는 아버지의 말이 쑤욱 맘에 박혔다. 마음에 심어진 씨처럼, 작은 묘목처럼 여린 시작으로 자리잡기 시작했다. 그리고 그 말은 점점 나무로 자랐다. 든든해졌다.

> 2017. 12. 17.
>
> 나는 어차피 죽을 것이다. 그러니 다 괜찮았다.

아버지가 『박목월 전집』을 가져가고 며칠 후의 일기이다. 나는 정말 어려움을 겪고 있었다. 아버지와 책이나 문학에 대한 이야기를 점점 더 많이 하게 되었다. 그런 날이 올 거라고는 나쁜 꿈에서라도 생각해본 적이 없었다.

아버지는 내 책장에 점점 책이 늘어가는 것도 딸과 문학 이야기를 할 수 있게 된 것도 흐뭇해하셨다. 화제가 풍부해지니 전화로도 오래 이야기할 수 있었다. 내가 꾸린 장서의 추상적 세계에 아버지를 초대해 담소할 수 있었다.

아버지는 나중에는 으레, 우리집에 오면 만면에 웃음을 띠고 마음에 드는 책 한 권씩을 골라 가지고 돌아가곤 했다. 고작 그런 일로 나는 아버지에게 작은 무엇을 갚은 기분이 되었다.

사는 것은 건강에 나쁘다

학교 가기가 참 싫었다. 아침에 눈을 뜨기도 일어나기도.

'왜'가 필요했다. 왜 잠을 깨야 하는지 일어나야 하는지 학교에 가야 하는지. 이유를 생각해내지 못한 아침엔 몸이 아팠다. 머리가 지끈대거나 속이 메슥거리고 오심이 났다. 아마 밥먹듯이 결석을 해대는 바람에 갈수록 꾀가 난 탓도 있었을 것이다.

궁리 끝에 잠들기 전에 한 가지씩 계획을 세웠다. 이유를 만들었다. 내일 아침에 다시 눈을 떠야 할 이유, 밥을 입에 넣어야 할 이유(지금도 그런 편이지만 어릴 때는 도저히 음식이 넘어가질 않아 늘 물과 함께 약 먹듯 밥을 삼켰다), 학교에 가야 할 이유(초등학생 때는 어제 아쉽게 패배한 공기놀이의 설욕이나, 학교 앞 문방구에 새로 들어온 예쁜 메모지나, 음식 모형 같은 신기한 지우개 구경 따위가 너끈한 이유가 되어주었다. 예쁘고 신기한 것들은 언제나 내 마음을 끌었다.), 그리고 다시 집으로 돌아와야 할 이유와 초등학생을 넘어서 어른이 될 때까지 앞으로도 계속 살아야 할 이유. 허세병이 좀 어려서부터 시작된 셈이었다. 필요 이상으로 잡생각과 걱정이 많았다. 딱히 없는 스트레스도 만들어서 받았다. 그러니 어리고 작은 몸이 남아날 리가 없었다.

날마다 기운이 반푼어치도 없고 돌아가면서 한 군데씩은 꼭 아픈 딸 때문에 노심초사 걱정하던 어느 하루, 어머니는 방송에 많이 나오는 유명한 가정의학과 전문의에게 나를 데리고 갔다. 대학병원의 대기실에서 너무 오래 기다린 탓에 진료실에 들어갔을 때는 이미 기진맥진해져 있었다. 의사는 화면과 실물 사이에 큰 차이가 없게 너그럽고 훤한 인상이었다. 화면과 실제가 너무 똑같아서 잠시 꿈인가 싶었다.

"몸이 많이 약해요. 밥도 잘 안 먹고. 배에서 출렁출렁 물소리가 나고요. 항상 메슥거리고 머리가 아프다고 그러는데요. 왜 그럴까요?"

어머니가 말을 쏟아내자 의사는 미리 대답하지 않고 진찰을 시작했다. 내 가슴팍에서 등판에서 청진기로 소리를 듣던 의사는 잠깐 동안 내 얼굴을 빤히 쳐다보더니 무얼 꼬부랑 꼬부랑 쓰며 차트에 시선을 그대로 둔 채 입을 열었다.

"애가 스트레스가 심해요."

"스트레스요?"

의사가 고개를 들어 어머니를 야단치듯 쳐다보았다.

"애는 지금 학교고 뭐고 다 그럴 때가 아니에요. 어디 시골에 목장이나 그런 데 가서 쉬어야 해요. 요양."

시골, 목장, 요양이라는 말을 들으며 나는 〈알프스 소녀 하이디〉에 나오는 병약한 소녀 클라라를 떠올렸다. 그런 말들은 클라라에게 속하는 말이지 나는 아니었다. 나는 시골에 아는 친척도 더군다나 목장을 운영하는 지인도 없었다. 내가 알기로 어머니나 아버지 주위에 그런 일로 줄을 대볼 만한 지인도 없었다. 요양이라니. 너무 낭만적인 말이었다. 내가 감당하기에는.

어머니와 나, 둘이서 집에 오면서 무슨 말을 했는지는 기억나지 않는다. 버스를 타고 창밖을 내다보며 아마 각자의 생각을 했던 것 같다. 나는 알프스에도 스위스에도 살지 않고 부잣집 딸도 아니면서 스위스 같은 풍경을 한 어느 목장집의 침대에 하얀 이불을 덮고 누워 있는 내 모습을 상상해보다가 이내 절레절레 고개를 흔들었다.

"에에에이! 거 무슨 바보 같은! 스트레스를 받는다는 게 사는 건데! 살아 있는 사람이 어떻게 스트레스를 안 받나! 어디서 말 같지도 않은 소리를!"

의사가 시골에서 요양할 것을 처방했다는 말을 들은 아버지는 소리를 지르며 크게 화를 냈다. 나는 화내는 아버지가 무서웠다. 내가 뭘 크게 잘못했다는 느낌이 들었다. 그때는 아버지가 화내는 이유를 이해하지 못했다. 이제 짐작은 간다. 아이들을 키우면서 이해하게 되었다. 내가 아버지를 닮은 구석이 있고 그에 기반해서 짐작하고, 그 짐작이 맞을 가능성이 있다면 아버지는 불안했던 거다. 당신의 어린 딸에게 스트레스가 있다는 것과 스트레스가 그 정도로 심하다는 것과 그것이 몸의 증상으로까지 나타난다는 것, 의사에게서 나온 대처법이라는 게 시골 목장의 요양밖에는 제시된 바 없다는 상황에 대해 불안하고 속이 상했던 것이다. 불안하고 속이 너무나 상한 나머지 그만 화가 나버렸던 것이다. 내가 내 아이들을 키우면서 아이들이 아플 때 짠한 마음이 들기 전에 무섭고 불안해서 화가 났던 것처럼. 아이들이 아프면 걱정 끝에 거의 화가 나고 걱정에 지쳐 신경이 폭발해버릴 때가 있다.

나는 모르고 결핵도 앓고 지나갔으며 모르고 간염도 앓고 지나갔다. 두 병 모두 예방주사를 맞으러 갔다가 이미 병을 앓고 이겨낸 후라 몸 안에 항체가 있다는 사실을 알았다. 그랬으니 그렇게 매일이다시피 아팠겠거니 한다. 어느 날 아프다 아프다 지쳐, 동네 놀이터 미끄럼틀 옆에 서서, '하루만 아무 데도 안 아프게 해주세요' 하고, 크리스마스나 여름 주일학교 때 학용품을 받으러 간 교회에서 만났던 하나님에게 기도했던 기억이 난다.

또, 몸을 움직이는 것을 하늘의 도리에 어긋나는 일인 셈 치고, 앉을 수 있으면 서지 말고, 누울 수 있으면 앉지 말며, 누울 수 있으면 괜히 눈꺼풀과 싸우지 말고 자는 것이 옳다는 신념대로 늘 딸을 이불 속에 파묻어두기에 분주했던 아버지를 생각해볼 때, 타고나기를 약골로 난 데다가 운동 부족으로 근육은 점점 더 약해지니 항상 기운이 없고, 집에서는 거의 누워서만 지냈으니 소화도 안 되었던 건 아닐까 하는 생각에 멋쩍게 웃음도 난다.

그리고 지금에야 드는 생각이지만 그때 아버지와 그 이야기를 오래 한번 해보았으면 좋았겠다 싶다. "사는 건 건강에 안 좋다"라는 말씀을 자주 하시던 아버지였다. 인생의 기본값이 스트레스라는 생각은 은연중에 내 마음에 자리잡게 되었다. 그리고 그 생각은 언제나 나무 울타리를 두른 스위스 어느 목장의 푸른 초원을 배경으로 한다.

미국 삼촌과 내리사랑

미국에서 큰삼촌이 왔다. 아버지가 위독하다는 소식을 듣고, 한국에 온 것이다. 아버지는 4남 2녀 6남매 중 장남이다. 친할아버지를 포함해 아버지를 제외한 모든 가족이 1970년대 초 미국 이민 길에 올랐다. 한국에는 우리 가족만 남았다. 다니러 온 삼촌은 아버지 바로 아래 남동생이다.

어릴 때부터 삼촌이 좋았다. 아버지와 다른 것 같은데도 가장 닮았다는 생각이 들었다. 행동력과 추진력이 두드러지는 점이 달랐고, 문학이나 사회에 대한 관심이 닮았다. 곁에 가면 늘 좋은 향이 나고 근사한 배색으로 옷을 잘 입는 멋쟁이 삼촌이다.

보기가 괴로워 아버지 병실 문을 닫고 나오는 나를 안아주며 삼촌이 말했다.

"많이 힘들지? 힘들지. 나도 형제가 이런 일은 처음이거든."

삼촌도 이미 벌겋게 울고 난 눈이었다. 서로 다독이고 나서 병실 앞 소파에 앉아 삼촌이 이야기를 시작했다.

"내가 꼬셨지. 한국에 돌아가지 말라고."

아버지는 1973년 9월 미국 아이오와대학의 '국제작가 프로그램'의 초청으로 미국으로 건너가, 이후 4년간 미국에 머무르게 되었다. 이때 미국에 이민 가 살고 있던 큰삼촌이 아버지의 귀국을 만류했다는 사연이었다. 가족 중 누구도 모르던 이야기였다. 하마터면 가족의 역사가 아주 바뀌어버릴 뻔했다.

삼촌에게는 풀어놓을 이야기가 많았다.

> […] 9월 졸업을 위해 한 학기 등록할 생각도 없어서 군대 소집에 응했다. 7년간의 군 복무 생활은 그렇게 시작되었다. 나의 군대 생활을 돌이켜보면, 어떤 의미에서 참다운 의미의 '나의 대학'이었다고 생각한다.
>
> 직업 군인으로서 출세하려고 들어간 것이 아닌 바에는 군 업무는 나에게 큰 정신적 부담을 주지 않았다. 그리고 통역장교, 정훈장교, 보도장교 등으로 근무한 탓으로 책을 읽는 생활을 주위에서 유별나게 보지 않아주는 평안함을 누릴 수 있었다. […][28)]
>
> —「원시인이 되기 위한 분명한 문명의식」 중에서

"어머니가 두고두고 그랬다고. 그냥 군대를 마쳤으면 될걸. 괜히 통역장교가 뭔가 하는 바람에 군대에 그렇게 오래 있었다고."

역시 모르던 이야기였다.

할머니 생각은 그랬겠지만, 그냥 군대 생활을 했다면 아마 타고난 체력이나 성정으로 볼 때, 아버지에게는 큰 정신적·육체적 부담이 되었을 것이다.

"난 정말 억울하다고."

병실 앞 소파에 마주 앉은 삼촌이 다른 이야기를 시작한다.

"네 아빠가 말이야, 우리한테는 그렇게 안 했단 말이지."

---

28) 최인훈, 『길에 관한 명상』, 「원시인이 되기 위한 분명한 문명의식」(문학과지성사, 2010), 21쪽.

"……."

"여기 한국에 올 때마다 아주 그냥 자식들 예뻐 죽는 거 보고."

"……."

"우리는 말이야, 옛날에 아빠가 너무 무서워 가지고 말이지. 네 큰고모는 막 오빠가 집에 올 때 되면 동네 나무에 올라가 숨고 그랬다고. 안 마주치려고."

아버지. 아버지.

"나도. 집에 오면 막 야단이니까. 동생들 공부하라고."

"무슨 공부요?"

"영어 공부하라고. 뭐 배운 데, 안 배운 데, 이런 것도 없어. 그냥 책을 막 아무 데나 편다고. 그랬는데, 그러고 아무거나 물어봤는데 뭘 모르면 이제 큰일나는 거지. 모른다고."

아 아, 아버지.

"그랬는데 한국에 딱 나와보니까. 자기 자식들은 너무 아까워하는 거야. 그렇게 예뻐하고. 배신이지 배신."

묘한 배신의 감정은 삼촌만 느낀 것이 아니었다.

> "책 보는 일에 가장 많은 시간을 배당합니다. 새벽 3시 정도까지 책을 봅니다. 요즘은 '금주의 베스트셀러' 같은 것을 꼽기도 하던데 어디 장마다 꼴뚜기가 나나요. 주로 옛날에 읽던 책들이죠. 생활면에서 나를 가장 강력하게 지배하는 것은 역시 손녀들(은규·혜규)입니다. 젊었을 때는 몰랐던 세상이에요. 인생의 가장 심오한 뿌리(울타리)를 알게 된 것 같아 제 자식들도 새롭게 보게 됐습니다
>
> —《경향신문》 2009년 5월 14일자, 「무대에서 만난 사람」 중에서

자식을 어떻게 새롭게 보게 되었는지는 분명치 않으나, 손녀들을 사랑하는 마음은 분명했다.

"최고의 사랑이지. 사랑만 하면 되니까. 자식들을 키울 때는 책임감이 있었거든. 야단도 쳐야 하고. 손녀들은 예뻐만 하면 되지. 책임감 가지는 거야 너랑 이 서방이랑 부모들이 할 일이고. 할아버지는 그냥 예뻐만 하면 되니까. 얼마나 좋으냐. 최고지."

나는 맞고 자라지는 않았으나, 아버지라면 벌벌 떨며 자랐다. 집에 있다가 아버지의 발소리만 나도 심장이 둥둥 뛰며 북을 쳤다. 아버지는 자식을 극단적으로 애지중지 아끼며 키웠고 동시에 극단적으로 엄하게 키웠다. 그러나 손녀들은 극단적으로 아끼기만 했다.

한번은 집 안에서 아버지를 찾아 헤매 다닌 적이 있었다. 진지 잡수시라고 아무리 외치며 다녀도 답이 없었다. 집이 너무 넓어서는 아니었고, 얼른 눈에 보이는 곳에 아버지가 없었기 때문이었는데, 나중에 보니, 아버지는 서재 방문 뒤에 손을 들고 벌을 서고 있었다.

"아빠, 왜 이러고 계세요?"

"혜규가 벌을 세워서 그러지."

"혜규가요? 아니 아무리 그래도……."

아버지는 여전히 두 손을 머리 위로 하여 벌을 선 채로 뭐가 그렇게 흐뭇한지 그저 웃기만 했다.

그 모습이 잊히지 않는다. 충격이었다. 대체 큰손녀에게 무슨 잘못을 했는지는 몰라도 내가 어릴 때 아버지와의 관계를 생각해볼 때 큰삼촌이 우리를 보며 느꼈던 배신감의 정체를 절실히 느낄 수 있었다.

사랑은, 역시 내리사랑이다.

미국 할아버지

아버지의 아버지를 우리는 '미국 할아버지'라고 불렀다. 고향 회령에서 목재상으로 단단히 자리잡은 자수성가형 사업가였던 할아버지는 전쟁으로 원산, 부산 등으로 피난을 내려오게 되면서, 회령에서 일구어놓았던 생활의 터전과 토대를 모두 잃었다.

할아버지의 일화 중 제일 놀라운 부분은 우리 아버지가 한 학기만 남겨두고 대학을 중퇴하기로 했을 때 아무것도 묻지 않았다는 대목이다. 이 일은 아버지의 여러 글에도 기록되어 남아 있다.

미국 할아버지는 아무 책망도 않았으나, 아버지의 마음에 평생 큰 죄책감이 남았다.

그래서 2016년, 서울대 법대를 중퇴한 지 60년 만에 명예졸업장을 받게 되었을 때 아버지의 기쁨과 감회는 남달랐다.

"항상 그게 참 죄송했지. 맏아들이었는데. 아무것도 묻지도 않고. 그게 지금 생각하면 그럴 수 없는 일이거든. 나라면 그럴 수 있을까, 하면 그럴 수 없을 것 같단 말이지."

학교에서는 졸업장과 함께 기념패의 의미인지 작은 모형 종을 수여했는데, 이 종에는 종을 치는 막대도 함께 매여 있었다. 집에 찾아가면 아버지는,

"이리로 와서 이거 한번 쳐봐라."

하고 아이들에게 시켜볼 때도 있었다. 작은 종이지만 소리는 제법 그럴듯하게 울렸다.

"어머니가 이걸 알면 좋아하셨을 텐데."

종소리를 배경으로 아버지의 말을 들으며 곁에 있던 가족의 마음 또한 기쁘기도 하고 벅차기도 했다. 평생 품어둔 아버지의 죄책감을 알고 있던 가족들은, 오래전에 돌아가신 할머니도 할머니지만, 이 기쁜 일을 보지 못하고 고작 몇 해 전에 돌아가신 미국 할아버지 생각에 안타까웠다.

미국 할아버지는 장수했다고 할 수 있다. 내가 태어나기도 전에 이미 다른 자녀들과 함께 미국으로 건너가 일찌감치 이민 생활을 시작했던 할아버지는, 돌아가실 때까지 혼자 살았다. 물론 근처에 사는 삼촌들과 고모들이 먹을 것을 냉장고에 꽉꽉 채워 넣고, 입성도 살뜰히 챙겼다. 그래도 매일의 일상생활은 혼자 하셨는데, 나는 1994년 대학교 2학년 때 어학연수차 미국에 갔을 때 할아버지를 처음 만났다.

그때 할아버지의 나이가 84세였던 걸로 기억한다. 귀는 어두우셨지만 말소리가 명료하고 음성에 힘이 꽉 차 있었으며, 필요치 않은 말은 일절 입 밖에 내지 않고, 생각하는 바가 분명하여 판단에 흔들림이 없었다. 무엇보다, 아버지와 많이 닮은 모습이었다. 외모가 풍기는 인상도, 꼬장꼬장한 성품도 모두 참 많이도 닮은 모습이었다.

아버지와 참 많이 닮은 미국 할아버지는 90세를 훌쩍 넘기고 돌아가셨다. 그래서, 그래서라고 말하는 것이 아무 근거 없는 줄 알지만, 그래도 그래서, 나에게는 은연중에, 아버지도 그쯤까지는 사시겠거니 하는 마음이 있었다.

할아버지는 돌아가시기 몇 해 전, 한국에 다니러 오신 적이 있다. 혼자서. 이미 고령일 때였지만, 몸의 움직임이나 정신의 맑음이 1994년의 모습과 크게 다르지 않았다.

"나는 말이지, 그때 테니스를 잘 쳤다고. 저기 앉은 저이하고는 달라. 저이는 아마 그런 공 가지고 하는 운동이라고는 해본 적도 없을걸."

1930년대에 테니스를 즐기곤 했다는 미국 할아버지가 웃으며 말했다. '저이'는 할아버지 건너편에 앉아 있던 아버지를 가리키는 말이었다.

돌이켜볼 때, 아버지도 그렇지만 할아버지도 참 대단한 사람이었다는 생각이 든다. 어찌 보면 아버지보다 더 배포가 크고 흔들림이 없이 굳은 분이었다. 내가 할아버지도 아버지도 좀 더 닮았으면 좋았을걸, 한다.

이름값

눈이 높은 사람은 평생이 고생이다. 좁혀 말하면, 꿈과 눈이 높은데 스스로의 능력치가 자신의 눈높이에 맞지 않는 사람은 평생이 목마르다. 마음이 가난하다. 마음이 가난하여 훗날 천국에 이를지는 몰라도 그의 현재는 지옥이다.

나는 눈이 꼭대기에 올라가 붙어 있었다. 아버지 같은 아버지를 두었으니 어쩌면 당연한 결과였다. 문제는 내가 가진 재능이 꼭대기에 한참 못 미친다는 데에 있었다. 마음이 가난한 나는 늘 재능 있고 성공한 사람들, 특히 재능 있고 성공한 사람들의 역시 재능 있고 성공한 2세들에 대해 그저 꾸준한 분노와 질투가 일었다.

부모의 눈이 하늘 높이에서 나를 내려다보고 있었다는 점도 이런 불안정한 조바심을 나날이 더해가게 했다. 부모가 나를 진정으로 사랑한다는 것쯤은 당연히 알고 있었다. 게다가 막무가내인 사람들이 아니니, 말로 꺼내 누구와 비교하거나 하지는 않지만, 그냥 알 수 있었다. 어떤 훌륭한 사람의 자녀가 무슨 훌륭한 일을 했을 때 부러워지는 표정을. 무의식적인 기대를.

혹은 안다고 생각했다. 틀림없이 그런 기대가 있다고 짐작했다. 부모는 나를 조건 없이 사랑했던 것이었을 수도 있을 테지만, 늘 앞서 걱정하는 성격이었던 성장기의 나는 고마운 부모의 애정을 받으려면 응당 거기에 마땅하도록 부끄럽지 않은 자격을 갖추고 있어야 한다고 생각했다.

이런 생각과 강박의 결과로, 우리 딸도 이렇게 훌륭하게, 잘 자라주었으면, 그럴 수 있을까, 하는 말소리를 부모님의 표정에서 읽었다고 느꼈고 그 소리가 내 귀에는 생생하게 들렸다. 질투와 열등감에 사로잡혀 부모의 눈치를 살피는 아이에게서, 미처 꺼내지지 않은 말을 표정에서 읽어내고 들어내는 제멋대로의 기능만은 눈부시게 발전한다.

나는 미움이 아주 많은 사람이 되었다. 소설 「산월기」의 주인공처럼, 자신의 부족한 재능이 드러날지도 모른다는 비겁한 두려움 때문에 차라리 산골짜기로 들어가 몸을 숨기고 호랑이가 되어 울부짖는 「산월기」의 이징처럼, 마음의 가난과 배고픔에 시달리는 맹수가 되었다.

'여덟 살 때 처음 《보스턴 헤럴드》에 시 작품을 실을 정도로 어려서부터 문학적 영감이 풍부했다.' '5세 때 그는 단순한 음악을 연주할 수 있었으며, 즉흥적으로 곡을 만들어내기도 했다.' 나는 5세나 8세 때 이미 벌써 어떤 위대한 일을 해낼 수 있었던 사람들을 5세나 8세 때부터 최극단에서 미워했으며 한 번 만나보지도 못한 뛰어난 자손들 일체는 시대와 장소를 넘나들며 저주하고 원망했다. 선대의 이름값을 하는 세상의 모든 천재적, 영재적 2세들은 나의 미움을 보장받았다. 내가 아버지의 이름값을 못 하는 딸이라는 자책감 때문이었다.

아버지가 유명한 작가라는 이유 때문에 초등학교 4학년 때 학교대표로 글짓기 대회에 나가게 된 적이 있었다. 여름 방학을 코앞에 둔 더운 날, 선생님이 부르신다는 말을 전해 듣고, 나는 교무실로 내려갔다. 담임 선생님은 나를 보자, 더없이 화사하게 웃으면서 반겼다.

"금방 왔네."

"……."

예나 지금이나 나는 무얼 말해야 할지 몰라 그저 침묵을 지킬 때가 많다. 첫마디에 얼른 대답할 말이 생각나지 않는 것이다.

"아버지가 글을 쓰시잖아, 그치?"

"네."

"구청에서 방학 동안 개최하는 독서 캠프가 있어. 우리 학교대표로 윤경이가 좀 나갔으면 하는데."

권하는 말 같았지만, 선생님의 눈빛은 강요였다. 나는 제정신이었고 스스로에 대해 어느 정도는 파악하고 있었기 때문에, 절대로 이 제안, 혹은 강요에 응해서는 안 된다는 빠른 판단을 내렸다(이토록 빠른 결정은 이후로도 내 인생에 몇 번 없는 일이었다).

"저는…… 안 될 것 같은데요."

"왜 방학 때 무슨 일 있니? 일주일만 나가면 되는데. 월요일부터 금요일까지."

"……."

"겸손해할 거 없어. 충분히 할 수 있지. 아버지가 최인훈 선생님인데."

무슨 상관이란 말인가. 아버지와 나는 이름 석 자 중에 고작 성, 한 글자만 같을 뿐이다. 심지어 그것은 아버지나 내 쪽의 특별한 의지 때문도 아닌, 나라의 호적법에 저항하지 않고 순순히 따른 결과였다. 아버지는 깨어 있는 시간의 전부를 어떻게 하면 더 많은 책을 읽을 수 있을까 생각하는 사람이고 나는 초등학교 3학년이 끝난 이후로 어떻게 하면 책을 읽지 않고 아버지의 감시망을 피해 살 수 있을까만 생각하는 아이였다. 차라리 책 읽기 좋아하고 글 쓰기 좋아하는 다른 최가 성을 가진 아이를 찾는 게 좋을 텐데. 그런 것도 모르면서 선생님은 이글이글 기대에 찬 눈길을 보내고 있었다.

"선생님이 회의에서 막 얘기했어. 우리집에 최 선생님 딸이 있다고. 윤경이가 학교대표 해야 한다고."

막 얘기하기 전에 사람은 생각이란 것을 해야 한다. 내 쪽에서 학교대표 자격을 정중히 사양하는 거절의 말이 몇 번 더 있었지만, 거절의 말이 너무 정중하고 완곡했던 탓인지, 정해진 불행의 결말을 짐작도 하지 못한 선생님은 결국 나를 학교대표로 결정하고 답신을 달라는 공문에 내 이름을 또박또박 적어 넣었다.

내 마음 한구석에 은근히 요행을 기대하는 마음이 없는 것도 아니었다. 방학식을 할 때까지 며칠 동안 내내 선생님은 둘만의 비밀을 암시하는 야릇한 기대와 믿음이 가득한 무언의 미소를 내게 보냈다. 그래도 '최 아무개의 따님인데'라는 담임의 세뇌는 내 안에서도 점차 강력한 영향력을 발휘하게 되어, 일주일이 지나면, 독서 캠프의 과정을 성실하게 마치고 나면, 내 안에 잠자고 있던 어떤 소질이 기어이 잠을 깨어 손이 채 따라가지 못할 속도로 재치 있고 창의적인 글이 마침내 종이 위에 쏟아져 나오지 않을까, 하고 생각하는 지경에 이르렀다.

그런 기적은 없었다. 캠프에 구성된 프로그램대로 매일매일 정해진 책을 읽고, 강의를 듣고, 극한의 노력으로 모든 상상력을 동원해 끝으로 독후감 작성까지 성실하게 마쳤지만, 시상식에서 내 이름은 불리지 않았다. 나는 일개 구청의 초등학생 독후감 대회에서 입선도 못 했다. 그런데도 여전히 '최인훈의 딸'이었다. 개학 후 선생님의 얼굴을 볼 수가 없었다. 아버지의 이름에 먹칠을 한 일이 이때만은 아니었다. 그 밖에도 비슷하게 나의 자긍심이 쪼그라들고 죄책감이 부푸는 일들은 많았다.

정상적 사고가 가능한 상태라면 나는 아버지와 독립된 인격체고, 나에게 그런 대우는 부당한 일이다, 그렇게 합리적으로 받아들이고 매번 넘겼겠지만, 또 가끔은 실제로 그렇게 넘기기도 했지만, 이미 아버지의 이름값을 다 못 하는 부끄러운 딸이라는 열등감과 죄책감에 한껏 마음이 작아진 지 오래였다.

원망하려는 뜻은 아니다. 아버지의 이름 때문에 괴로운 적도 있었지만, 그로 인해 덕을 본 적이 어쩌면 훨씬 많았다. 좋은 음악회의 표를 공짜로 얻기도 했고, 관계자들만 들어갈 수 있는 장소에 아버지 손을 잡고 으쓱해하며 들어간 적도 부지기수이다. 더구나 경제적으로 큰 어려움에 닥쳐 번뇌해본 적도 없으므로, 내가 이런 어려움을 겪으며 힘들었다고 말하면 정말 매일의 생계가 고민이고 내일이라는 미래가 절망일 정도로 고민을 안고 있는 사람들에게 너무나 큰 죄를 짓는 셈이 되어, 지금 당장 이 자리에서 벼락이나 맞는 게 아닐까 싶어 겁이 나도록 많은 혜택도 누리며 살았다.

그래서 더 선뜻 누구에게 괴로운 마음을 털어놓을 수가 없었다. 이 정도 일로 괴롭다고 하는 것에 또 다른 죄책감을 느꼈다. 온실 속의 화초가 마냥 어리광 부리고 투정하고 보채는 양 느꼈다. 구체적 현실이 아닌 추상적 현실로 괴롭다는 배부른 고백은, 차마 할 수 없었다. 〈비상〉이라는 노래를 들으며 한 번씩 혼자 실컷 울었다. 나도 세상에 나가고 싶어. 여지없이 그 대목에서 울음이 터졌다. 이징이 마지막에는 산에서 나오는 결말이기를 간절히 바랐다. 나도 산골짜기에서 나오고 싶었다.

어디서 무엇이 되어 만나랴

새로운 장르, 희곡에 대한 구상이 아버지를 다시 한국으로 데려왔다. 미국에서 우연히 접하게 된 아기장수 설화를 바탕으로 쓰게 된 희곡이 「옛날 옛적에 훠어이 훠이」이다.

아버지는 미국 체류 기간에 '그냥 여기서 무명의 시민'으로 살면 어떨까, 잠깐 생각해봤다고 말한 적도 있다. 부모 형제가 모두 있는 곳이었고, 형제들이 붙잡았고(큰삼촌), 당시 한국의 상황을 볼 때, 그런 마음의 풍경을 이해할 수 있다. 그러나 미국에 체류하는 동안, 아버지는 『광장』의 한자어를 최대한 모두 한글로 바꾸었다. 그 한 가지만 본대도 고국에 돌아오지 않을 생각은 정말 잠깐이었던 것 같다.

타국에서도 모국어에 대해 늘 고민하며 시간을 보냈고, 결정적으로 우리말로 쓰고 싶은 작품이 생기자, 아버지는 두 번 생각 없이 귀국길에 올랐다. 개인사에서도 아버지의 문학 인생에서도 중요한 전환점이자 또 다른 출발점이었다.

희곡작품에 대한 아버지의 자부심과 애정은 대단했다. 아버지 자신도 소설에서는 느끼지 못한 관객으로서의 독자(이런 말이 맞는지는 모르겠지만)와 직접 대면하는 해방감을 느꼈던 듯하다.

> 소설 『광장』으로 대중에 각인된 그가 7편의 희곡을 썼다는 사실은 그리 널리 알려지지 않았다. 최 작가는 "현대 소설이라는 게 자꾸 부피가 늘어난다. 하지만 어떤 의미에서 양이 아무리 늘어나도 본질적인 해결은 많이 얘기한다고 해서 많이 전달되는 것은 아니다. 희곡은 소설보다 좀 더 낭비가 적다"면서 "희곡은 무대에서 표현을 증폭시켜주는 개방성이 있는 거 같다"고 설명했다.
>
> —《국민일보》 2007년 7월 2일자

1970년대에 왕성했던 아버지의 희곡 집필 활동을 두고 그 계기나 배경을 궁금해하는 이들이 많았다. 인터뷰에서도 이에 대한 질문이 잦았고, 방향전환에 관한 논문들도 다수 있다.

> […] **김** 이제 소설에 대해서는 대강 얘기가 된 것 같으니까 희곡에 관해서 얘기를 해보지요. 최 선생님께서는 미국에서 돌아오신 뒤에 전집을 내면서 토속어를 많이 발굴해내는 작업을 하시면서 희곡에 대해서 관심을 가지고 몇 편의 희곡을 내놓아 한국 희곡계에 굉장한 충격을 준 것으로 알고 있습니다. 이 희곡을 쓰시게 된 동기가 어떻게 되겠습니까? 소설에서 얘기할 수 없는 것이 희곡에서는 얘기될 수 있다고 생각하셔서 그런 것인지, 아니면 다른 이유가 있으셨던 것인지.
>
> […] **최** 네, 그래서 정말 내가 느끼고 있는 어떤 존재와의 접촉 지점을 내가 확보하고 있는 것인지, 그래서 내가 아무리 거기서 멀리 가 있다 할지라도 일단 돌아가려고만 하면 당장 돌아갈 수 있는 것인지, 그런 것을 알아보고 싶었던 갈등이 있었고, 여기에 미국에 있었을 때의 고독·좌절·갈등 같은 것이 전부 가세돼 가지고 나 자신에게 테스트의

공간을 한번 주어보자 해서 시작했던 것이 아닌가 해요. […]

[…] **김** 결국 소설 속에서의 방황으로부터 어떤 구체적인 감각적인 공간으로 돌아가서 그 공간을 어떻게 만들어볼 수 없을까 하는 욕망에서 희곡 쪽으로 달려갔다, 그런 말씀이신가요?

최 그런 것이지요. […] 산문적인 설명은 이미 다 되어 있고 […] 호출 부호만 시로 주고받으면 그것이 그대로 메시지가 되어서 이쪽에서 풀어서 알아들을 수 있게 되어 있었다는 것이지요. […]

—『길에 관한 명상』, 「변동하는 시대의 예술가의 탐구」 중에서

소설에서 아버지가 마음에 두고 있던 낭비의 감정과 구체적인 감각에 대한 갈증, 현장성과 직접성에 있어서 소설과 희곡의 차이라는 이슈를 나는 아버지와 생활의 체험으로 느꼈다.

아버지는 어떤 면에서는 한없이 느긋하고 변함이 없었으나 또 어떤 부분에서는 성격이 매우 급해서 '지금' '당장' '여기'에서 '본질적 해결'과 '낭비 없는 정확한 사실'을 원했다.

누군가의 말을 아버지에게 전달해야 할 경우가 있다고 하자. 아버지의 심부름으로 어느 선생님에게 책을 전달하고 난 뒤 상대방의 반응에 대해 얘기하거나, 병원에 다녀와서 의사의 말을 전하거나, 억울한 다툼 후에 상황을 설명하는 경우 등 남의 말을 표정과 상황, 주변의 동정을 합쳐서 뉘앙스까지 전해야 할 그런 때 말이다.

그럴 때마다 아버지는 중언부언하는 내 간접화법의 설명을 잠깐은 듣다가 이내 못 견디고, "그대로, 그냥 그 사람이 한 말을 그대로 다시 말해봐라. 표정도 그 사람같이. 어떤 말투로 했는지. 몸을 어떻게 하고 앉아 있었는지. 큰 소리로 말했는지 아닌지. 그대로. 그래야 알겠다. 잘 모르

겠으니까. 똑같이 말해보란 말이다. 그 사람이다 생각하고. 똑같이. 응?" 하고 답답해했다.

결국 현장 그대로의 상황, 그때의 표정과 호흡과 억양까지 생생하고 세세하게, 그러나 사족이나 낭비는 없이 재연하고 '본질을 해결'하는 것, 그러니까 내게 '연기'를 요구했던 셈인데, 아버지가 1970년대에 소설이 아닌 희곡에 매진했던 이유 또한 이런 답답함의 정황과도 닿아 있지 않을까 생각해본다.[29)]

그건 그렇고, 아버지의 책을 건네받은 선생님의 연기를 해야 하는 나는 어떻게 되었겠는가. 말이 쉽지, 막상 뉘앙스까지 살려서 똑같은 표정과 어조로 당시의 상황을 재연해내야 하는 사람의 입장은 난처하지 않을 수 없다. 제대로 하자니 난데없는 열연이 뭔가 겸연쩍고 대충하자면 불호령이 떨어질 것이 분명하기 때문이다. 대부분은 '발연기'를 꾸짖는 불호령으로 끝난 적이 많았다.

아버지의 희곡은 읽히는 것이 목적인 레제드라마로서도 시적인 아름다움이 충분하며, 실제로 공연되었을 때에도 무대를 가득 채우는 그윽한 정취가 있다. 아버지의 희곡을 읽다 보면 지문 부분에서 나도 모르게 숨을 죽이게 되는 때가 있다. 시적인 긴장감이 팽팽하기 때문이다. 단순히 소품이나 움직임을 지정하는 지문이 아니라 '분위기'를 압축하여 '묘사'하는 시행에 가깝다.

---

29) 『길에 관한 명상』 중 「기억이라는 것」에서 아버지는 희곡의 집필 계기를 시대적 격동과 가정적 격동으로도 설명했다. "특히 유신이 한창이던 『태풍』을 쓰고 있을 때는 내가 정말 소설을 써야 하는 것인지 아닌지 알 수 없을 정도로 고민이 심각했어요. […] 그리하여 난 다시 소설을 쓸 수 없었던 거고 […] 또 가정적으로도 격동이 있었어요. 결국 나는 어머니가 돌아가셨기 때문에 희곡을 썼는데 […]."

희곡집 맨 처음에 나오는 작품 「어디서 무엇이 되어 만나랴」를 살펴보는 것도 좋겠다. 특별한 이유는 없고, 이 「어디서 무엇이 되어 만나랴」가 「둥둥 낙랑둥」과 더불어 내가 가장 좋아하는 희곡이며(나는 아무래도 공주나 왕비가 나오는 작품을 좋아하는 경향이 있는 것 같다) 아버지도 '국내도 국내지만 해외에 가지고 나간대도 보암직할 것'이라는 말을 몇 번이나 한 적이 있기 때문이다.

희곡에서는 아버지 특유의 아닌 척하는 은근한 유머도 '낭비 없이' 접해볼 수 있다.

여자 호랑이도 잡습니까?

온달 잡은 것이 아니라…….

여자 호랑이는 아직 못 잡아보셨나요?

온달 아니지요 한 번 만났지요.

여자 그래서요?

온달 그놈이 죽었지요.

여자 어째서요?

온달 제가 그만…….

여자 ……?

온달 부둥켜안고 뒹굴다가 한참 만에 보니, 죽었더군요.

여자 (웃으며) 잡으셨군요.

온달 아니, 네, 그놈이 죽었지요.

―「어디서 무엇이 되어 만나랴」 중에서

이보다 '낭비 없이' 그러나 위트 넘치게 온달의 고지식한 성품을 '해결'하기는 어려울 것이다.

또, 희곡의 인물들은 소설 속 사람들보다 당차고 활달하다. 여성들이 매력적으로 부각되는 작품이 다수이다.

「어디서 무엇이 되어 만나랴」의 공주는 궁중의 암투에서 밀려나 대사大師의 손에 이끌려 비구니가 되려고 산속의 암자를 찾아가는 길에 우연히 어느 집에서 쉬어가게 된다. 그리고 그 집이 '아주 옛날부터, 아주 옛날부터, 그땐 어머니도 계셨'던 그때부터 들어온 온달의 집이라는 것을 알게 된다.

> 괜찮아요. 옛날 생각이 나서 […] 어렸을 때 제가 울보였대요. 그래서 아버님이 저를 안고 마루에서 어르시면서 자꾸 울면 바보 온달에게 시집보낸다고 하셨죠. 그러면서 멀리 산을 가리키면서 저 멀리 산속에 사는 바보 온달에게 시집을 보낸다고, 그게 봄이었겠죠. 마루에서 저를 안고 계셨으니. 지금은 헐린 낙랑 못가에 있던 정자였는지도 몰라요. 여름인지도 모르겠군요. 새들이 우는 소리도 들렸던 것 같아요. 그러면서 뽀얀 먼 산을 가리키면서 저기 사는 바보 온달에게 시집보낸다고. 그러면 왜 그리 무섭던지. 아아 그 집에, 온달네 집에 내가 와 있다니, 이상하잖아요, 네 대사님?

온달의 존재를 실제로 확인하게 된 공주는 '슬프지만 파악이 가능한 수동의 주어진 현실의 길'이 아닌 '뭐가 뭔지 알 수 없어 짜증나고 믿지 못하겠는, 그러나 그 끝장을 못 보면 미칠 것 같은 능동적인 미래, 꿈의 길'을 선택한다.

비구니가 되려고 여기까지 오면서도 나는 정신이 말짱했어요. 분하고 억울하지만 내가 왜 궁에 있을 수 없는가, 궁에 있을 수 없다면 이 길밖에 없다는 것 그걸 알고 있었지요. 그래요 슬펐지만 난 그 슬픔을 알 수 있었어요. 그러나 지금은 달라요. […] 온달을 본 순간 난 뭐가 뭔지 몰라졌어요. 아직 꿈같아요. 난 믿을 수 없어요. 이런 일은 있을 수 없어요. […]

[…] 나는 대사를 따라갈 생각이었어요. 그런데 지금은 안 돼요. […] 철도 없던 때의 꿈같은 이야기가 꿈이 아니라는 일, 이것을 난 믿지 못하겠어요. […] **이게 무슨 꿈인지 나는 알아보고 싶어요.** 내가 여기 있겠다는 마음 알겠어요? **이 꿈의 끝장을 못 보면 난 미칠 것 같아요. 꿈이 나를 붙잡았어요.** […][30]

아버지는 언제나 꿈, 혹은 추상적 현실의 가치에 대해 전폭적인 지지를 보냈다. "꿈을 깔보지 말자. 결국 꿈은 깔보면 없고, 존중하면 현실의 힘이 될 수 있다."라는[31] 구절을 존중하여 실제로 내 현실에서 힘이 된 적이 여러 번이다. 설혹, 도피의 수단으로 힘이 되었을지라도 힘은 힘이고 도움은 도움이다.

공주의 행보에는 거침이 없다.

아니, 나도 할 만큼 한 것이지. […] 장군과 함께 걸어온 이 길에서

30) 최인훈, 『옛날 옛적에 훠어이 훠이』, 42쪽.

31) 최인훈, 『길에 관한 명상』, 101쪽.

나는 어떤 반대자들이건 사정없이 물리쳐왔다. 앞으로도 내 길을 막는 자는 용서치 않으리라. […]

평강이 자신의 꿈을 고작 남자에게 의존해 이루려 하나, 하는 시각도 있을 수 있겠는데, 나는 평강과 온달 시대의 일이 아닌가, 하는 관점에서 이해가 된다. 오히려 평강과 온달의 시대였는데도 '자신의 운명을 선택'하는 여성으로 그려졌다는 점에서 새삼스러운 느낌이 든다.

곁가지이지만, 아버지는 평강과 온달의 설화가 전하는 '개방성'에 대해 언급한 적이 있다. 그야말로 평강과 온달의 시대임에도 불구하고, 한 나라의 최고 권력자임에도 불구하고, '그렇게 계속 울면 산속의 바보 온달에게, 평민보다도 못한 신분인 온달에게 시집보낸다'는 따위의 말을 스스럼없이 하는, 그래서 공주인 딸을 달래보려 하는 왕이라는 설정이 신선하고 흥미롭다고 했다. 온통 초록, 초록이던 불광동 집의 초록 소파에 앉아 아버지의 무릎을 베고 누운 나를 옆으로 내려다보며, 웃으며, 싱글싱글 웃으며 그 말을 하던 아버지의 얼굴이 '꼭 거짓말 같고 꿈같고 옛날이야기만 같이' 눈에 보인다.[32]

'아무리 그래도 마음에 들지 않는 여성상'이라는 의견이라면 그것도 맞겠다. 작품을 보는 시각은 무한의 방향으로 열려 있는 것이다. 독자는 원하는 지점에서 원하는 대로 읽으면 그만이다. 아마 아버지도 그렇게 생각할 것이다.

---

32) 「어디서 무엇이 되어 만나랴」 중 "[…] 여기가 온달네 집이라니 꼭 거짓말 같고 꼭 꿈같고 꼭 옛날이야기만 같아요. […]" 참조.

김 […] 자기가 칭찬이든 비판이든 논란의 대상이 됐을 때 작가로서 불편하십니까, 아니면 오히려 거기에 어떤 자극이 된다든지 그런 것이 있으십니까?

최 생리적으로는 불편하지요. 역시 좋은 얘기 안 했을 적에는 물론 불편하고 좋게 얘기했을 적에는 별로 불편하지 않고. […] (웃음) '생리적'이라고 특히 말씀드린 것은 생리적인 불편이라고 하는 것은 별 의미가 없다는 얘기를 하고 싶은 것이고, 그것보다는 그것이 가치론적인 의미에 있어서 심각하냐 아니냐 하는 것이 문제겠지요.

나는 나한테 대한 비평이 다 일리가 있다고 생각합니다.

—『길에 관한 명상』, 「변동하는 시대의 예술가의 탐구」 중에서

확실치는 않지만, 아버지는 아마, 지금도 그렇게 생각할 것이다. 말을 해놓고 보니 갑자기 자신이 없어지는 것도 같지만, 이 말에 대한 책임은 내가 지면 그만이니 독자는 원하는 시각대로 읽는 것이 옳다.

아버지의 작품 중에 희곡집과 단편집을 무척 좋아한다. 아버지가 내게 처음 읽으라고 건네준 당신의 책도 「옛날 옛적에 훠어이 훠이」를 표제작으로 하고 있는 희곡집이었다(어린이용 그림동화전집을 위해 썼던 「순이와 참새」를 제외하면 말이다). "이건 충분히 읽을 수 있을 거다. 어렵지 않으니까." 초등학교 3학년 되던 해였다.

아버지가 이따금씩 건네주는 글은 읽기에 쉬운 것들이 아니었다. 배를 깔고 방바닥에 엎드린 채 마뜩잖게 희곡집을 받아들었다. 그러나 곧 무시무시하게 빨려 들어가 읽게 되었다. 얼굴에 후끈하게 열이 올랐다. 책 안에 사람들이 살고 있었다. 장면이 보이고 소리가 들렸다. 문자 그대

로 '눈에 선'하고 '귀에 선'했다. 지금까지도 희곡집은 전집 중에 내가 가장 좋아하는 아버지의 책에 속한다.

희곡에 대한 자부심이 컸던 아버지는 생전에 연극 공연 소식을 무척 반기었다. 2007년은 그런 의미에서 아버지를 비롯한 가족 모두에게 축제와도 같은 한 해였다. 한 해 동안 유독 아버지의 희곡이 많이 공연되었다. 그해 5월에 있었던 서울연극제에서 〈한스와 그레텔〉이 공연되었고, 12월에는 국립극단이 국립극장에서 〈둥둥 낙랑둥〉을 무대에 올렸다. 《국민일보》의 기사에서는 이렇게 적고 있다.

> 그는 "(등단 50년이 되는) 특별한 시기에 작품이 겹치는 것 없이 무대에 올라가니 행색이 좀 좋은 거 같다"면서 소탈한 웃음을 지었다.

페스티벌 시즌처럼 오랜만에 연이어 막을 올리는 아버지 희곡 공연 소식에 가족 모두가 기쁘고 설레었다. 소설에 비해 희곡작품이 덜 알려져 있다는 사실에 늘 아쉬움을 느끼고 있던 아버지는 당시에 정말 흐뭇해했다. 흐뭇했던 아버지는 국립극장 공연 때 큰손녀 혜규를 데리고 함께 저자 사인행사에 참가하기도 했다. 아이에게는 이 일이 오래도록 자랑거리로 남았다.

〈어디서 무엇이 되어 만나랴〉는 1970년 옛 명동국립극장에서 초연한 작품으로 73년과 75년, 그리고 86년에 다시 공연되었다. 1970년대의 공연에서 30대 중반의 나이로 온달모 역을 맡았던 박정자 배우는 2007년 공연에도 같은 역할을 맡았다.

〈어디서 무엇이 되어 만나랴〉의 공연 연습에 아버지를 따라간 적이

큰 손녀 혜규와 함께 한 저자 사인회(2007)

있다. 내 나이와 출연진으로 미루어 생각해볼 때 아마 1986년 공연이었을 것이다.

"내일 그 연습에 갈 건데. 윤경이도 같이 갈래? 아빠는 같이 갔으면 좋겠는데. 아주 좋을 거야. 나중에 분명히 기억에 남을 거다."

아버지가 같이 갔으면 좋겠다 했으니 같이 갔다.

박정자 배우가 온달모 역을 했고 박웅 배우가 대사 역을 맡았다. 연습장 가운데에 무대 역할을 하는 빈 공간을 두고 가장자리에 둘러놓인 의자에 아버지와 앉아 리허설을 구경했다. 연습이라고는 해도 무대 의상을 입고 최종 리허설을 하는 배우들의 흡인력은 대단했다. 넋을 놓고 구경했다. 배우와 스태프들이 모두 어린 나를 귀여워해주셨던 기억이 난다. 순수하게 행복하기만 했던 몇 안 되는 기억 중 하나다.

아버지 희곡의 공연 소식이 더 많이 들리기를, 더 많은 사람들이 아버지의 생각을 무대에서 보고 들을 수 있기를, '낭비 없이 진실을 헤결'할 수 있기를 진심으로 바란다.

눈높이

아버지의 눈높이, 심미안을 만족시키기는 어려웠다.

바이올린은 내 바람으로 초등학교 2학년 때 시작해서 5년 넘게 배웠다. 집에서 연주하는 것을 들을 때 아버지는 "꼭 병든 고양이가 한 발 한 발 절며 걸어가는 것 같다"고 놀리며 웃곤 했다. 〈유머레스크〉는 아버지가 좋아하는 곡이어서, 바이올린으로 이 곡의 연주를 청할 때가 자주 있었다.

낳는 일

산파법은, '악법도 법이다'라고 말한 줄 알았으나 실제로는 그런 말을 한 적이 없다는 소크라테스가 행했던 진리 '출산'의 방법으로, 진리에 가까운 대답이 나올 때까지 묻고 따지고 또 묻는 대화법이다. 낳는 일은 어렵고 고통스럽다. 아이 둘을 낳아보아 어느 정도 알고 있다. 대답을 낳는 일도 어렵다. 정말로 제대로 된 신통한 대답을 낳으려면 여의치 않다. 심지어 어느 때는 불가능하기까지 하다.

> "달아 높이곰 돋아사
> 멀리곰 비최이시라"
> 이 노래를 읊고 무릎을 치는 이더러
> "거 어디가 좋으시뇨."
> 묻는다더라도
> "거 좀 좋으냐."
> 반문 이외에 별로 신통한 대답이 없을 것이리라.
>
> — 이태준, 「고전」 중에서[33]

33) 이태준, 『무서록』(소명출판, 2015), 117쪽.

아버지가 이와 같은 마음을 지녔더라면 좋았으리라. 그냥 좋다는 말 외에는 신통한 까닭을 대기가 어려운 마음을 더 인정했더라면 좋았을 것이다. 그러나 아버지는 "거 좀 좋으냐"라고 반문하는 사람의 마음보다는, 안 한 말을 한 것처럼 여겨진 고대 철학자의 마음을 더 지녔더랬다.

나는 그림을 좋아한다. 태생이 귀보다 눈이 더 열리게 태어났고 음악보다는 그림과 친하다. 친한 마음은 곧잘 실수를 한다. 조심하는 마음이 곧잘 잊히고 경계와 방비의 태세가 쉬이 무너진다. 너무 좋다 보면 사람은 그렇게 된다.

"요즘은 세잔이 좋아요."

선부른 고백이 화를 불렀다.

"세잔? 세잔이 누구냐?"

세잔이 누군지 아버지가 모를 리 없건만, 나는 덥석 미끼를 문다.

"세잔이요. 사과 한 알로 파리를 정복할 것이다. 그, 사과의 이데아를 그리려고. 인상주의를 넘어선."

"그게 세잔이냐?"

묻는다.

"에밀 졸라랑도 친했는데요. 나중에는 갈라섰지만."

"그게 세잔이냐?"

묻는다.

"아니, 그런 말은 아니고요."

"그럼 뭐가 세잔이냐?"

따진다.

"여기 이런 그림. 세잔의 이런 그림이 좋아요."

휴대폰으로 서둘러 검색한 그림 하나를 들이댄다.

"이 그림이 좋으냐?"

묻는다.

"네."

"이 그림이 왜 좋으니?"

또 묻는다.

"그림이. 색감이, 색이. 터치가. 진짜 사과 그리듯 정교하게 그리지는 않았는데. 그게 또 보기에는 정말 사과 같고."

"그래서 좋으냐?"

"그게 다는 아니고 뭔가 그림을 보고 있지 않을 때도 이 그림이 생각나고."

"그러면 좋은 거니?"

"진짜 사과는 이런 것이다, 하는 생각을 그린 그림 같고."

"그러면 좋은 그림인가고."

"그래야 좋은 그림인 건 아니지만 이 그림은 그래서 좋아요."

"그래서 세잔이 좋은 거니?"

"그래서만 좋은 건 아닌데요."

"그럼 어째서 좋은 걸까?"

나는 어쩐지 진 것 같은 기분이 되었다. 화도 나는 것 같았다. 많이 대답한 것 같은데 하나도 대답하지 못한 것 같았다.

"어, 엄마가 부르시나 봐요."

부르지도 않은 엄마 핑계를 대며 부엌으로 도망쳤다. 억울한 심정으로 상차림을 도왔다.

한 이삼 년 된 일인데, 두고두고 생각난다. 지금이라면 어찌 대답했을까. 생전에는 눈앞에 없는 아버지를 두고 다시 또다시 대답해보았고 이제는 이 세상에 없는 아버지를 두고 혼자 대답을 연습해본다. 지금이라면 아버지에게 무어라고 답했을까?

이제라고 별 신통한 대답이 떠오르지는 않지만 백 번이고 천 번이고 생각을 굴려보는 동안, 그렇게 되새겨 묻고 따지고 다지는 동안, 아버지와 나 사이에 놓였던 세잔의 그림만은 눈감아도 떠오르게 되었다. 그 그림은 추억이 되었고 추억 속의 상징이 되었다. 세잔의 것이 아닌 나와 아버지의 그림이 되었다.

힘들게 애쓴 시간은 결국 무얼 낳긴 낳는다. 나는 세잔의 그림을 왜 좋아할까? 질문과 대답의 순간은 추억을 낳았다.

그러나 훌륭한 작가는 추억에 그치지 않고 끝내 답까지 찾아내고야 마는 사람이다.

"달아 높이곰 돋아사 […]"

한마디에 백제가 풍기고, 여러 세세대대 정한인情恨人들의 심경이 전해오고, 아득한 태고가 깃들임에서 우리의 입술은 이 노래를 불러 향기로울 수 있도다.

고령자 앞에 겸손은 예의라 자기磁器 하나에도, 가요歌謠 하나에도 옛것일진댄 우리는 먼 앞에서부터 옷깃을 여며야 하리로다. 자동차를 몰아 호텔로 가듯 그것이 아니라 죽장망혜竹杖芒鞋로 산사를 찾아가는 심경이 아니고는 고전은 언제든지 싸늘한 형해일 뿐 그의 따스한 심장이 뛰어주지 않을 것이다.

완전히 느끼기 전에 해석부터 가지려 함은 고전에의 틈입자임을 면치 못하리니 고전의 고전다운 맛은 알 바이 아니요 먼저 느낄 바로라 생각한다.

— 앞의 책

신통하다. 이 대답이 왜 신통한 대답인지 그러나 나는 또 신통하게 답변하지는 못하겠다. 아마 진리란 그런 것인가 보다 하고 능치며 차라리 비겁하게, 부엌이든 어디로든 도망치겠다. '세잔의 사과는 보는 순간 사과를 완전히 느끼게 한다'라고 했으면 아버지에게 대답이 되었을까?

오골계

제자분이 살아 있는 오골계를 종이상자에 넣어서 데려왔다. 검은 털에 윤기가 반지르르했다. 선생님 몸 보양하시라는 정성이었는데, 현관에 내려놓자마자 구석에 머리만 숨기고 총총총 발을 구르는 모습에 식구들은 손님이 돌아간 뒤 한참 동안 우왕좌왕 어찌할 바를 몰랐다.

어머니가 상자에 다시 넣고 통째로 덥석 들어 동네 닭집으로 갔다. 오골계는 식재료로 손질되어 집으로 돌아왔다. 머리를 박고 숨던 모습이 선해서 식구들은 밥상 위 국그릇에 쉽게 수저를 놀리지 못했다. 아버지는 아 이거, 먹기가 도저히, 했다. 나는 한 순갈씩 깨지락거리며 국물을 떠먹었는데, 입에서 고소하던 국물이 목구멍을 넘어가면 메슥거렸다.

밥풀과 신화

평강 공주는 정체성의 혼란을 겪게 될 수밖에 없는 운명이 주어진 인물로 전설은 전한다. 울보 공주는 무엇이 그렇게 슬펐을까. […]

[…] 온달은 바보라고 소개되고 나무꾼이면서 공주의 남편이 된다. 싸움터에서 죽은 그의 관을 여러 사람이 들어 올리지 못한다는 묘사에서 신화 세계의 신분이 된다. […]

[…] '울보'와 '바보'는 결함을 나타낸 것이 아니라, 그들이 보통 사람을 넘어서는 인격의 표지라는 생각, 그들이 나타내고 싶은 세계, 하고 싶은 말을 적어보았다.

—「울보와 바보」 중에서[34)]

평강과 온달이 그저 울보와 바보가 아니라면, 울보와 바보조차 보통 사람을 넘어서는 인격의 표지라면, '밥풀 같은' 할 적의 밥풀도 그저 허술하고 미미한 밥풀이 아니다.

"요 밥풀 같은 게 뭐라고."

한밤에서 시작하여 창밖이 희붐하게 밝아올 때까지도 시간 가는 줄

34) 최인훈, 『길에 관한 명상』(문학과지성사, 2010), 389쪽.

모르고 어린 딸에게 문학론을 설파하던 아버지는 '밥풀 같다'라는 말로 끝을 맺을 때가 많았다.

"요 밥풀 같은 게 뭐라고 윤경이한테 이렇게 길게 얘기를 하고 있는가 말이다, 아빠는."

그러면서, 웃으면서, 자리에 눕히고 이불을 턱까지 단단히 덮어놓고(여름에도) 다시 한 번 안전하게 누운 모양을 눈에 담고, "아빠 때문에 잠을 손해 봐서 어쩌냐. 지금이라도 빨리 더 자라."라는 말을 남기고 미안해하며, 조용히 내 방문을 닫고 나서 당신의 방으로 돌아갔다.

제자분들이 다녀가고 나서도 밥풀이 등장했다. 신춘문예에 당선한 제자분들의 당선 소감 같은 것들을 읽다가도 "밥풀 같은" 하며 조용히 웃었다.

TV에도 밥풀들이 있었다. 신문에도 밥풀들이 있었다. 책에도 밥풀들이 있었다.

"밥풀 같은" 하고 말하는 아버지의 시선을 따라가보면 늘 작은 것, 어린 것, 미성숙한 것, 닳지 않은 것, 나이든 것, 숨겨진 것, 억울한 것, 소중한 것, 슬픈 것, 안타까운 것, 잊혀진 것, 잊혀질 뻔한 것, 말하지 못했던 것, 그러나 다시 살아난 것, 허무한 것, 그러나 무시할 수 없고 자꾸 생각나는 것, 잊으려 해도 기억나는 것, 기억하고 싶어서 기억나는 것들이 있었다.

성장.

밥풀이라는 말을, 어려서는 작은 상대를 칭하는 무시하는 말로 들었고 커서는 안쓰럽고 애정 어린 시선으로 회상한다.

소설가 지망생들이 투고하는 원고에는 어떤 경향성이 있는데, 여성 작가들의 소설의 경우에는 '자아 찾기' 소설이 많고 남성 작가들의 경우에는 '근거 없는 인기남'에 대한 소설이 많다고 분석한 소설가가 있었다고 한다.

그러나 이대로만 읽어서, 평강과 온달을 그저 여행을 떠나 당도한 낯선 곳에서 자아 찾기를 하는 공주로만 본다거나 온달은 심지어 바보여서 인기의 근거가 부족한데도 공주와 결혼하고 영웅이 되는 인기남으로만 본다면, 우리는 그들을 두른 마지막 겹, 그들의 본디 몸과 가장 가까운 한 겹을 끝내 펼치지 못한 것이다. 슬프고 안타깝게 되어버리는 것이다.

> 신화란, 특별한 사람들의 이야기가 아니라, 보통 사람들이 깊게 살아갈 때 그 인생을 부르는 이름이다
>
> —『길에 관한 명상』 중에서

문학은 언제고 마지막 한 겹을 끝내 펼쳐 본디 몸을 만나고자 하는 노력이다. 울보의, 바보의, 보통 사람의 깊은 인생을 부르는 마음이다. 울보 공주는 무엇이 그렇게 슬펐을까, 바보의 관은 왜 움직이지 않았을까, 하고 그이들의 눈물과 관을 더 높은 데서 그러나 더 깊게 들여다보려는 까치발이다.

울보와 바보와 밥풀이 신화가 되는 세계. '자기들이 주체 못 하는 허무한 세계를 살았던', 고비마다 모퉁이마다 어리둥절해하며 살았던 밥풀 같은 사람들의, '그러나 신화보다 더 신화적이고 더 전설적'인 세계와 그 세계의 기억을 덜 슬프고 덜 안타까워지도록 비춰보려는 애씀.

내가 아는 아버지의 문학은 언제고 그런 것이다.

밥풀들의 신화이다.

다시 널뛰기
: 거짓말과 픽션과 문학

*

턱관절이 아파서 고생한 적이 있다. 초등학교 2학년 무렵에 누워 있다가 입을 떼 말하려는데 갑자기 입이 벌어지지 않았다. 아버버 어버버. 나도 어머니도 당황하고 놀랐다. 놀라고 무서워 울다가 잠이 들었고 깨어보니 다시 턱을 움직일 수 있었다. 이후에도 몇 번이나 같은 일을 당해 각 전공과를 돌며 병원을 전전했지만 의사들은 모두 고개를 저을 뿐 원인이나 마땅한 대응책을 알지 못했다.

지금은 이 증상에 이름이 있다. '턱관절 장애.' 턱관절 장애는 턱관절의 염증이나 탈구로 인해 통증과 잡음이 생기고 입을 벌리는 데 장애가 있는 질환이다. 오늘날 한국 인구의 30퍼센트 이상이 겪고 있는 '흔한' 질환이다. 대표적인 원인은 스트레스와 긴장 그리고 질병 등인데 스트레스 관리와 긴장 이완의 요령을 익히면 금세 호전된다. 스트레스 관리를 시작으로 하여 약물치료와 물리치료, 교합장치와 같은 보존적 치료에서 심할 경우 수술까지 적절한 치료를 고려해볼 수 있다.

내가 앓고 있는 증상에 이름이 있어 '진단'받을 수 있다는 사실은 나에게 큰 위안이 되었다. 나 말고도 전체 인구 중 30퍼센트나 되는 한국인이 같은 병을 앓고 있다는 사실을 알게 되자 두려움이 가셨다. 사람들이 이 병에 대해 이야기하고 연구하고 치료법을 내놓았다. 나는 안심하게 되었다. 통증이나 불편이 당장 사라진 것은 아니었지만, 더 이상 전처럼 막연하게 불안하지 않았다. 적어도 외롭지 않았다.

나에게 책읽기는 마찬가지의 효용이 있었다.

*

모든 일에는 계기가 있다. 변하게 하는 일들이 있다. 명상이 삶인 선승이 아닌 바에야 사람을 변하게 하는 일들은 안에서의 깨달음이라기보다는 주로 무언가를 잃게 되는 외부의 사건들인데, 그 사건들의 무게는 나라를 잃는 일에서부터 건강을 잃는 일, 큰돈을 잃는 일과 사람을 잃는 일, 무슨 이유로든 예전의 나를 잃게 된 일, 지갑을 잃어버린 일이나 안타깝게 버스를 놓친 일까지 다양하게 가벼우며 또 무겁다.

그중에서 나를 변하게 한 사건은 고작해야 사춘기 딸과의 애착관계에 약간의 고장이 난 일과 갱년기에 따른 공허함이었다. 그 정도의 사건이 평생에 닥친 가장 큰 고난이며 그 때문에 마음고생을 했다 하기가 너무나도 부끄러울 만큼 나는 그동안 고생을 모르고 평탄하게 살았다. 더 절박하고 출구 없는 고난에 면한 이들의 손가락질을 당연히 각오하면서 계속해보겠다.

흔히 '중년의 위기'라고 하는 것이 나에게도 찾아왔을 때, 나는 두렵고 불안하고 외로웠다. 이제 숨 좀 돌리고 살 만한가 보다. 애들 크고 한창 바쁜 때 지나니까 시간이 너무 많아서 그래. 취미생활을 해보면 어때. 운동을 좀 시작해보든가. 외로워? 인생의 의미라고? 한가해서 좋겠다.

난 너무 바빠서 그런 생각할 시간이.

나는 매순간 감사하며 살아야 마땅했다. 누가 보아도 가진 게 많은 축에 속했다. 만족하고 감사하고 행복해하지 않는 내가 나도 참 한심하고 싫었다.

두렵고 불안하고 외로웠다. 곁에 사람이 있을수록 더 외로우니 사람이 딱 미칠 지경이었다. 하, 중년의 위기라니 촌스럽게. 그래. 하나 새로울 거 없이 진부한 얘기다.

내일도 계속 살아야 할 이유가 생각나지 않아서 괴로웠다. 남은 날들이 너무 많은 것 같았다. 밤에 잠이 오지 않고 어렵게 잠이 들어도 새벽 두세 시면 어김없이 잠이 깼다. 그러면 또 생각했다. 오늘을 또 살아야 하는 이유를 열심히 생각하다 날이 밝았다. 끝이 죽음인 줄 알면서 다른 사람들은 어떻게 멀쩡히 살아지는 걸까. 모든 게 변하는 줄 알면서 어떻게 멀쩡히 살아질까. 길에서 밝은 표정으로 나를 지나쳐 가는 사람들이 모두 허깨비 같았다.

책과 끝없는 상념을 멀리하는 동안에도, 실용 서적과 논픽션, 그러니까 구체적·경험적 정보를 담은 책은 꾸준히 읽었다. 딸이 어릴 때는 육아 서적을, 학습기에는 각종 교육 관련 서적을 끊임없이 찾았다. 책에 대한 나의 필요는 바로 해답을 찾기 위한 실용적인 것이었다. 실용적인 모든 지식을 거의 책에서 찾았다. 고장난 사춘기 아이와의 관계를 고칠 길도 구체적 경험들을 담은 책에서 찾았다.

실용의 목적으로, 정신과 의사들이 쓴 책들을 읽었다. 전문 의학 서적을 제외하고 제목에 우울증이 들어가는 책은 다 사다 읽은 것 같다. 논픽션의 장르, 뇌 과학 관점에서 우울증에 접근하면 모든 것이 호르몬과 신경전달 '물질'의 문제였다. 병원에 가서 과하거나 부족한 '물질'을 조절할 수 있도록 처방받으면 그만인 일. '구체적' '물질'의 차원이었다. 하지만 믿어지지 않았다. 그게 다라고? 내 머릿속에서 이렇게 미친 '생각'이 방망이질 치는데 그게 '물질'로 해결된다고?

두 가지 차원, 두 가지 현실이 다시 나를 괴롭히기 시작했다. 우울증은 실용만으로 해결을 볼 병이 아니었고 병원에 가기도 내키질 않았다.[35] 미친 여자가 다시 널을 뛰기 시작했다. 내가 지금 살아 있다는 것도 살아 있지 않은 날이 온다는 것도 다 이상하기만 했다.

공허함이라는 감정은 논픽션만으로는 마땅하고 온전하게 해결되지 않았다. 논픽션의 현실적이고 구체적인 언어는 새살이 돋는 딱지가 더 상하지 않도록 억지로 덮어두는 반창고 같았다. 합리와 상식이었다. 반창고 아래가 참지 못하게 간지러웠다. 덧나지 않고 나으려면 항생제와 소염제를 먹으면서 그저 조용히 반창고로 덮어두고 기다려야 한다는 걸 알았지만, 그러기에는 상처 난 곳의 가려움증이 참을 수 없게 심했다. 잠을 이루지 못할 정도로 마음속의 가려움이 깊었다. 그러다 말 줄 알았지만, 딸의 사춘기와 나의 갱년기에서 시작한 공허함과 우울함은 생각보다 너무 오래 계속되었다. 안 되는데, 하면서 상처를 긁었다.

*

나와 같은 사람을 한 트럭, 아니 억만 트럭쯤 만날 수 있는 곳이 있었다. 시와 소설이었다. 결국 거짓말인 세계. 추상의 현실. 그 안에서 만나는 사람들은 나보다 증상이 더 심하면 심했지 좀처럼 덜하지는 않았다.

---

35) 약물 치료가 반드시 필요한 경우도 물론 있을 것이다.

온갖 슬프고 아프고 괴로운 사람들이 가득했다.

김수영의 시를 읽고 있었다. 어쩌다 그 책을 집어 들게 되었는지는 모르겠다. 그렇게 시작해서 시를 읽게 되었다. 가슴 뛰게 자유를 부르짖는 김수영을 읽다가 도시인의 우울 삽화를 안개 속에서 선명하게 그려낸 기형도를 읽었다. 눈떠서 잠들 때까지 시를 읽었다. 중독의 한 기준은 일상생활이 가능한지의 여부이다. 가능하지 않았다. 책을 읽다가 아이들을 챙기는 일과나 청소 빨래 같은 집안 살림들을 잊었다. 왜 데리러 오지 않냐고, 차로 데리러 와야 하는데 나타나지 않는 엄마를 한참이나 기다리다가 아이가 전화를 걸어왔고, 입을 옷과 음식을 담을 그릇들이 빨랫감으로 설거짓감으로 쌓였다.

중독은 점점 강한 자극을 부른다. 난해하고 혼란스러운 상황에 마주한 사람은 난해하고 혼란스러운 시를 즉물적으로 쉽게 읽고 이해할 수 있다. 나에게는 이것이 시 독해의 시작이었다. 쉽게 이해되는 시는 다름 아닌 자신의 추상적·구체적 현실의 반영이다. 나는 자유를 부르고 우울을 만나다가 피가 흐르고 살점이 튀며 발톱이 난무하며 박쥐가 날아다니는, 백 번 천 번 목을 베는 일쯤은 하루 세끼 먹듯 아무렇지 않게 해치우는 난해하고 혼란스러운 시들을 아무 불편함이나 거리감 없이 읽어댔다.

'결국 거짓말'인 이야기들을 읽으며 나의 병을 진단받았다. '인간'이라는 병. 요컨대, 내가 책상도 아니고 의자도 아니고 토끼도 아니고 곰팡이도 아니며 유도화도 바람도 아닌 인간이기 때문에 그렇게 괴롭다는 것이었다. 대부분의 인간종이 일정 시기에 경험할 법한 보편적이고 '흔한' 병이었다. 많은 작가들이 이 병에 대해 충분히 이야기하고 연구하고 더러는 치료법도 내놓았다. 나는 안심하게 되었다. 통증이나 불편이 당장 사라진 것은 아니었지만, 더 이상 전처럼 막연하게 불안하지 않았다. 외롭지 않았다. 나의 병에 이름이 붙어 있고 시와 소설이라는 추상적 현실에는 그 병의 동지들과 역사가 존재한다는 사실이 나를 편안하게 해주었다.

그렇게, 읽는 것이, 피와 우울과 살점과 발톱과 박쥐로 가득한 시들이, 절망으로 닫힌 문을 조용히 두드리는 소설들이, 가려운 상처를 벅벅 긁어주는 것 같았다. 딱지가 떨어져 나가고 새로 피가 났다. 아프고 무서웠지만 마음의 가려움증이 다스려졌다. 시를 읽고, 소설을 읽으면서 마음을 긁고, 헤집고, 새로 피가 나고, 새로 아팠지만 막연하게 가렵지는 않았고. 추상의 시간과 픽션의 날들은 쌓여갔다.

*

> […] '결국 거짓말이 아닌가?' 하고 말하는 사람처럼 예술과 먼 사람은 없다. 그렇다. 거짓말을 하기로 약속하고 우리는 예술에 관계하는 것이다. 밥을 먹어도 또 배고프지 않은가라든지, 술은 깨는 것인데 마시면 뭘 하느냐라든지, 하고 말한다면 우리는 그 사람은 밥과 인연 없는 사람, 술과 인연 없는 사람이라 부를 것이다. […]

먼길을 돌아 나는 다시 출발점으로 돌아왔다. 정말 어처구니없게도 픽션의 세계, 추상적 현실, 문학과 인연 있는 사람 흉내를 내고 있었다. 다시 널을 뛰어보겠다는 건지, 한 발을 기다란 판자 위에 올렸다 내렸다 했다.

아버지의 추천도서 3

『더블린 사람들』 : 율리시즈의 귀환

우리가 알지 못하는 우리 안의 우리들이 사는 우리 안의 마을이 바로 더블린이다. 더블린은 우리 안의 수많은 우리가 좌절하고 소리 지르고 술 마시고 번민하고 주저하고 질투하고 자책하는 우리 마음 깊은 곳을 부르는 지명이다. 그러니까 마음이 아프다고 말할 때 우리는 더블린이 아프다고 말하는 것이고 마음이 무겁다고 말할 때 우리는 더블린이 무겁다고 말하는 것이다. 더블린은 우리 자신에게도 수수께끼이자 미스터리인 우리의 마음이고 내면이다.[36)]

아버지의 리스트에 있는 세 번째 책은 제임스 조이스의 『더블린 사람들』이었다. 15편의 단편으로 이루어진 이 소설집은 유년기에서 장년기까지를 아우르는 주인공들이 어떤 계기를 맞아 새로운 깨달음을 얻거나, 독자에게 깨달음의 감흥을 일으키며 각 편이 마무리된다.

36) 더블린에 있는 제임스 조이스 센터의 동상 옆에 적혀 있는 글귀를 인용한 것이다.

친구의 누나에게 잘 보이고 싶어 하는 소년과 가족 때문에 자신의 기회 앞에서 갈등하는 처녀, 자신보다 못하다고 생각했던 친구의 성공 앞에 동요하는 남자 등이 등장한다. 일관적으로 흐르는 주제는 '마비'이며 탈출의 욕구, 갇혀 있음의 깨달음, 인간관계의 단절과 그 해소에 대한 회의, 사랑을 겁내는 이기주의와 같은 주제를 다루고 있다.

『더블린 사람들』은 『율리시즈』, 『젊은 예술가의 초상』과 함께 제임스 조이스의 대표작으로 꼽히는데, 당시 더블린 사회, 나아가 인간 사회의 본질을 그린다. 『율리시즈』를 읽으라고 해봤자, 따를 리가 만무한 딸에게 아버지는 『더블린 사람들』을 권했을 것이다. 아버지의 뜻에 그저 수긋하게 따를 리가 만무했던 딸이 쉽게 읽었을 만큼, 제임스 조이스의 작품 중에 접근성이 높은 편에 속한다.

아마 아버지로서는 더 읽히고 싶었을 『율리시즈』에서 조이스는 관념의 흐름을 따라가며 삶과 죽음에서 아일랜드의 시대 상황까지 그야말로 온갖 주제를 다룬다고 하는데(나는 아직 이 책을 끝까지 읽지 못했다), 율리시즈의 방황을 다룬 호머의 『오디세이』를 여러 차례 인용한다고 한다.

율리시즈를 생각하면 언제나 떠오르는 그림이 있다. 조르조 데 키리코는 그리스 출신의 형이상학적인 화가로, 어둡고 몽환적인 그의 초창기 작품들은 후에 르네 마그리트나 막스 에른스트 같은 초현실주의 화가들에게 영향을 미쳤다. 이 화가의 작품 중에 〈율리시즈의 귀환〉이라는 그림이 있다.

화면은 얼핏 '율리시즈의 귀환'이라기보다 '율리시즈의 방황'처럼 보이기도 한다. 한쪽으로 열린 문이 있는 실내에, 왼쪽과 오른쪽에 의자가 하나씩 놓여 있다. 정면에 클래식한 옷장이 보이고 왼쪽 벽에는 액자가 걸려 있으며 오른쪽 벽에는 작은 창이 하나 난 이 실내 공간의 마룻바닥에서 양탄자만 한 바다가 펼쳐지고 파도가 인다. 작은 소년이 그 파도에 얹힌 조각배를 타고 노를 저어가고 있다.

이 그림을 볼 때마다, 『율리시즈』를 썼던 조이스, 나아가 아버지를 비롯해 글을 쓰는 모든 작가의 머릿속을 훔쳐보는 기분이 들어 웃음이 난다. '사유'라는 이름 아래, 방 한구석에서 홀로 조각배를 노 저어 율리시즈의 항해, 인류 대문명의 항해를 하는 것. 그게 조이스를 포함한 작가들이 펼쳐내는 '의식의 흐름'인 것 같아서이다.

또, 화가가 어떤 생각으로 이 그림을 그렸는지의 내막을 정확히는 알지 못하지만, 아버지의 서재에서, 안방에서, 그리고 내 방에서 아버지와 대화를 나누며 지새웠던 무수無數의 형이상학적 밤들을 떠올려 볼 때, 데 키리코의 그림 〈율리시즈의 귀환〉은 내게 복잡미묘한 이야기로 다가와 마음에 감정들이 넘실거리게 한다.

> 그것은 아버지의 목소리였다. 이 집안에서 그 목소리가 전하는 말을 의심할 사람이 있을 턱이 없었다. 준에게는 그것이 진리보다 더한 것이었다. 그것은 그에게 아름다운 동화로 들렸다.[37)]

아버지는, 라디오에서 나오는 대북방송조차 아버지가 전하는 말로 여겨 소중히 들었던 『회색인』의 독고준처럼, 파도가 일렁이는 조각배가 띄워진 아버지의 방과 내 방에서, 내가 당신의 말을 아름다운 동화처럼 여기며 듣기를 바랐을 것이다.

『율리시즈』를 다 읽지는 않았으나 개인적으로 『더블린 사람들』은 『율리시즈』의 보다 일상적인 버전이라고 생각한다. 당시의 문학 전통에 반기를 들었던 조이스를 특징짓는 요소는 나름 다 들어가 있다. 작가의 다른 작품들을 선뜻 읽을 결심이 서지 않는 독자라면 『더블린 사람들』을 통해 약식으로(그러나 사실 『더블린 사람들』도 약식이라고 하기에

37) 최인훈, 『회색인』(문학과지성사, 2008), 28쪽.

는 무겁고 크다), 덜 겁먹은 상태로 조이스의 세계와 분위기를 접할 수 있을 것이다. 나는 그랬다.

혼자만의 생각인 줄 알았더니 T. S. 엘리엇도 "제일 먼저 『더블린 사람들』을 읽으라. 그것이 이 위대한 작가를 이해하는 유일한 길이다."라고 말했다고 한다. 명사의 말에 힘입어 좀 더 자신감을 가지고 한번 읽어보기를 권한다. 유일한 길을 열어준 아버지에게 감사한다.

4부

아침에 슬픈 사람

아침에 슬픈 사람

힐링하는 아침

밤의 장면을 모두 잃고 시작해요. 무슨 옷을 입어야 할지 몰라 망설였지만, 하루가 주는 어떤 옷이든 걸쳐 입고 집을 나서기로 해요. 물고기에서 여기까지 진화하며 내가 태어났다는데, 아침을 반복하는 일쯤, 거창하지 않아요. 쉬운 비유가 주어지길. 기도하는 아침이에요.

위로는 어디에나 넘쳐요. 기분이 훨씬 좋아요. 기분에 취해 맨홀에라도 빠지면 곤란하겠지만. 취하는 건 언제고 위험해요. 머리에 아닌 새가 내려앉아요. 이마를 함부로 걸어 다녀요. 고인은 생전에 매우 좋은 사람이었습니다. 산 사람이 전하는 말이에요. 고인에겐 항변할 몸이 없네요. 좋은 사람과 견디는 시간 사이. 느낌표와 물음표. 가속도와 관성의 틈. 이건 의도된 엉성함일 거예요. 빈틈없이 틈으로 가득찬 걸 보면요. 아닌 새는 아닌 세상으로 가자고 해요. 나는 저 새가 나는 아니라고 생각하고. 꼭 지금처럼 살고 싶었단 사람은 드물기 때문에, 밤이면 관 속의 사람처럼 가슴에 반듯하게 손을 모으고 조심하며 그동안을 생각해요. 물고기에서 여기까지. 나는 어디부터 불길해진 걸까요.

밤을 가득 채우던 깜깜한 것들은 일단 그림자만큼으로 접어두었어요. 밤마다 하늘에선 흙이 쏟아져요. 네모 안에 눕는 밤에는 내가 접어둔 것들도 예뻐지나요. 산 사람들 사이에 그리 전해질까요. 모든 기억을 잃고 시작해요. 아침은 밝아요.

아침에 슬픈 사람은 정말 슬픈 사람이다. 이 생각은 봄에 슬픈 사람은 정말 좀 슬픈 사람이라는 나의 오랜 견해와 맥이 통하는데, 햇볕과 꽃을 슬프게 느낀다는 점에서 그렇다. 빛과 꽃을 밝거나 아름답게 느끼지 못한다는 지점에서 이 사람은 이미 보통 사람의 감각에서 비켜나 있다.

「힐링하는 아침」은 5년 전에 썼던 시이다. 이런 시를 끄적거릴 무렵에, 나는 많이 비켜나 있었다. 밤이면 끊이지 않는 생각들 때문에 잠을 잘 못 잤다. 밤에 그렇게 울적했는데 자고 난 아침에도 울적했다. 어제에 이어 오늘도 창문을 뚫고 들어오며 기어이 새로운 하루를 또 여는 햇살이 요망하고 악착스럽게 느껴졌다.

당시는 바야흐로 온갖 미사여구로 사람을 위로하겠다는 힐링 서적들이 넘쳐나던 시절이었는데, 나에게는 '힐링'이라는 말과 밝아오는 아침과 피어나는 꽃이 한통속으로, 더할 데 없이, 얕고 공허하게 들렸다. 그런 걸로 도대체 내 인생이 해결될 것 같지가 않았다.

건너와 닿는 말이 긍정적일수록, 밖이 밝고 허벅지게 피어날수록 나는 더 초라해지는 것만 같았다. 내 거죽 안과 밖의 온도 차에 적응하기가 난감했다. 비구니승의 일상을 담은 다큐멘터리를 유심히 시청하는 나를 다소 불안한 시선으로 보던 큰딸이, 엄마는 체력이 약해서 절 생활은 못 버텨낼 테니 딴생각 말라고 한마디했다.

사물이 말을 할 때

불교에서는 삼계三界를 말한다. 삼계는 중생이 사는 세 가지 세상으로 그중 색계는 생각과 번뇌를 벗어나서 청정한 물질의 세계를 가리킨다. 물질이 존재와 기능만을 수행할 때, 사물은 고요하다.

펜은 글씨만 쓰고 책은 활자와 그림으로 내용을 담고 전할 뿐이며 옷은 추위와 더위와 위험을 차단하는 기능만을 수행할 때, 사물은 고요하다. 그러나 물질과 사물이 과연 번뇌를 벗어나 청정하지만은 않은 듯도 하다고 요사이 느낀다.

물건들이 기억과 닿아 있을 때 색계는 시끄러워지기 시작한다. 펜이, 책이, 옷이 기억을 불러올 때, 사물들은 기어이 보이지 않는 입을 열어 말을 하기 시작하는 것이다. 더군다나 물건을 내게 준 주인이 더 이상 이 세상에 없고 보면 물건들은 사람인 원래 주인을 대신해 말을 걸기 시작한다.

병상에 누워 있는 아버지가 이미 다른 세상으로 건너가버린 존재같이 무섭고 낯설었다. 마지막 기간에, 나는 낯설고 멀게 느껴졌던 병상의 아버지보다도 활자 모양의 아버지가 내가 알고 기억하는 아버지 같았다. 병원에서 말하지 못하는 아버지를 보고 온 날은 잠이 올 때까지 아버지의 책을 읽었다. 내가 아버지로 실감하는 아버지의 음성을 책으로 듣고 난 후에야 조금이라도 밤잠을 잘 수 있었다.

아버지가 세상을 떠나고 한동안은 아버지가 쓴 책을 읽을 수가 없었다. 처음에는 오히려 일부러 읽었다. 더 이상 들을 수 없는 아버지의 음성이 활자 밖으로 울려왔다. 글자로 된 음성은 활자의 한 자 한 자가 너무나도 아버지 같았다. 하지만, 글자로 아버지의 음성을 듣는 일은 괴로웠다. 어느 순간부터, 육신이 아닌 글자가 곧 아버지로 느껴지는 감각적 현실이 슬퍼서 견딜 수 없는 지경이 되었다. 병원에 아버지의 육신이 있을 때와는 또 달랐다.

아버지의 책을 읽지 않는다고 아버지의 음성이 들리지 않은 것은 아니었다. 아버지가 마시다 두고 간 빈 술병을 보아도, 책장에서 책을 찾다가 아버지에게 선물받았던 책에 눈길이 멈출 때도, 옷장 문을 열었다가 유럽의 어느 나라에서 아버지가 사온 치마를 보고야 마는 때도, 아버지의 음성과 기억이 건너와 말을 걸었다. 먼 나라의 옷가게 쇼윈도 너머로 그 옷을 보고 첫눈에 마음에 들었다는 말을 하던 아버지의 당시 표정까지 생생했다.

한구석씩 차지하고 있는, 아버지에 대한 기억과 닿아 있는 물건들로 혼자 있어도 집이 시끌시끌했다. 어디로 눈을 돌려도 내 귀는 용케도 아버지의 기억을 들었다. 좀처럼 혼자 집에 있을 수가 없었다. 출근하고 등교하는 식구들을 챙겨 내보내고 혼자 집에 남으면 집을 나와 일없이 길을 걸어 다니거나 목적지 없이 버스를 타거나 아버지의 것이 아닌 책을 들고 카페에 나와 앉았다.

아버지의 해외여행은 사적인 걸음이 거의 없었다. 사비를 들여 외국에 나가는 일은 잘 없고, 대부분 어느 기관의 초청으로 공식 일정을 소화하기로 되어 있는 여행들이었기 때문에 따로 가족들의 선물을 챙겨 오기가 여의치 않은 경우가 많았다. 그래도 나는 졸랐다. 아빠 그래도 호옥시 시간이 나면, 하고서 조르고 졸라 책이며 뮤직박스며 인형을 손에 넣곤 했다. 먼 나라에서 온 여러 물건들 중에 내가 특별히 소중히 여기는 장난감이 있다.

아버지가 미국에서 가져온 장난감이 있다. 그 장난감이 없던 때가 기억에 없을 만큼, 지금까지의 내 평생과 함께했다. 장난감이라고 해야 할지 조형물이라 해야 할지 싶은 이 물건은 끊임없이 움직인다. 들고 기울이면 빨강과 파랑의 끈끈하고 무거운 느낌을 주는 액체가 천천히 움직인다. 움직이면서 두 색이 우연히 교차해서 매번 다른 문양을 만들어낸다. 어릴 때는 지루한 시간을 많이 달래주었고, 지금은 가만히 보고 있을 때 복잡한 마음을 다스려준다.

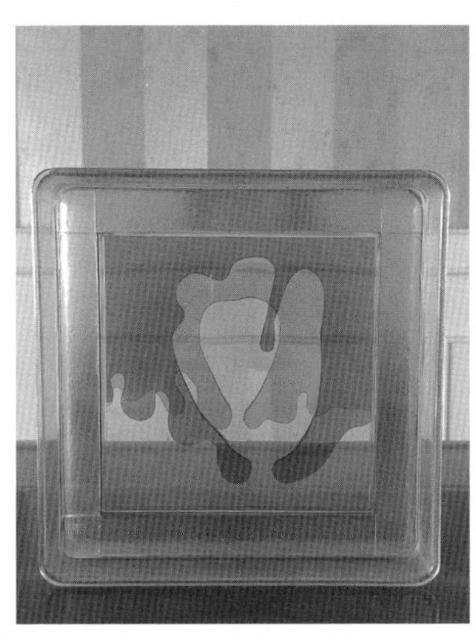

아버지가 1970년대 초 미국에서 귀국하며 가지고 온 조형물

펠츠만 효과라는 것이 있다. 자동차가 안전학적으로 진보할수록 사람들은 그 안전을 믿고 오히려 더 난폭하게 자동차를 몰아 사고와 사망자 수가 늘어나는 효과를 이르는 말인데, 이 장난감을 보고 있으면 정확하게 반대의 효과를 얻게 된다. 마주한 물건이 끊임없이 불안정하게 움직여주기 때문인지 반대로 내 편에서는 마음이 고요해진다. 작은 소리를 내며 멈추지 않고 흐르는 개울을 보거나 할 때처럼.

아버지와 관련된 것 중에 유일하게, 좀처럼 말을 거는 법 없이 곁을 지켜주는 든든한 친구같이 마음을 조용하게 해주는 사물이다.

떠난 사람의 마음은 조용할까.

사랑하는 사람을 다른 세상으로 보내고 남은 사람의 마음은 무엇과 만나도 시끄럽게 마련이기에 제사를 올리고 기도를 하는 것 같다. 건너간 이의 마음만은 나와 달리 평안하고 고요하기를 소원하기에. 그것이 시끄러운 기억과 싸우는 이 세상 사람이 저 세상의 사람에게 줄 수 있는 최대한이라고, 약해진 마음에는 여겨지기에.

유럽 여행 때 아버지가 사온 그림책 선물

책 욕심

책을 일주일에 세 권 이상 사지 말자고 스스로를 타이른다. 적어도 이틀에 한 권씩만 사자는 약속은 지키자고 다짐한다. 최소한, 하루에 여러 권은 사지 말자고 각오한다. 하지만 읽지 못한 책이 쌓여 있는데도 새 책 사는 일을 멈출 수 없다. 병이라면 병이다.

옷을 좋아하는 나에게 어머니가 "세상의 모든 예쁜 옷을 다 살 수는 없다"라고 말한 적이 있다. 마찬가지로 세상의 모든 좋은 책을 다 살 수는 없을 것임에도 나는 좀처럼 마음에 꽂히는 한 문장을 품은 책을 장바구니에서 덜어낼 수가 없다. 덕분에 책장은 포화 상태이다.

그래도 책장 앞에 서면 흐뭇하다. 책장에 꽂히다 못해 틈새까지 파고들어 눕거나 쌓여서 자리를 차지하고 있는 책들은 서로 대화도 한다. 『어떻게 살 것인가』라는 책 옆에서 『나는 불안과 함께 살아간다』나 『무엇이 되지 않더라도』가 제목으로 답을 한다. 천자잉의 『사람은 왜 도덕적이어야 하는가』는 자꾸만 이기적인 선택을 하고 싶어지는 나 자신을 다잡고 싶어서 샀던 책이다. 많이 읽지 못했다. 그러나 제목만 스쳐보아도 마음이 다스려지는 이 책 위에 『인생 따위 엿이나 먹어라』가 가로로 얹혀 있다(많이 읽었다). 제목을 훑어가다 보면, 책을 꼭 처음부터 끝까지 읽어야 맛인가, 제목만으로도 읽은 듯 되는 책이 있는 거지, 하고 마음대로 타협하고 만다.

분명히 사두었는데 찾지 못하는 책도 있다. 책을 구입한 내 기억을 믿어서가 아니라(허술하기 짝이 없는 내 기억 따위를 믿지 않기로 한 지는 이미 오래다) 책을 구입하려고 온라인 서점에서 책을 검색했는데 "고객님께서 이미 구입하신 도서입니다"라는 노란색 띠지 같은 메시지가 화면에 떠오를 때 이미 구입한 책임을 알게 되는 것이다. '이미 구입하신' 도서를 밀림과도 같은 책장에서 찾아내기가 언제나 가능하지는 않다. 두 번씩이나 사고 싶다는 마음이 든 걸 보면 정말 읽고 싶은 내용이 담긴 인연 있는 책이다 싶어서 꼭 찾고 싶어지지만 찾을 때까지 며칠이 걸리기도 하고 책이 사라지는 비밀통로라도 있는 것처럼 영 못 찾게 되는 경우도 있다.

좋아하는 저자가 새 책을 내면 구입하고, 읽던 책에 인용된 책도 구입한다. SNS에 홍보된 구절이 마음에 드는 책과 신뢰하는 출판사에서 새로 낸 책을 구입한다. 좋아하는 사람이 좋아하는 책을 구입한다. 추억을 불러오는 책을, 알아두면 좋을 지식을 담은 책을 구입한다. 내 맘과 꼭 같은 책과 내 생각과 정반대의 주장을 하는 책을 구입한다. 세상에 쓸모없을 것 같은 책이 도무지 없다.

사자머리와 빨간 네일

아버지는 미적 감각에 예민했고, 삶의 모든 면에서 '디자인 감각'이 있어야 한다고 했다. 먼저, 내 외모에 대한 아버지의 디자인적 선호는 대략 다음과 같았다.

1. 머리는 풍성하고 화려한 것이 좋다.
2. 기왕 매니큐어를 바르려면 빨간색처럼 선명하고 눈에 띄는 것이 좋다.
3. 콘택트렌즈를 착용하는 것보다는 안경을 쓰는 것이 좋다.
4. 힐보다는 운동화.
5. 희고 밝은색의 의복이 보기 좋고 잘 어울린다.

이에 따르면 나는 아래와 같은 차림이 된다.

내 차림새에 대한 아버지의 말을 거의 귀담아듣지 않고 어떤 때는 구박을 받으면서도 그저 내가 원하는 대로 했기 때문에, 실제 저 충고들을 한창 들을 때의 내 모습은 그림과는 좀 달랐다. 우습게도, 아버지의 미적 센스가 역시 참고할 만은 했던 것인지 반항기가 지났고, 아버지의 간섭이 없는 지금은 오히려 나도 저 위의 사항들이 대체로 나에게 어울리며 좋다고 생각하는 편이다.

외모뿐 아니라, 생활의 다른 면에서도 아버지에게는 미적 센스와 디자인 감각이 중요했다. 이 디자인적인 관점에서의 고려에는 책상 위에 책을 쌓는 모양, 재떨이에 담배꽁초를 나란히 줄 세우는 방식, 집 안에 화병을 두는 위치와 걸을 때 팔을 흔드는 것은 어느 정도가 적당하고 자연스러운지가 당연히 포함되었다.

문서를 타이핑할 때의 줄 간격을 위시하여 위와 아래, 왼쪽과 오른쪽의 여백을 얼마나 두어서 보기 좋게 한 페이지를 구성했는지도 매우 중요한 고려사항이었다. 당신이 손으로 쓴 원고를 타이핑해서 정리해 오라는 주문이 있었을 때, 여백을 잘못 생각해서 답답하게 글을 프린트해 보여드리거나 제목과 소제목 글자의 크기나 굵기에 있어 '민하게' 구성한 경우에는 엄청난 꾸중을 각오해야 했다. 책은 가로 폭이 넓은 책보다 세로로 긴 책을, 누워서 한 손으로 들고 보기에 편하고 또 시각적으로도 세련되어 보인다는 이유로 선호했다.

대체로 아버지의 미적 감각에 동의한다. 디자인 감각이라는 게 매 순간 그렇게까지 중요한 것인가 하는 점에는 의문의 여지가 있지만, 아버지의 깊이에 대한 천착은 늘 보통을 넘어서는 수준이었으니, 의문을 덮고 가기로 한다면, 시각적 감각, 디자인 감각 자체는 매우 훌륭했다. 넣고 빼고 키우고 줄이고 강조하고 생략하는 글쓰기의 편집 감각 또한 결국 디자인 감각에서 예외일 수 없고, 글을 쓸 때의 아버지의 편집 능력과 디자인 감각과 안목이 일상의 시각적 면면에도 그대로 적용되었다.

혜규와의 인터뷰

"우스운 일도 없는데 도대체 왜 자꾸 웃으라는 건지."

아버지는 인터뷰 사진을 찍으며 웃어달라는 요구를 싫어했다. 실제로 웃지 않고 찍은 사진이 많은데 연도가 뒤로 갈수록 점점 웃는 표정의 사진이 늘어난다. 특히 손녀인 혜규와의 인터뷰 때 사진은 표정이 훨씬 부드럽다.

손녀들과 함께 찍은 사진에서는 가족들이 자주 보는 사랑 많고 따뜻한 표정이 많이 보였다. 2011년에 큰손녀 혜규는 한 어린이 잡지의 초등학생 기자였고, 할아버지를 취재하는 인터뷰어가 되었다. 이 인터뷰 기사에서 아버지는 특별한 주문이나 우스운 일이 없어도 많이 웃었다.

어린 학생들을 대상으로 하는 잡지였기 때문에 아버지도 훨씬 다정하

고 친절하게 질문에 대한 답을 건네주었다. 혜규와 같은 궁금증으로 아버지에게 묻고 싶었을지도 모를 이들을 위해 인터뷰 일부를 발췌해 적는다.

혜규 (묻고 싶은 게 많아 마음이 급한 혜규) 할아버지, 작가가 되겠다고 결심하신 때는 언제예요? 왜 작가가 되겠다고 결심하신 거예요? 할아버지, 작가는 어떤 사람이에요?

최인훈 선생님 처음부터 여러 가지 질문이 한꺼번에 쏟아지는구나. 난 작가가 되어 내가 겪었던 일, 내가 보고 들은 일을 소설을 통해서 이야기하고 싶었어. '시대의 서기' 역할을 하고 싶었다면 너무 어려운 말일까……?

혜규 (혜규는 남북 분단, 역사, 시대의 서기 등 버거운 말들이 나오자 잠시 의기소침해진다) 분단, 이데올로기, 통일 같은 것에는 그다지 관심이 없어요. 그런데도 우리가 『광장』을 읽어야 하나요?

최인훈 선생님 혜규의 질문을 받고 보니, 작가의 역할에 대한 이야기를 하고 싶군. 작가는 작품을 통해서 사람들의 무뎌진 감각을 되살려내는 역할을 해내야 한다고 생각해.

요즘 사람들에게 『광장』 속 남과 북 이야기는 참 낯설 거야……. 요즘 사람들이 분단이 불편하다는 감정을 모두가 모른다고는 할 수 없지만, 정말 알아야 할 만큼 안다고 할 수는 없는 것 같거든. '분단이 안 됐더라면' 하는 걸 절실히 느낀다면 조금은 다른 고민, 다른 행동을 할 수도 있을 텐데…….

Plus+인터뷰 中

최인훈 선생님, 왜 갑자기 희곡을 쓰시게 되었나요?

소설을 쓰다 보니 무뎌졌다는 느낌을 받았기 때문이지. 술을 한 잔 먹으면 취하지만, 술을 계속 마시면 독주를 원하는 것처럼, '그녀가 슬프게 운다'를 그냥 얘기하는 것보다 그녀에게 뭔가 행동을 만들어주고 싶었어. 희곡은 소설로서도, 시로서도 표현할 수 없는 극문학 특유의 세계를 열어주었지.

혜규 할아버지, 작가는 노력하면 글을 잘 쓸 수 있는 건가요? 아니면 어느 정도 타고나야 잘 쓸 수 있는 건가요? 제가 작가가 된다면 어떤 작가가 되기를 바라시나요?

최인훈 선생님 참, 어려운 질문이군……! 무엇이 더 중요하다고는 말할 수 없을 것 같아. 살아가면서 경험도 쌓이고, 경험에 대해서 자연히 생각하게 되니까. 그 두 가지가 어울려서 좋은 작가가 될 수 있다고 생각해…….

내 경우를 보았을 때 작가가 된다는 건 '운명' 같아……. 질곡의 역사를 지나온 운명 덕분에 『광장』을 쓰게 된 거지……. 문학이라는 건 당대와 밀접한 관계를 가지고 시작되는 거니까, 시대를 공유하고, 시대를 깊이 살아내다 보면 '자신의 운명'과 마주하게 될 거야.

그러니까 혜규가 작가가 되기로 결심했다면 자라면서 자연히 어떤 작가가 될 것인가 스스로 정하게 될 거야. 들에 있는 식물이나 나무나 씨를 뿌리면 스스로 크는 힘이 있는 것처럼, 혜규도 스스로 가는 길을 선택하게 될 거야.

[…] 요즘 최인훈 선생님은 소설가와 시인을 꿈꾸는 손녀딸 혜규와 은규를 만나는 시간이 가장 행복하다고 말씀하신다. 그러면서 손녀딸들이 써온 소설과 시를 열심히 읽어주셨다. 그리고 작가를 꿈꾸는 꼬마 아가씨들에게 나중에 어떤 작가가 될지는 스스로 알게 될 테니까, 지금은 주어진 시간을 열심히 살아가면서 꿈을 꾸면 되는 거라고 말씀해주신다. 수학 선생님과 작가가 동시에 되고 싶다면 그 두 가지 꿈을 함께 꾸어도 좋다고 말하는 자상한 할아버지의 미소가 햇살처럼 번졌다.

—《위즈키즈》 2011년 10월호 중에서

비행기가 몰고 온 것

사촌동생이 토했다. 나도 토했다. 생각이 빙글빙글 돌았다. 이대로 가족과 영 헤어져버리게 되는 것은 아닐까. 이산가족이 되는 것은 아닐까.

1983년 2월 25일, 북한의 이웅평 대위는 미그-19기를 몰고 남쪽으로 향해 휴전선을 넘었다. 그가 탈북할 때 정부는 북한군의 기습공습인 줄 알고 전국에 공습경보를 내렸고 이 때문에 그의 귀순을 모를 수 없었으며 어떤 사람들은 전쟁이 시작되어버린 것이라고 생각했다.

나는 방학 때 이모네 집에서 며칠씩을 보내곤 했다. 1983년 2월, 겨울방학의 그날도 나는 이모네에 있었다. 집을 떠나 이모네 가족들과 함께 평범한 초등학생의 일상을 누리던 날이었다. 냄비에 맛있게 끓인 라면을 나눠 먹던 중에 공습경보가 울렸다. 지어낸 기억인지 실제의 일인지 낮인데도 텔레비전에서 방송이 나왔고(아니면 라디오였을까) 전쟁이라는 말이 흥분한 음성을 통해 전해졌다.

제일 큰 이종사촌동생이 먹던 라면을 토했다. 그걸 보던 나도 토했다. 막내사촌동생이 상 위의 물컵을 엎었다. 중간사촌동생이 방 안을 뛰어다녔다. 이모네는 고만고만한 아들이 셋이었다.

전쟁. 전쟁인가. 불광동 집에 전화를 걸었다.

"엄마! 엄마!"

"응, 잘 지내지?"

잘 지내다니. 엄마는 아직 소식을 듣지 못한 거구나.

"엄마! 큰일! 전쟁 났어요!"

"응? 전쟁?"

"전쟁! 전쟁! 엄마! 나 어떻게! 우리 인제 어떻게 만나요?"

"응? 아이고 무슨. 난 또."

나는 엉엉 울었다. 그러나 대성통곡을 하는 나에게 야속하게도 엄마의 음성은 너무나 평화로웠다. 엄마는 나를 달랠 수 없었다. 가족과 떨어진 상황에서 전쟁을 맞은 마음은 진정이 되지를 않았다.

"아이고 얘가. 가만 있어봐."

한시가 급했다. 이렇게 낭비할 틈이 없는데 엄마는 사태를 몰라도 너무 몰랐다.

"윤경아."

전화를 건네받은 사람은 아버지였다.

"여보세요! 아빠! 전쟁! 어떡해요! 나 무서워!"

통화를 하면서도 나는 연신 웩웩거리며 토했다.

"윤경아. 가만."

"아빠! 아빠!"

아빠가 허허, 하고 웃었다. 실성을 하셨나. 전쟁은 그럴 만한 일이었다. 더군다나 애지중지하는 딸과 이산가족이 될 판이니 아빠 정신이 올바르지 못한가 보다.

"윤경아. 아빠 말 잘 들어라. 아무 일 없을 테니까. 아빠 말 믿고."

"아빠가 몰라서 그래요. 여긴 지금 난리예요. 전쟁이 났다고요."

"거기도 여기도 전쟁은 없어, 윤경아. 그러니까 다 괜찮고. 정말로. 그럴 일이 아니니까."

"정말요?"

"정말."

"전쟁이 아니에요?"

"아니야, 윤경아."

"네?"

"응."

"네."

"응."

"정말요?"

"그럼."

아빠는 자꾸만 허허허, 하고 웃었다. 어느새 나도 마음이 가라앉았다. 괜찮을 거라고 사촌동생들을 안심시켰다.

이웅평 대위가 귀순을 결정한 건 라면 때문으로 알려졌다. 원산시의 바닷가를 거닐다 바닷물에 떠밀려 온 라면 봉지를 발견했다고 한다. 호기심에 봉지에 적힌 글을 읽어가던 중 '판매나 유통과정에서 변질, 훼손된 제품은 판매점이나 본사대리점에서 교환해드립니다'라는 문구를 보고 충격을 받았단다. 작은 물건 하나까지도 소비자의 편의를 생각하는 것이라 생각했단다. 아무렴 탈북 결심의 이유가 라면 '봉다리' 하나 때문만은 아니었겠지만.

소비자의 권익을 우선한다는 라면 봉지의 교훈 말고 그날의 비행기가 몰고 온 것은 무엇일까. 그날의 일은 왜 언제나 이렇게 복잡한 마음과 함께 떠올려지는 걸까.

기록과 기억 1

호모 스크립투스. 기록하는 인간을 말한다. 작가군이 대표적이다.

작가란 기본적으로, 적어두지 않은 것은 결국 사라질 운명이며 그리하여 결국 아무도 모르는 없던 일로 될 것이라는 공포가 있고 그 공포 때문에 심각하게 괴로운 사람이다. 잊으면 그만이지, 시간이 가면 이 또한 지나가리라, 아픔을 잊게 하는 세월이 약이라는 납득이 도저히 아무래도 되지 않는 사람이다.

그리하여 이 사람에게는 세월 대신, 기록과 꾸준한 메모가 약이다. 기록이 기억에 보내는 위로와 지지를 한 번이라도 경험하고 나면 점점 더 그렇게 된다. 시간이 간다고 해결 나는 것이 아니라, 적어야 해결이 난다고 믿는 이 사람은 메모를 한다. 글로 사진을 찍어둔다. 무엇이 괴롭고 아프다고 느껴지고 생각되면 글을 쓴다. 그리고 주변 사람들에게도 기록과 기억이 얼마나 중요한 것인지 힘주어 말하고, 급기야 어느 여름 딸에게 숙제를 내기에 이른다.

1994년 여름, 날씨 측정 이래 몇십 년 만이라는 기록적 폭염을 '기록'했던 그 여름에 나는 미국에 이학연수를 가 있었다. 김일성이 사망했다는 소식을 전하는 기숙사 친구의 말에 웃기지 말라고 대꾸했고 그래도 진짜라며 친구가 우기는 바람에 농담이 길다며 짜증을 냈다. 너무 더워 여성들이 배꼽티를 입고 다닌다는, 친구가 한국으로부터 전해주는 말도 믿어지지 않았다. 김일성의 사망도, 배꼽티가 넘쳐나는 서울의 거리도 믿을 수 없었다. 내가 서울을 떠나 온 지 며칠 만에 20년 넘게 익숙하게 살았던 곳에서 그런 변화가 생겼다는 것은 안 믿는 것이 오히려 자연스러웠다.

"매일매일 하루하루 가능한 한 하나도 빠지지 말고 기록해야 한다. 지금은 아무것도 아닌 것 같아도 그게 다 네 재산이다."

이것이 미국으로 떠나기 전 내게서 몇 번이고 다짐과 약속을 받은 아버지의 당부였다. 그래 봐야 여름 방학 두 달여를 미국에 머무르는 것이었다. 그 두 달 중에 앞부분 한 열흘은 미국에 사는 친지 방문으로 계획되었다.

"그걸 그냥 엮으면 책이 되는 거야. 일기처럼 써도 좋고 편지처럼 써도 좋고. 그냥 메모라도. 단어 하나라도."

처음 며칠이 지나자, 메모 따위는 잊었다. 하루를 그저 살기가 정신없고 바빴다. '공부 열심히 하고 매사에 모범적이며 어디 한 군데 나무랄 데 없는 데다가 영문과를 다니고 있고 영어도 잘하는 한국의 사촌'으로 포장되어 있는 나를 어색해하면서도 반갑게 맞으려 애쓰는 초면의 사촌동생들 앞에서 나는, '외국에는 처음 나와보지만 영어를 잘하고' '공부를 열심히 하는 모범생이지만 꽉 막힌 범생이는 아닌 한국의 쿨한 사촌언니이자 누나'를 연기하느라 진땀이 났다.

어학연수를 하기로 한 보스턴에 가서는 종로에 하고많은 영어 학원만도 못한 영어 연수 프로그램에 실망하는 한편, 이유를 알 수 없게 첫날부터 나를 미워하기 시작한 룸메이트의 눈에 들려고 애를 쓰고, 이유를 알 수 없게 처음부터 나를 좋아하기 시작한 나와 같은 처지의 어느 어학 연수생의 눈을 피해 다니는 데만도 너무나 기진맥진해지게 바빴다.

단 두 달이었지만, 그때의 기억이 세세하게 많이 남아 있다. 실제로 기록은 많이 하지 않았지만, 무슨 일이 있으면 그래도 기록하고 기억해야 한다는 정신은 살아 있고 깨어 있는 채로 지냈기 때문이었을지 모른다. 아버지의 당부가 감사하게 여겨지는 이유이다.

그 정신이 아직 다 죽지는 않아서, 25년이 지난 지금, 그때의 기억에 대해 이렇게 몇 자도 적어본다.

TV 드라마의 순기능

"나는 좋은 가장이 아니었다."

TV 드라마를 한창 많이 보던 때가 있었다. 지금처럼 채널이 많지 않고 기껏해야 지상파 서너 개 정도가 선택할 수 있는 채널의 전부였던 때, 나는 일정까지 짜가며 방영 중인 모든 드라마를 섭렵했다.

열심히 시청했던 그 많은 드라마에서 늘 내 가슴을 치게 하고 답답한 마음에 찬물 한잔 생각을 간절하게 만들었던 의문은 크게,

1. 착한 주인공은 도대체 왜 언제나 나쁜 등장인물의 악한 언사를 녹음해두지 않고 모든 누명을 억울하게 뒤집어쓰는가

하는 것과,

2. 드라마에 나오는 사람들은 도대체 왜 언제나 뒤늦은 후회를 하며 울고불고하는가

하는 것이었다.

1에 대한 고찰의 결과로, 나는 부부싸움의 경우를 포함해서 이상한 기분이 느껴지는 대화와 통화들을 거의 조건반사적으로 녹음해둔다. 그렇다. 나는 피곤하고 집요하며 강박적인 사람이다. 그래도, 나중에 화병

을 평생 안고 사는 것보다는 역시 이편이 낫다고 생각한다. 나는 그런 말 한 적 없다고 우기는 사람에게는 설명도 필요 없이 그저 녹음 내용을 들려주면 된다.

2에 대한 고찰의 결론으로, 나는 기회가 있을 때마다 감사와 사랑의 마음을 전하자고 다짐했다. 특히 연로한 부모님에게는 잊지 말고 그렇게 하자고 결심했다.

그래서 2년 전쯤의 어느 날, 그저 안부를 묻자고 드린 전화에서 아버지가 뜬금없이 "나는 좋은 가장이 아니었다. 미안하다."라는 말을 전해왔을 때 나는 조금도 지체하지 않을 수 있었다.

아니라고, 왜 그런 말씀을 하시냐고, 완전한 부모가 어디 있냐고, 아버지는 늘 괴로워하고 노력해왔다는 것만으로도 완전했으며, 내가 아는 같은 연배의 다른 어느 아버지보다 다정하고 가정적이며 따뜻했다고 말했다. 아버지를 정말 너무 사랑하니 그런 말씀을 다시는 말라고 말했다.

내가 말할수록 아버지는 그런 말 말라고, 많이 부족했다고 완강히 부인했다. 내가 다시 그런 말씀 말라고 실랑이를 하자 급기야 아버지는 아니라는데 자꾸 왜 그러냐며 벌컥 화를 내기도 했다.

아버지가 화를 낸다고 물러서지는 않았다. 어쩐지 이상한 느낌이 들었기 때문이다. 어쩐지 이때가 드라마의 그때인 것 같았다. 당장 미안하다고 고맙다고 사랑한다고 하지 않으면 평생 가슴이 아프고 속에서 천불이 나서 찬물 한잔이 간절해질 것 같은 그때. 나는 전화를 끊을 때까지 감사와 사랑의 말들을 넘치도록 했다.

한 일에 대한 후회보다 하지 않은 일에 대한 후회가 많은 것은 어쩌면 당연하다. TV 드라마도 전혀 보지 않는 것보다는 얼마간이라도 보는 것이 좋을 것 같다. 나에게는 이날 아버지와의 전화 음성도 남아 있다.

금연

아버지는 어느 날 갑자기 담배를 끊었다.

"담배가 그렇게 나쁜 줄 진작 알았더라면 그렇게 오래 피우지도 않았지. 바보 같은 짓을 오래했구먼."

담배와 폐암에 관한 다큐멘터리를 보고 난 후였다. 무심한 듯한 한마디를 뒤로하고 아버지는 이후 두 번 다시 담배를 피우는 일이 없었다.

그렇게 칼로 자르듯이, 단번에, 완벽하게 아버지는 금연에 성공했다.

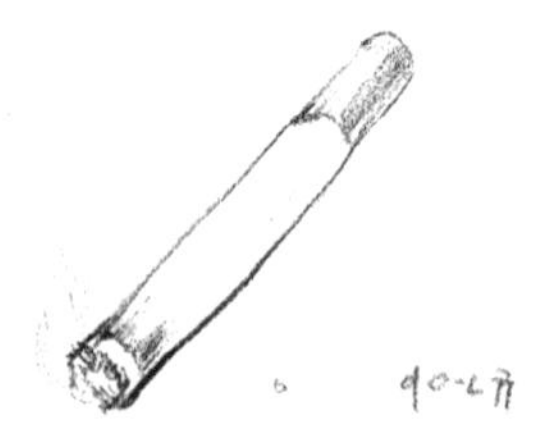

아버지의 단어들

아버지가 자주 쓰던 말들이 있다. 그럴듯하다. 기억. 시간. 민하다. 던적스럽다. 배때노제. 그로테스크하다. 콜라주. 적당하게 한다. 해사하다. 유치미. 바다. 사랑. 용맹정진.

'배때노제'라는 말의 정확한 표기법을 아는 사람이 혹시 있을까. '배불뚝이'를 가리키는 이북 말이라고 아버지에게 들었는데, 진작에 들어둘 것을, 이 말을 정확하게 쓰는 방법을 어디에 물을까.

술과 아버지

이미 어느 정도 취한 노작가의 딸이라고 가정해보자. 노작가는 아까부터 자꾸 같은 말을 반복하고 같은 질문을 되풀이해 묻고 있다고 가정해보자. 딸네서 저녁식사와 함께 반주를 들던 아버지는 좀 취했다. 거나하게까지는 아니고 기분 좋을 정도로 술기운이 도는 아버지는 손녀들에게 옆에 오랬다가 할 공부 많을 텐데 그만 방에 가서 숙제하랬다가 한다.

옆에 다른 누구라도 같이 앉았다면 아빠 술 이제 그만 마시시게 해야 되는 거 아냐 하고 한번 물을 텐데, 네모난 식탁에는 아버지와 딸 둘이만 앉아 있다. 술을 말리자니 아버지의 기분이 너무 좋고 그냥 두자니

작은 술잔을 집으려다 자꾸 헛손질을 하는 아버지가 걱정된다. 젊은 한 때에는 적지 않게 마신 술자리 끝에 길에서 누운 채 발견되기도 했다지만, 그러고도 다음날이면 끄떡없었다지만, 아버지는 이제 즐기는 청주 몇 잔만으로도 다음날 두통에 시달린다.

이 저녁의 일 년쯤 뒤에, 아버지가 남기고 간, 반쯤 남은 술병을 찬장 안쪽에서 발견한 노작가의 딸은 갑자기 마시지 않은 술의 기운이 피를 따라 온몸을 도는 것 같다. 어질하고 울적하다. 얼굴이 후끈하다. 등에 한기가 오른다. 기왕 그렇게 된 김에 남은 술을 마저 좀 마셔야 할 것도 같다. 돌아올 리 없는 아버지가 술과 함께 돌아온다.

문화센터

문화센터에 다닌 적이 있다. 시를 많이 읽고 싶어서 시 창작 강의를 들었다. 몇 권 읽은 시집이 울적한 마음에 갇혀 있던 나에게 도움이 되었던 경험 때문이었다. 그때는 시에 대한 애정보다는 내 마음보다 더 불행한 마음을 보며 상대적 위안을 찾겠다는 졸렬한 목적이 중요했다. 시간이 지나 소설 창작반에 등록했을 때의 이유도 소설 창작에 대한 관심과 동경보다는 그동안 소설을 너무 읽지 않아 나 자신이 기본적으로 소양 부족으로 느껴졌기 때문이었다. 창작반의 후반부는 합평이라는 형식으로 채워졌다.

제비를 뽑았다. 8이라는 숫자가 적혀 있었다. 3주 후면 내 소설의 합평 차례가 돌아올 것을 알리는 쪽지였다. 물론 내 소설 같은 건 아직 없었다. 이제부터 써야 할 참이었다. 무얼 써야 하지. 무얼, 쓸 수는 있나. 내가 가장 관심 있는 주제라면 언제나 나 자신이었다. 그러니 나에 대해 쓰기로 했다. 뾰족은 고사하고 뭉툭한 수手라도 다른 방도는 없었다.

소설이라고는 한 번 써본 적도, 아버지의 소설을 제외하고는 제대로 읽어본 적도 없었다. 그래서 수업 시간에 받은 소설의 시작부 일부를 샘플 삼아 노트북 왼쪽에 놓고 써보기 시작했다. 샘플이 한 문장의 묘사로 시작되면 나도 풍경을 묘사하는 한 문장을 적었다. 감상이 나오면 나도 감상을 적고, 서사가 나오면 나도 어떻게든 이야기를 진행시키는 문장을 적었다. 작가의 생각을 전하는 문장에는 나도 내 생각을 전하는 문장으로 응수했다.

그럭저럭 A4용지 12페이지 분량의 글이 마련되었다. 차마 '완성'이라고는 하지 못하겠다. 어찌할 바를 몰라 하다가 마지막 순간에는 결국 주인공을 미치게 한 후 죽여버렸기 때문이다. 그래도 항변해보자면 그 주인공은, 비록 전형적이고 구태의연하고 안일한 처리라는 비난을 받더라도, 그렇게 미쳐서 죽는 것이 자연스럽고 마땅했다고 생각한다. 그래도 교통사고 같은 것은 아니고 늙어서 죽었다. 후에 결말이나 여러 부분을 좀 고쳐서 새로 써본 버전도 있다. 소설 자체로는 새 버전이 더 매끄럽지만, 처음 썼던 소설이 더 내 마음에 가깝다.

나중에 딸이 주인공의 일기를 발견하고 어쩌고 하는 부분이 좀 부끄럽긴 하지만, 그것도 나에게는 의미가 있었다. 나중에 딸들이 읽어주었으면 하면서 쓴 글이었기 때문이다(그러나 한참 후에 정말 한참 후 내가 죽고 난 후쯤에 읽어주었으면 했던 내 처음 계획과는 달리 두 딸들은 이미 이 글을 읽었다). 나중에 읽고, 혹시 히스테릭했던 기간 동안 엄마의 불안정한 정신상태 때문에 받았던 상처가 있다면, 본인들의 잘못 때문이 아님을 알고 위로받을 수 있기를 바랐다. 그 기간의 나를 설명하고 이해받고 싶은 마음도 있었다.

합평에서, 어릴 적 우리집 밥상 풍경을 묘사한 부분은 '작위적'이라는 평을 들었다. 소설가라고 밥상에서 문학이나 예술이론에 대한 토론을 하시는 않는다는 것이었다. 처음 알았다. 소설가라고 다 그러는 건 아니구나. 우리 아빠 참. 그랬구나.

그 후로 한창 재미가 붙어 몇 달 새에 단편 여덟 편 정도를 더 쓴 다음 허리 병이 나는 바람에 소설 쓰기에는 좀 시들해지고 말았다. 내 첫 소설을 읽은 남편이 글이 좋다면 계속 썼으면 좋겠다고 했다. 듣기에 좋았다.

보리수

성문 밖 우물 곁에 서 있는 보리수
나는 그 그늘 아래 단꿈을 꾸었네.
가지에 희망의 말 새기어놓고서
기쁘나 슬플 때나 찾아온 나무 밑.

오늘 밤도 지났네 보리수 곁으로.
캄캄한 어둠 속에 눈 감아보았네.
가지는 흔들려서 말하는 것같이
그대여 여기 와서 안식을 찾으라.

성문 밖 우물 곁에 서 있는 보리수
나는 그 그늘 아래 단꿈을 꾸었네.

아버지는 가곡을 즐겨 들었다.

슈베르트의 가곡 〈보리수〉도 즐기던 가곡 중 하나로, 아버지의 희곡 「한스와 그레텔」(독일 나치당의 실존인물로 오랜 투옥생활을 한 루돌프 헤스와 독일 어린이 동화인 「헨젤과 그레텔」을 모티브로 하는 희곡)에도 등장한다.

나도 〈보리수〉를 좋아한다. 처음에는, 아마 아버지가 좋아해서 좋아하기 시작했을 것이다.

With or Without You

아버지의 그늘이 있다고 생각했다. 중요한 일을 결정하기 전에는 늘 그 그늘이 의식되었다. 아버지라면 어떻게 결정할까. 내가 이렇게 결정하면 아버지는 뭐라고 생각할까.

아버지가 좋았다. 아버지의 따뜻함(늘 따뜻한 건 아니었지만)과 세심함과 지력知力과 올곧음이 두루 좋았다.

시원하고 추운, 위로가 되고 추궁이 되는, 한 그늘 아래의 좋고 나쁜 여러 계절 아래에서 아버지 생각을 많이 한다.

아버지가 이 세상에 없다고 해서 아버지가 생각나지 않는 것은 아니었다. 오히려 더 생각이 났다. 생각하면 안 될 때도, 안 되니까 참을 때면 더욱 생각이 났다. 추상적 현실은 구체적 현실을 끊임없이 들이박았다.

죽을 만큼은 아니었다. 조건반사처럼, 운전대를 잡으면 딱 죽지 않을 만큼 아버지 생각이 났다. 그러다가 딱 죽지 않을 만큼 무언가를 들이박았다. 아버지 생각을 하며 운전하다가 멀쩡히 신호대기하며 서 있는 차를 들이박았고, 정중하게 깜빡이를 켜고 천천히 진입해 들어오는 앞차를 미처 보지 못한 채 들이박았고, 나중에는 여느 토요일처럼 정말 평화롭게 제자리를 지키고 있을 뿐이었던 죄 없는 아파트 단지의 울타리를 들이박았다.

왜 그랬는지 모르겠다는, 혹은 돌아가신 아버지 생각을 하다가 그랬다는 해명은, "아이고 사모님 괜찮으세요. 아니 대체 왜, 어쩌다가. 아이고, 이거 울타리가. 새로 한 지 얼마 안 된 건데. 많이 찌그러졌네. 아이고, 사모님 많이 다치지는 않으셨어요." 하고 놀란 표정으로 뒷덜미를 긁적이며 내 안위를 살펴주시는 경비아저씨와 처참하게 우그러진 연두색 철제 울타리 앞에서 차마 내놓을 수 없는 헛말이고 뜬구름 같았다. 늘 "아줌마! 아줌마!" 하고 부르던 경비아저씨가 오늘은 다정하시다, 하고 생각했다.

아버지가 있어도 없어도 아버지는 있었다.

앞차를 박고 울타리를 박으며 운전하고 다니느라 분주하던 동안에 차 안 라디오에서 우연히 듣게 된 그룹 유투의 노래 가사가 칼처럼 꽂혔다.

Sleight of hand and twist of fate
on a bed of nails she makes me wait
And I wait without you

[…] You give it all but I want more

[…] My hands are tied
My body bruised, she's got me with
Nothing to win and
Nothing left to lose

And you give yourself away

And you give yourself away

And you give

And you give

And you give yourself away

With or without you

With or without you

I can't live

With or without you

With or without you

With or without you

교묘한 속임수와 운명의 뒤틀림

못 박힌 침대에서 그녀는 날 기다리게 하고

너 없이 난 기다려.

[…] 넌 모든 걸 주었지만 난 더 원하지.

[…] 내 손은 묶여 있어.

몸은 멍들었고, 그녀는 더 이상

얻을 것도 잃을 것도

남지 않은 날 가졌네.

그리고 네가 모습을 드러내.

또, 네가 모습을 드러내.

네가 모습을

네가 모습을

네가 모습을 드러내.

네가 있어도 네가 없어도

네가 있어도 네가 없어도

난 살 수가 없어.

네가 있어도 네가 없어도

네가 있어도 네가 없어도

네가 있어도 네가 없어도.

유투는 훌륭한 밴드이다. 대중음악 역사상 가장 위대한 밴드 중 하나이자 아일랜드의 음악문화를 대표하는 아이콘이며, 전 세계에서 수입이 가장 많은 밴드 중 하나라고《나무위키》에 적혀 있다.

최인훈은 생활이 거의 베일에 싸여 있는 사람, 평소에 어떻게 지내는지에 대한 이야기는 거의 들리지 않고, 예전에는 강의라도 나갔지만 정년퇴임 후 요즘은 그마저도 무소식이라고《나무위키》에 적혀 있다.

살려줘요 뽀빠이

"살려줘요 뽀빠이!"

올리브라는 캐릭터를 아는 사람이 아직도 많은지 모르겠다. 올리브는 1980년대(확실히는 모르겠다) 국내에서 방영되기도 했던 만화영화의 주인공이다.

올리브는 깡말랐다. 길쭉하고 마른 팔다리에 기름한 코가 우뚝하다. 눈과 입은 단순한 곡선과 동그라미로 쓱쓱 완성된다. 위급한 상황에 처하면 난데없이 "살려줘요 뽀빠이!"를 외치고, 그러면 뽀빠이는 시금치 통조림을 따서 먹는 방법으로 갑자기 힘이 불끈 솟아나 올리브를 구하러 출동한다. 지금 시대에 봐서는 좀 수동적이고 매력 없는 캐릭터다.

아버지는 어려서부터 비쩍 말랐던 나에게 '올리브'라는 별명을 지어 주었다. 생김새가 닮아서였을 것이다. 주로 시름시름 누워 있을 때 내 발바닥 같은 데를 간질이며, "윤경 씨, 살려줘요 뽀빠이, 한번 해봐라. 살려줘요 뽀오빠이! 어떻게, 시금치를 좀 먹어야 튼튼해지겠는가 말이다. 벌떡 일어나서 써억썩거리고 다녀야지, 응?" 했다. 시금치는 올리브가 아니라 뽀빠이가 먹고 나를 구하러 와야죠.

아버지는 겉으로 볼 때 딸을 구해주는 방식으로 자식을 훈육하는 부모는 아니었다. 기본적 의식주와 건강 문제를 제외하고는 강하게 단련시키는 부모였다. 무엇이든 혼자서, 스스로, 못하면 할 수 없고, 이것이 가장 중요한 기조였다. 하지만 내심으로는 늘 아버지로 인해 든든했다. 아버지가 내 믿는 구석이었다. 평생 자손이 부끄러워할 만한 선택을 한 적이 없었다. 신념에 있어서 느리고 조용하나 굳고 곧았다. 아버지가 옳다면 옳은 일이라고, 아니라면 그른 일이라고 믿을 수 있었다. 최종적인 시금석으로, 갈등의 마지막 순간이면 언제나 판단의 기준을 마련해 나를 구해주는 뽀빠이였다. 그 덕에 큰 실수 없이 여태 살았다.

그런 아버지가 생의 마지막에 있었다. 하지만 당시 나의 관심사는 아버지만일 수가 없었다. 고3인 큰딸과 중3인 작은 딸이 모두 입시생이었다. 거기에 얹혀서 2018년의 첫 절반 동안, 나는 검사를 받으러 병원을 전전하며 보냈다. 몸이 아픈데 좀처럼 원인을 찾을 수가 없었다. 이비인후과에서 내과로 거기서 다시 피부과와 신경외과로 옮겨 다녔다. 아버지의 병문안을 다녀온 다음날 예약된 내 진료를 위해 병원을 찾았다. 병원 복도를 헤매 다니는 매일이었다. 보는 사람마다 아버지 때문에 얼굴이 축났다고 했지만 내 몸이 아픈 탓도 컸다.

결국 나중에는 뇌종양 판정을 받고 국가에서 치료비 지원도 받게 되었는데, 몸이 아픈 이유는 그 때문이 아니며, 종양은 양성이지만 커지면 아주 드문 경우 시력 같은 것을 잃을 수 있다는 말을 들었다. 90만 원 가까이 나온 MRI 비용의 대부분이 국가지원으로 충당된다는 말을 듣고 웃으며 좋아하자, 국가에서 치료비를 지원하는 중증질환자에 대해 설명해주려고 앞에 앉은 병원 직원이 나를 의아한 표정으로 쳐다보았다. 뒤죽박죽이었다. 머릿속의 종양은 그저 뇌하수체에 생긴, 남들은 있어도 모르고 사는 작은 뾰루지가 우연히 발견된 것뿐이니 걱정 말라는 남편의 말이 제일 이해하기 쉬웠다. 눈뜨기가 어렵게 얼굴 반쪽이 아프고 때없이 어지러우며 더운 여름날에도 끊임없이 오한이 나는 이유는 밝히지 못했다.

인생의 대부분을 좀 엉뚱하다거나 특이하다는 말을 듣고 살았다. 그래서 힘들었던 때도 많았고 그러니까 내가 특별한 것 아닌가 하고 잘난 척할 때도 있었다. 하지만 관혼상제의 마지막인 큰일 앞에서 나는 여지없이 큰일을 치르는 다른 모두와 같았다. 나라는 사람은 하나 특별할 것이 없었다. 아픈 아버지 곁을 지키고 장례를 치르고 내 일상을 살았다. 슬펐지만 슬퍼서 죽지는 않았다. 죽도록 슬펐지만 살 만했고 살 만했지만 죽도록 슬펐다.

아버지가 떠나고도 나에게는 생활이 계속되었다. 건사해야 할 가족이 있었다. 아버지에 대해 생각하지 않으려 노력했다. 노력해서일까. 짧게나마 아버지에 대해 잊을 때가 있었다. 잊고서 보낸 시간 후에는 자책감이 찾아왔다. 내가 아버지를 잊고 살 수도 있구나. 그런 시간도 있구나.

그러던 어느 밤 꿈에 아버지를 보았다.

아버지는 병원의 바퀴 달린 간이침대에 누워 있었다. 흰 천으로 발끝에서 얼굴까지 덮인 모습이었다. 그 옆에 나란히 누운 내 모습이 보였다. 꿈속의 나는 소독약 냄새가 난다고 생각한다. 볼록렌즈로 보는 것처럼 침대 부분만 크게 보인다. 누워서 시선은 천장을 향해 있었지만 옆에 누운 사람이 보였고 그가 아버지인 것도 알았다. 꿈속의 나는 아버지를 차마 돌아보지 못하고 있었다. 아버지가 말했다. 너는 내가 죽어서 슬프기는 하냐.

꿈을 깨고 난 나는 어쩐지 억울하고 원망스럽고 무서운 마음이 되었다. 끈적하고 뜨거운 8월이었다.

여름이 지나니 가을도 왔다. 살고 있는 아파트 단지에서 버스가 다니는 큰길까지 가자면 나무가 줄을 지어 선 길을 일 킬로미터 정도 지나게 된다. 양쪽으로 빼곡히 늘어선 나무들은 가지마다 빨간 단풍과 노란 은행잎을 가득 쥐고 서 있었다. 바람이 이쪽에서 산들, 하면 저쪽에서 또 산들, 하며 경쾌하게 불어서 나는 창문을 열고 천천히 운전했다.

색색의 잎들이 온몸으로 바람결을 그리고 있었다. 무성하게 물든 잎들이 햇빛을 조각내 튕겨내며 빠른 속도로 여기저기서 반짝거렸다. 나무 뒤에 나무, 그 뒤에 또 선 나무가 국빈방문을 환영하듯이, 좌우로 늘어선 군중들이 귀한 손님의 나라 깃발을 열심히 흔들듯이.

그러다 큰바람이 한 번 그리고 두 번 불자, 잎들은 도미노 조각 넘어가는 것처럼 일제히, 파도처럼 일제히, 먼 곳 방향으로 뒤집혀갔다가 다음 순간에는 곧 반대로 뒤집혀서, 빛과 색의 물결이 한꺼번에 내게로 쓰러지며 몰려왔다. 환영하는 인파처럼. 모든 잎들이 모든 빛으로 빛났다.

이겼다.

갑자기 그런 생각이 들었다.

갑자기 그런 생각이 들면서 무서워졌다.

무얼, 이겼나.

머릿속을 따져보다가 흠칫했다. 나는 아버지를 이겼다고 생각하고 있었다. 나는 살아서 이걸 보고 있다는 생각을 하고 있었다. 그 생각이 너무 무섭고 죄스럽고 내가 도대체 어떻게 되어버린 건지 알 수가 없었다.

쿵! 빨간불이 들어온 신호등 앞에 정지해 있는 앞차를 들이박았다. 줄지어 선 나무 길에서 일 킬로미터 정도, 이겼다고 생각했던 때에서는 두 달 정도 더 지나온 곳이었다. 앞차에서 운전자가 내렸다. 반사적으로 마지막 순간에 브레이크를 밟아서인지 다행히 차도 운전자도 크게 상하지는 않아 보였다. 죄송하다고 다친 데는 없으시냐고 했더니 내 행색을 아래위로 살피고는 그쪽은 어차피 이래놓고 할 일도 없으니 괜찮겠지만 본인은 출근길인데 어쩔 거냐고 했다. 다음에는 누군가에게 전화를 걸어 나를 옆눈으로 흘기며, 몰라 미친 여잔가 봐, 똥 밟았어, 서 있는데 와서 박아, 하고 말했다.

말 한마디로 천냥 빚을 갚기도 하고 심각한 출근길 지각을 부르기도 한다. 연락처를 주고 바로 처리할 생각이었으나 마음을 바꾸고 보험사 직원을 기다리자고 했다. 멀쩡히 서 있는 차를 들이박았으니 나의 과실이 백 퍼센트 아니냐고 한다면 맞는데 옳지 않다.

사실로는 맞지만 감정적으로는 옳지 않다. 나를 상당히 자극할 우려가 있으니 혹시라도 누구든 면전에서는 나에게 그런 지적을 하지 않는 것이 좋겠다. 나는 욱하는 성격에 도량이 좁다. 차를 한적한 곳으로 빼고

기다렸다. 며칠 후 상대가 도수 치료비 57만 원을 청구했는데 승인하겠냐는 보험사의 전화에 그러라고 했다.

시금치는 내가 먹어야 하는구나. 맨정신도 힘도 내가 내야 하는구나. 살려줄 뽀빠이는 이제 없고 어쩌면 처음부터 없었다.

미친 여잔가 봐.

밟힌 똥과 미친 여자가 되었던 그때를 생각하면 갑자기 정신이 번쩍 들면서, 어쩐 일인지 시금치를 먹는 올리브가 매번 동시에 떠오른다. 운전하면서 하는, 운전 아닌 생각은 나에게나 남에게나 이제 너무 위험했다. 많은 것들이 총체적으로 달라져야 했으며 이미 그렇게 되고 있었다.

기록과 기억 2

가을이 끝나가고 있었다. 밟힌 똥과 미친 여자가 되었던 때에서 한 달쯤 지나자 나는 자꾸 무언가를 적고 있었다. 아버지가 즐기던 음식을 마주하거나 아버지가 자주 쓰던 단어를 우연히 듣거나 아버지가 앉던 소파 한구석에 무심코 시선이 닿거나 하면 음식이나 단어나 소파에서부터 꾸물꾸물 무슨 이야기가 싹트고 자라났다.

자려고 누우면 감은 눈 위로 문장들이 떠다니며 웅성거렸다. 핸드폰의 메모장에 적어 넣은 짧은 문장들의 목록이 점점 길어졌다.

아버지의 작품을 읽으면 완전히 상반된 기분이 되곤 했다. 글은 그대로 아버지의 음성으로 들렸는데, 때에 따라 그 목소리가 나를 견디기 괴롭도록 슬프게 하기도, 추억의 온기로 마음을 데우기도 했다.

해가 바뀌고 새해의 두 번째 달이 되자 나는 짧은 문장들을 모아 점점 더 긴 글을 쓰고 있었다. 쓰기는 읽기와 달랐다. 읽기는 복잡한 감정을 불러왔지만 쓰기는 언제나 마음을 달래주었다. 아버지와의 시간을 기록으로 남기며 자식으로서 아버지에게 작은 보답을 하는 기분도 들었다. 생전의 아버지에 비추어 짐작할 뿐이고 아버지가 정말 그렇게 생각할지 알 길은 없지만, 나에게 그 기분은 아주 중요했다. 늘 마음을 무겁게 하던 막연한 죄책감을 조금은 덜어내게 해주었다. 기록은, 아버지를 잊지 않고 기억하려는 내 방식의 사랑이라 생각하면서 귀하게 여겨지는 기억들을 남겨두려 했다.

하루가 지나면, 하루보다 많은 것들이 사라졌다. 기억은 아무런 경고도 없이 사라졌고 마음에는 자꾸 덧붙여진 생각이 끼어들었다. 며칠 전에 적어둔 글을 다시 읽으면 그 글을 적던 때와는 이미 달라져 있는 내 머릿속 기억의 무력함에 당황했다. 겁이 났다. 기억이 믿을 곳은 기록뿐이었다. 기억이 마땅한 힘을 지니고 살아 있는 동안, 아버지에 대한 그리움과 사랑으로 절절한 동안, 조금이라도 빨리 많이 써두어야겠다고 생각했다.

봄의 한가운데였다. 두 달 동안 적은 글의 분량이 꽤 되었다. 작은 마을에, 내려서 다녀갈 정거장이 세워진 것 같았다. 추상적 현실의 세계였다. 다급하게 받아 적은 기억과 마음이 거기에 살고 있었다. 옛적의 아버지와 내가 두런거리고 있었다.

아버지의 추천도서 4

『좁은 문』

"벚꽃이야."

나다.

"매화 아니에요?"

은규다.

"매화나무가 이렇게 크지 않지."

매화나무도 사실 잘 본 적이 없지만.

"벚꽃 맞아."

"저 옆에는 확실히 벚꽃나무인데 아직 안 피었잖아요."

그런가.

"그래도 매화는 아니야."

"네."

아이가 선뜻 수긍하니 어쩐지 기운이 빠지고 미안하다.

"하긴 엄마도 매화를 확실히 몰라."

"네."

"매화나무도 저렇게 크게 자라나?"

그 나무는 살구나무였다. 나의 살던 고향은 꽃 피는 산골, 복숭아꽃 살구꽃 할 때의 그 살구나무. 살구나무는 산골인 고향에서나 피는 것으로 한 번도 본 적이 없다고 확신하며 사십 대 중반에 이르도록 살았다. 십 년 넘게 살고 있는 아파트 현관에 바로 가까이 서 있는 나무의 꽃을 만끽하면서도 벚꽃이라고 혼자 알고 지냈다.

꽃나무의 구별이 이러한데, 사람에 대한 이해는 오죽할까.

내가 아는 아버지는 꼭 두 번을 크게 바뀌었다.

내 결혼 전의 아버지는 딸의 진로에 관한 한 야망의 화신이었다. 앞에 적은 대로이다. 결혼도, 혹시 결혼한다면 그 후의 출산도 권하지 않는 쪽이었으며(큰아들이 태어나자 '방해자'라 이름 지었다는 싯다르타의 태도와 비슷하였다), 혹시 출산하였더라도 언제든지 가정 밖의 사회활동에 복귀할 수 있도록 갈고 닦음을 잊지 말라 당부하고 명하였다.

내가 큰딸아이를 낳고 나자 아버지는 다른 사람이 되었다. 나는 아버지의 다른 얼굴을 보았다. 내가 자랄 때는 한 번도 보지 못했던 무조건적 사랑의 얼굴. 아버지가 저런 사람이었나 싶게 한없이 약하고 무방비인, 사랑만인 표정. "손녀가 참 좋은 거다. 책임은 없고 사랑만 주어도 되니." 하며 말도 안 되게 허물어지며 웃는 눈, 코, 입.

아이들을 데리고 친정에 가서 자고 오는 밤이면 아버지는 밤을 꼬박 새웠다. 숨을 잘 쉬고 자는지 마음이 놓이지 않아 연신 당신의 방과 아이들이 이불 펴고 자는 방을 왕복하며 코에 귀를 대고 쉬는 숨을 확인했다. 천장에 달린 등이 혹시 아이들에게 떨어지지 않을까 이불을 조금씩 가장자리로 옮겨놓았다. 큰아이 혜규가 네댓 살 무렵에는 손을 들고 벌을 서기 일쑤였다. 지은 죄목은 주로 혜규가 불렀는데 할아버지가 늦게 대답했다거나, 삶은 밤을 숟가락으로 떠서 입에 넣어주는 속도가 늦었다거나, 유치원에서 유행하는 농담을 할아버지가 한 번에 이해하지 못했다거나 하는 엄중한 것이었다.

그런 죄로 유죄판결을 받으면, 큰 손녀가 죄를 사해줄 때까지 아버지는 손녀가 정해준 자리에 꼼짝없이 서서 하늘 향해 두 손을 들고 서 있었다. 뭐가 그리 좋은지 만면에 웃음을 가득 담고 싱글벙글 기꺼이 벌을 섰다. 집에서 아버지 발소리만 들려도 심장이 작아지던 시절을 생각하면 두 아버지는 같은 사람일 수 없는 일이었고, 같은 몸이라면 둔갑이었다.

마지막 5년 정도의 아버지는 또 다른 사람으로 둔갑했다. 평안해 보이지만 심경이 복잡한 사람.

그 아버지는 딸에게 권하는 마지막 추천도서로 『좁은 문』을 꼽던 아버지이다. 어느 때보다도 약해 보이던 아버지다. 아직도 괴롭다고 하던 아버지이다. 무엇이 괴롭냐 하니 사람이 어찌 사는 게 옳은 길인지 생각에 괴롭다 하던 아버지이다. 그래도 『좁은 문』으로 가는 걸음이 옳지 않겠냐, 남을 생각하고 위하면서 사는 것이 사랑이 아니겠냐, 하던 아버지이다.

그 아버지는 친정집에서 분당 집으로 무얼 자꾸 가져가라고 권하던 아버지이다. 나는 그 모든 청을 매정하게 거절했다. 오래전에 아버지에게 유화를 가르쳐드리겠다며 제자가 선물했던 유화물감은 이제 굳어서 쓰지도 못한다는 이유로 거절했고, 낡아서 무서운 기운까지 풍기는 커다랗고 파란 눈의 인형은 마땅히 둘 곳이 없다는 이유로 거절했다. 그 거절을 포함한 다른 많은 거절 뒤에 숨은 내 마음을, 그리고 당신의 병을 어느 정도 알고 계셨던 걸까 하고 뒤늦게 헤아려본다.

그 아버지는 자꾸만 멀어지던 아버지이다. 잘 듣지 못하고 잘 걷지 못하고, 가까운 산책도 점점 버거워지고, 약해진 기력으로 조용히 화초를 닦던 아버지이다. 불효 중의 불효로, 아버지 너머의 옛 아버지를 그리워하게 하던 아버지이다.

『좁은 문』은 워낙 고전이니 따로 덧붙여 설명할 필요 없겠지만, 나는 아직도 읽어보지 않은 책이다. 고전이라고 일컬어지는 책들 중에 아직 읽지 않은 책이 많고, 이 책을 앞으로 읽게 될지도 모르겠다. 부끄럽지만, 남을 위해 나를 희생하는 삶의 정신이라는 것이 나에게는 아직도 부담스럽고 무겁다. 그러나 아버지가 마지막으로 권한 이유가 궁금하다. 한편으로는 그래서 영 못 읽게 될 수도 있을 것 같다. 내가 그 책을 읽기를 바랐던 이유를 알고 난 후, 그 이유에 합당하게 살 수 있을지 자신이 없다.

『좁은 문』을 권한 아버지는 내가 잘 모르는 아버지이다. 『좁은 문』은 내가 아직 모르는 일이다. 그 좁다란 문을 열면 책 안에서 아버지의 음성을 만날 수 있을지. 만나게 된대도 가슴이 철렁하고, 못 만나게 된다면 한없이 허전할 것이다.

더 알아보니 살구나무와 매실나무의 꽃은 보통 사람이 꽃으로 구별해내기가 쉽지 않단다. 그걸 알고 서운하고 미안한 마음이 들었다. 나무의 구별이 그러할 때, 사람을 아는 일은 더 어렵지 않을까. 좁은 문을 열면 아버지가 서 있을까.

5부

덧붙이는 기록들

두 편의 짧은 일기

2018. 9. 27.

추석 연휴가 끝났다. 어제 롤랑 바르트의 『애도 일기』를 읽었다. 짧은 분량이라 금방 읽었다. 온갖 표현으로 자신의 슬픔은 보통의 슬픔과는 다르다고 울부짖던 저자가 일 년쯤 지나자 "애도의 글을 쓰는 횟수와 양이 줄어들었다"라고 쓴 것을 보고, 그렇지 그런 거지, 나도 곧 좋아지겠지 싶었다.

책의 말미에서, 그 일기로부터 한 달쯤 후 바르트가 외견상으로는 사고사이지만 실질적으로는 자살일 수 있는 죽음을 맞았다는 해설을 읽었다.

얼얼했다. 나는 애도의 마음이 부족한 걸까. 나는 왜 일상을 제대로 살고 있을까. 애도할 여력이 부족한 건 맞는 것 같다.

2019. 4. 6.

낮에 무슨 일로 심하게 웃다가 테이블 다리를 발로 세게 걷어찼다. 너무 아파서 눈물이 찔끔 났다.

숨이 넘어갈 듯 정신없이 웃을 때면, "웃음 끝에 눈물 난다. 윤경아. 이제 가만." 하고 등이나 팔을 쓸어내리면서 웃음을 가라앉히던 아버지가 생각난다. 며칠 후면 돌아가신 후 처음으로 아버지의 생일이 돌아온다.

영결식 조사

먼저, 이 자리에 함께해주신 여러분들께 감사의 말씀을 드립니다.

어느 날 학교에서 가훈을 적어오라는 숙제를 받아온 저는 아버지께 여쭈었습니다. 우리 집 가훈이 뭐냐는 제 물음에 잠시 생각하시던 아버지는 '서로 사랑하자'라고 답하셨습니다. 저는 그 가훈이 마음에 들지 않았습니다. 소설가 아버지인데, 그 답은 기대와는 달리 너무나 평범했습니다.

병세가 갑자기 위중해지시기 얼마 전 나누었던 전화 통화에서 아버지는 시간이 나면 아버지의 작품 중 단편집을 다시 읽어볼 것을 권하셨습니다. 저는 그러겠다고 했고, 다음에 찾아뵐 때 읽고 난 얘기를 같이 나누자고 약속했지만 그럴 기회는 그만 오지 않았습니다. 다시 펼쳐본 단편집에서 제가 읽은 것은 그 성격이나 모양새가 어떠하든, 사람에 대해서, 세상에 대해서, 쉬운 쪽이 아니라 어려운 쪽에서 고민하는 그저 '사랑' 이야기들이었습니다.

최인훈의 작품은 관념적이다, 어렵다, 어릴 적부터 많이 들었던 말입니다. 하지만, '서로 사랑하자'라는 가훈을 들었던 그날로부터 수십 년의 시간이 지나 결국 아버지를 떠나보내는 자리에 있는 지금, 그 평범했던 가훈으로 아버지를, 아버지의 작품을, 그분이 전하고자 하셨던 바를 작은 모퉁이나마 이해하게 됩니다.

아버지. 불러보니 무섭습니다. 늘 아빠라고 부르던 당신을 아버지라고 부르고 보니 무언가 달라진 시간이 이미 시작된 것 같아 무섭습니다.

"서로 사랑하자."

그렇게 말씀하시고는 가훈을 받아 적는 저를 빙긋이 웃으며 내려다보시던 아버지가, 새 글을 쓰시면 한번 읽어보라 하시고 나서는 옆에 앉아 기다리시던 아버지가, 고등학교 때 미적분을 배웠냐고 물어보시고 그렇다고 답하자 인간과 시간과 기억을 공식으로 만들어보라시던 아버지가, 세 살짜리 손녀가 벌을 세우면 방문 뒤에 손을 들고 서 계시던 아버지가, 문득문득 많이 생각날 것 같아 무섭습니다. 아버지, 이제 어려운 생각 더는 마시고 편안하게 주무시기를. 존경합니다. 고맙습니다.

아버지, 사랑합니다.

2018년 7월 25일

영인문학관 전시
〈1950년대 작가들의 내면풍경〉 기념강연

안녕하세요, 저는 최인훈 선생의 딸 최윤경입니다.

자리해주신 여러분께 아버지의 모습을 더 생생하게 전하려면, 글로 적기보다 자연스럽게 말로 했으면 더 좋았겠는데요, 특별히 말주변도 없고, 앞에 많이 나서본 일도 없기 때문에 걱정도 돼서 제가 기억하는 아버지의 모습에 대해 몇 장을 적어서 전해드리려고 합니다.

아버지는 매사에 정확하신 분이셨고, 주위 사람들도 정확해야 했습니다. 특히 말과 글, 개념과 어휘의 사용에 있어 그러했습니다. 이런 아버지와 함께 식탁에 앉아 집에서 식사를 하는 시간은 어떤 질문을 받게 될지 몰라 종종 불안함으로 마음을 졸이게 되는 때였습니다.

"시와 소설의 다른 점이 뭐냐."

겨울 방학이고 아버지와 오빠와 저 셋이서 늦은 아침을 먹고 있었고 무수한 가시 사이로 갈치 살을 바르던 중이었습니다. 오빠와 저, 누구에게랄 거 없이 물으시는데 오빠가 갑자기 물을 떠오겠다며 일어섰습니다. 이제 대답은 제가 해야 합니다.

"시는 운율이 있는 말로 압축해서 짧게……."

"그럼 산문시는 뭐냐."

저는 이제 막 중학교 2학년이 될 참이었습니다.

"산문시라도 소설보다는 좀 더 압축해서 리듬감 있게……."

말끝을 흐리는 저에게 아버지는 다시 물으십니다.

"그럼 산문에는 리듬감이 없냐."

"상대적으로 봤을 때 아무래도……."

"모르겠냐."

모르겠지만 한 발 더 나아가봅니다.

"독자가 읽을 때 시라고 느껴지면 시일 것 같아요."

허방입니다. 아버지의 표정이 좋지 않습니다. 꿀꺽 소리가 날까 봐 밥을 그냥 물고 있습니다. 저는 머리카락으로 된 외줄 위에 서 있는 것 같습니다. 밥이 점점 달아집니다.

"그럼 장르의 구분은 독자가 결정하는 거냐."

모르겠습니다. 아무래도 좋습니다. 독자가 결정하든 아버지가 결정하든 물 뜨러 나가 우물을 파고 있는 오빠가 결정하든 밥상을 앞에 두고 그게 이렇게까지 중요한 아버지는 참, 그렇습니다.

이런 문답의 경우는 그나마 나은 편입니다. 아버지 당신께서는 과연 온전하고 완벽한 답을 가지고 계셨을까 의문이라도 가져볼 수 있는 질문이기에 그렇습니다.

그날 신문이, 모여 앉은 밥상 근처의 한구석이라도 차지하고 있는 날은 큰일입니다.

저는 문맹입니다. 글을 읽지 못합니다. 아버지 말씀에 따르면 그렇습니다. 초등학교 내내 꽤 공들여 공부했고, 이후에도 시간을 들여 애썼지만, 한자를 제대로 익힐 수 없었습니다. 외우고 기억하려 해도 한자만 마주하면 그저 조형적으로 다채롭고 흥미로운 흰 바탕 위 검은 무늬로만 보일 뿐 글자의 음과 뜻이 좀처럼 떠오르지 않았습니다.

아버지께서 손을 뻗어 신문을 집어 오십니다. 제 얼굴을 한번 쓰윽 쳐다보시고는 반듯반듯하게 신문을 접기 시작하십니다. 신문이 어린아이들 그림 그리는 스케치북만 하게 접히면, 저에게 잘 보이게 신문을 들어 보이시며 빙그레 웃으십니다. 그리고 펼쳐진 면 한가운데에 있는 검은 한자를 손가락으로 짚으며 물으십니다.

"이게 무슨 글자냐."

아, 아버지가 또.

이건 답이 있는 질문입니다. 그러니 그 확고부동한 답을 내놓아야 마땅하지만, 저는 답을 알 길이 없습니다. 심장이 뛰기 시작합니다. 검은 글씨가 획마다 춤을 춥니다. 답하는 목소리가 없이 시간이 지나고 아버지는 오래 기다려주십니다. 답이 나올 때까지 아주 오래오래 기다려주십니다. 기다려주신 시간이 긴 만큼 아버지의 얼굴에는 실망의 빛이 더 뚜렷합니다. 그리고 한마디.

"우리 윤경이가 아주 문맹이구나."

문맹을 발음하실 때에는 특별히 입에 힘을 주어 또박또박 하셨습니다.

알고 계신 것처럼, 아버지께서는 미국에서 귀국하신 후에 개인 전집을 간행하기 시작하면서 한자어를 토속어로 바꾸는 작업을 하셨습니다. 한 인터뷰에서 그 일을 두고, "영어의 경우는 나 자신 그렇게 능숙한 언어가 아닌데도 모든 사람이 그것을 말하고 있는 곳에서 살아야 한다는 데 대한 반발이 컸던 모양입니다. […] 그러다 보니까 그 방어선 속에서는 한자까지도 잘라내버리는 것이 아니냐, 이를테면 방어면적을 가장 좁게 해가지고 자기 파괴를 면할 수 있는 시점까지 후퇴한 것이 이제 말한 그런 것으로 나왔다고 해도 틀림없지 않을까."라고 밝히신 적이 있습니다. 하지만, 방어면적을 최소화한 후에도 남아 있는 한자어를 사용해야 할 경우에는 반드시 그에 대해 정확하게 알고 있어야 한다고 여기셨던 것으로 짐작합니다. 한자어도 엄연히 문화전통에 남아 있는 우리말의 일부이고 꼭 사용해야 할 일이 있을 수 있으니 잘 익히고 있어야 한다고, 자기가 어떤 말을 어떤 뜻으로 쓰고 있는지 알고 해야 한다고 제게 당부하신 적도 있는 걸 보면 말입니다.

말과 글에 대해 엄격하셨던 아버지는 그 연배의 여느 아버지와 다른 면이 있었습니다. 결혼을 늦게 하셔서 또래 친구들의 아버지 중에 연세가 많은 편에 드셨지만 저는 어려서부터, 나이를 먹었다고 꼭 결혼을 해야 하는 것은 아니다, 여자라고 집에서 아이 키우고 집안일만 하겠다고 생각해서는 안 된다, 혹시, 혹시, 결혼을 하게 되더라도 꼭 아이를 낳아야 하는 것도 아니다, 사람이 경제력을 갖추지 못하면 노예로 살게 되니 너도 네 손으로 자기 밥벌이할 궁리를 꼭 해야 한다는 말을 듣고 자랐습니다. 지금이야 이렇게 생각하는 사람이 많지만, 제가 대여섯 살 때면 벌써 한 40년 전이니, 당시로서는 어린 딸에게 건네는 가르침치고 무척 파격적인 것이었다 생각합니다.

제가 자라면서 아버지께 반복해서 귀에 뿌리가 박히게 들은 말이 있습니다. Girls, be ambitious. 소녀여 야망을 가져라. 책을 읽거나 하다가도 제가 곁에 있는 걸 알아채시면, 문득 손을 뻗어 잡아 쥐시며, "Girls, be ambitious"라고 말씀하셨습니다. 아버지는 손잡는 것을 좋아하셨는데, 어떨 때, "아빠 손 한번 잡아봐라" 하는 말씀에 손을 잡으면 "더 꽉, 힘이 이것밖에 안 되냐. 더 힘이 있어야지. 씩씩해야지." 하시며 여지없이 "Girls, be ambitious" 하셨습니다. 성격이 소심하고 걱정

많은 딸이 어떤 일을 용기 내어 결정하지 못하고 주저하며 상의를 드릴 때도, 빙글빙글 웃으시며 눈을 맞추시며 "너무 걱정하지 말고. Girls, be ambitious." 하셨습니다. 소녀여 야망을 가져라.

야망을 가지지 않은 것은 아니었지만, 저는 대학원을 졸업하고 대사관에서 잠깐 근무했고, 이런저런 일이 있었고, 스물여섯 살 가을에 결혼을 했습니다. 친구들 중에 거의 첫 번째로 결혼을 했습니다. 결혼하고는 곧바로 이듬해에 딸을 낳았습니다. 그 딸이 올해 고등학교 3학년이 되었습니다.

임신 사실을 알고, 당시에는 갈현동에 있던 친정으로 찾아가 처음 뵈었을 때, 아버지의 얼굴에 떠오른 표정은 참 묘했습니다. 일단, 웃지는 않으셨던 걸로 기억합니다. 오래 말이 없으셨고, 신혼집에 돌아가기 전 꼭 안아주시며 아프지 말고, 그렇게 인사하셨습니다.

이후로도 뵐 때면, 우선 아픈 데는 없는지 물으시고, 한참 뜸을 들이시다가 물으셨습니다.

"요새도 가끔 책은 읽니?"

"네."

하고 답하면,

"그래, 공부는 안 하면 자꾸 더 못하게 되니까. 잊어버리지 않게."

그렇게 말씀하셨습니다. 실제로는 입덧 때문에 아니면 다른 이유로 책을 읽지 않고 지낸 시간이 한동안이었다는 걸 아버지께서 혹시 아시면서도 짐짓 모른 척하셨는지도 모르겠습니다.

그렇게 또 얼마가 지나서 다시 만나면,

"아직도 수학 배웠던 건 기억하고 있니? 중학생 정도는 아직 가르칠 수 있게?"

그렇다고 말씀드리면, 흐뭇하게 웃으셨습니다.

책 읽는 딸의 취미를 대견해하셨고, 딸네 집 책장을 둘러보시며 "좋은 책들이 많구나, 윤경이는 머릿속이 잘 정리돼 있어서 나중에라도 좋은 글을 쓸 수 있을 거야", 그러시면서 책 몇 권 뽑아 들고 집으로 돌아가곤 하셨습니다. 책장에 꽂힌 책들을 보며 딸의 머릿속이 보이셨던 걸까요. 책장에는 불안하고 우울한 제목을 한 책들도 많아 저는 마음 한편 어쩐지 쑥스럽고 죄송한 마음이 들기도 했습니다.

딸에게 항상 공부하고 진취적일 것을 당부하셨던 아버지와의 추억에서 책 또한 빠질 수가 없습니다. 곳곳에서 아버지가 쓰신 책들은 맹활약을 했습니다.

명절에 차례를 지낼 때면 아버지의 책 『화두』가 등장했습니다. 한 번 뵌 적도 없는 어른께 절을 드리기 전에 그분이 등장하는 페이지를 펼치시고는 해당하는 묘사가 있는 구절을 읽어주셨습니다. 다 듣고 난 우리는 지난 명절에 뵙고 온 잘 아는 어르신인 양 그분께 절을 올리게 되었습니다.

아버지의 저서와 관련된 일화 중 백미는 아마도 중학교 3학년 때의 일일 것입니다. 고등학교에 가기 전 저는 몇몇 친구들과 밤을 새워 놀기로 계획을 세웠습니다. 부모님이 음식점을 하시는 친구가 있었고, 다섯 친구가 그 가게 건물 옥탑방에서 크리스마스이브를 함께 보내기로 한 것입니다. 어머니께는 이미 허락을 구해두었습니다. 12월 24일이 되어, 낮부터 친구들과 어울리던 저는 그날 친구들과 함께 옥탑방의 작은 창문 너머로 이미 깜깜해진 지 오래인 바깥을 내다보고 있었습니다. 시간이 한 열 시쯤 되었을까요. 옥탑방에 전화벨이 울렸습니다.

"윤경아, 거기 있니?"

전화 너머에서 어머니의 목소리가 건너왔습니다.

"네."

"집에 와야겠다."

"네?"

"아빠가 안 된다셔. 지금 오라신다."

친구들이 붙잡고 저도 안 간다고 부질없는 저항을 해보았지만, 결국 데리러 온 어머니와 오빠의 손에 이끌려 집으로 돌아가게 되었습니다.

현관에 들어서자 아버지께서 겸연쩍게 웃으시며 기다리고 서 계셨습니다.

"재밌었냐?"

저는 대답 따위 하고 싶지도 않았습니다. 눈도 안 맞추고 일부러 쿵쾅 소리를 크게 내어 걸으며 방으로 들어가 문을 잠그자, 똑똑, 노크 소리가 났습니다.

"윤경아."

저는 불을 끄고 다시 눕습니다.

"윤경아, 춥지 않냐?"

이불을 뒤집어씁니다.

"윤경아."

아버지가 이번에는 더 큰 소리로 부르십니다. 그 부름까지 모른 척하지 못하고 방문을 열자 아버지가 쓰윽, 책 한 권을 내미십니다. 엉겁결에 받아든 책 표지를 훑으니 '크리스마스 캐럴'이라는 제목이 눈에 들어옵니다. 바로 이 책입니다.

"화가 많이 나지?"

영문을 모르는 저에게 굿나잇 키스를 불어 보내시고 아버지는 조용히 방문을 닫고 돌아가십니다.

아시나요. 아버지의 소설「크리스마스 캐럴」이 어떤 내용인지.

조금만 발췌해 읽어드리자면, 책의 앞부분 몇 장만 넘기면 금방 이런 대목이 나옵니다.

"아무튼 내 생각은 외박은 안 된다는 거야. 이 점이 가장 중요해."

"글쎄 아빠는 그저 안 된다니 왜 안 돼요?"

"그럼 내가 묻겠다. 옥아 넌 교인이던가? […] 정신이 성한 사람이 보면 얼마나 우스꽝스럽겠느냐. 넌 남의 제사에 가서 곡을 해본 적이 있느냐?"

손에 잡은 차에 책을 밤새 끝까지 읽었습니다. 저는 그 밤을 어떤 마음으로 보냈을까요.

여기까지 들으시고 나니, 아버지 최인훈이 평범하지 않게 느껴지실지도 모르겠습니다.

아버지는『길에 관한 명상』에서 "'소설'이라는 작업도 […] '사람은 평등하다'는 씨줄과 '사람은 평등하지 않다'는 날줄로 된 평면 위에서 여러 가지 궤적을 임의로 활동시켜봄으로써 그 관계를 살펴볼 수 있게 된다"라고 쓰셨습니다. 이 말을 응용해보자면, 아버지는 여러 가지 면에서 평범하지 않으셨지만, 동시에 평범하시기도 했습니다. 바로 가족에 대한 사랑에 있어서는 의문의 여지가 없이 가족을 지극히 사랑하고 헌신하시는 평범한 아버지의 모습 그대로였습니다.

우선 미안하다는 말, 고맙다는 말, 사랑한다는 말을 참 잘하시는 아버지였습니다. 감기에 걸리면 제일 먼저 따뜻한 인삼차를 끓여다 주시는 아버지였습니다. 성장통에 잠 못 이루면 밤새 다리를 주물러주시고, 더위에 잠 못 자면 밤새 부채를 부쳐주시는 아버지였습니다. 손녀들이 태어나고 보니 세상을 달리 보게 된다고 하시는 할아버지였습니다. 돌 지난 큰손녀가 자면서 숨은 잘 쉬는지 걱정되어 정작 당신은 밤새 못 자고 손녀의 머리맡을 지키는 할아버지였습니다.

얘기하고 보니, 아버지가 가족에게 주셨던 사랑도 평범하지는 않은 것 같습니다. 아버지는 가족에게 항상 평범한 정도를 넘치는 사랑과 관심을 주셨습니다. 가족과 같이 너무 가까운 것들은 자칫 눈여겨 살피는 일 없이 지나치기 쉽지만, 아버지는 지나쳐지는 분이 아니셨습니다. 평범한 모습도 그렇지 않은 모습도 한 장면 한 장면 기억에 선명하게 남아 있습니다.

이제 마무리를 할 때가 된 것 같습니다. 지금까지 제가 45년여를 알았던, 혹은 알았다고 생각했던 아버지의 몇몇 모습에 대해 말씀드렸습니다. 하지만 사실 저는 잘 모르겠습니다. 아버지께서 병상에 계시게 되면서 아버지를 알고 계시던 여러분들을 만났습니다. 여러 분들이 생전 아버지에 대해 여러 말씀을 해주셨습니다. 그러자, 저는 아버지에 대해서 점점 더 모르게 되는 것도 같았습니다. 제가 알고 있던 것과는 다른 아버지를 들을 때도 많았습니다. 저는 문맹이 되었습니다. 이제 세상에 안 계시는 아버지는 획마다 춤을 추는 모르는 글자가 되었습니다. 그래서, 제가 전하는 이야기가 아버지의 전부라고 감히 말씀드리지 못합니다.

다만, 좀 더 시간이 지나고, 획마다 춤을 추는 글자가 뜻으로 읽히기 시작할 때, 아마 저도 아버지에 대해 점점 조금은 더 잘 알려드릴 수 있지 않을까 생각합니다. 오늘 부족한 제가 이 자리에서 전해드린 추억이 부디 아버지께 누가 되지 않기를, 아버지를 사랑하셨던 분들이 아버지를 조금이라도 더 가깝게 읽을 수 있게 하는, 몇 개의 획이, 하나의 글자가, 단어가, 형용사가, 부사가 되기를 바랍니다.

마지막으로, 이 시간을 나름대로 준비하면서 너무 많은 기억들이 몰려와 더 슬퍼지기도 했지만, 자칫 놓쳐버릴 기억을 너무 늦지 않은 때에 다시 붙잡은 것도 같아 다행인 마음도 있었다는 고백을 드립니다. 뜻 깊은 자리를 마련해주신 영인문학관의 이어령 선생님과 강인숙 선생님, 전시회 준비를 하며 언제나 밝은 목소리로 꼼꼼하게 살펴주신 이혜경 님, 감사합니다. 부족한 저의 말을 끝까지 잘 참고 들어주신 여러분께도 감사의 말씀을 전합니다.

2018년 10월 5일

큰손녀 혜규 돌잔치에 주신 편지

예전에 우리는 지구에서 살았다

어느 날 한 아이가 눈을 감고 두 주먹을 쥐고 우리 앞에 나타난 다음부터

우리가 사는 곳의 이름은 혜규가 있는 별이 되었다

내가 눈을 뜨고 처음 우리를 보았을 때 우리는

여태껏 우리가 알고 있던 사람들 가운데 있는 누구도 아닌

새 사람과 만나게 된 것을 알았다

그날 이후

우리의 나날은 놀라움의 연속이었다

혜규가 뒤집기를 했을 때 너무 신기한 일이었고

기기 시작했다는 소식을 듣고 우리 눈으로 확인할 때까지

기다리는 일이 너무 힘들었고

어느 날 무릎걸음으로 옮아가고

보행기를 타고 종횡으로 활동하는 네가 되었다

요즘 할머니와 할아버지는 혼자서 웃는 버릇이 생겼다

무슨 생각을 하면서 웃는지 우리는 서로 잘 안다
그리고 삼촌의 컴퓨터 속에는 혜규의 사진이 날마다 쌓여간다

사내아기들뿐인 집안에서 나타난
첫 여자아기인 혜규는 나면서부터 그 때문에도 환영을 받았다
혜규야 너는
우리가 이 별에서 살고 있다는 일이 신기하다고 생각하게 만드는구나

얼마 전부터 너는 아기나라의 에스페란토로 말하기 시작하고 있다
따흐따 아흐따 계열의 몇 개 단어가 중심이 된 이상한 말이다
너만 아는 그 이상한 말 속에서 엄마 한 마디가
바다에서 막 떠오른 햇덩어리처럼 그 이상한 너만의 말의 세계에서 벗어나
우리 쪽으로 건너왔구나
마침내 우리가 더불어 쓸 뜻있는 말의 세계로 오는 것이 물론 대견하지만 혜규야
전화기를 귀에 댈 줄 아는가 하면 빨아먹기도 하는 시간이 좀 더 있어도
우리는 조금도 불평하지 않을란다

대견하고 행복할 날은 우리 앞에 많고 많으리라
우리 앞에 기다리고 있는 행복의 시간 속에서 너는 언제나
우리의 태양이고 우리의 꽃이고 우리의 중심일 것이다
그래서 우리는 모두 네가 살고 있는 별에 함께 살고 있는 일이
얼마나 행복한 일인지를 생각하는 시간을 그처럼 많이 가지게 되리라

작은손녀 은규 시집 『왜 그랬을까』 서문

이상한 나라의 이은규에게

너는 알고 싶은 일이 참 많구나
처음 와보는 나라니까 그럴 만하지
별에게도 물어보고
기차에게도 물어보는구나
나무에게도 말을 걸고
부엌에도 궁금한 일투성이로구나
세상 만물과 모두 친구가 되고 싶니?
차츰 더 세상은 신기한 일투성인 것을 알게 되겠지
친구들과 함께 이 신기한 세상을 신나게 사는 어린이가 되고
그럴듯한 어른이 되어가거라
그리될 것 같구나 네 글을 보면
이상한 나라에 온 사랑하는 이은규!
씩씩하거라
건강하거라
행복하거라

아버지의 추천도서 5

『웃음소리』 외

『웃음소리』를 표제작으로 하는 단편집을 읽는 것이 '최인훈을 이해하는 유일한 길'이라고까지는 못하겠지만, 최소한 이 루트가 최인훈을 이해하는 '다정한 출발점'이라고는 할 수 있을 것 같다.

단편집 안에는 이명준의 어린 시절과 어린 시절 그의 누나가 있다. 「그레이 구락부 전말기」의 첫 부분은 아버지 희곡 특유의 시적인 지문을 자연스레 떠올리게 한다. 짤막한 그 소설 안에는 내가 기억하는 모습, 삶의 마지막까지 괴로워하던 나의 아버지가 있다. 한마디로 아무것도 모른다는 것, 그 모른다는 것을 똑똑히 알고 있다는 것, 두 겹으로 싸인 덫에 걸려 발버둥치는 꼴, 그것이 자기였다…….[38)]

이 책은 순전히 활자로만 인쇄되어 있는데, 내 경우에 『웃음소리』에 수록된 단편 하나씩을 읽을 때마다 마음속에 삽화 하나씩이 남는다. 「7월의 아이들」을 읽고 나면 엄청난 빗속에 타박타박 걸어가는 대장아이의 뒷모습이, 「국도의 끝」을 읽고 8월의 해 아래 철길이 이글대

38) 최인훈, 『웃음소리』, 「그레이 구락부 전말기」, 8쪽.

는 자리에서 하염없이 누이를 기다리는 남자아이의 모습이 자연스레 그림으로 새겨지는 식이다. 문학은 진짜를 말하기 위해 가짜를 말하는 것이다. 이 책은 생생한 가짜들로 뭉클하다.

그리하여 책의 마지막 장을 덮고 난 뒤에는 따뜻한 동화책을 읽은 것 같은 기분이 든다. 신기루나 구시대의 유물처럼 느껴지던 '사랑'이 아직도 살아 있을지 모른다는 기대가 살아나고, 이런 '사랑'이라면 전혀 추상적인 것이 아니니 한번 추구해봄직하다는 용기와 자신감이 생기며, 그러므로 '사랑'이라는 낡고 오글거리는 단어를 다시 소리 내어 말해보아도 될 것 같아진다.

세상의 많은 것들을 이해하지 못하지만, 아버지의 단편들이 왜 좀 더 조명받지 않았는지 모르겠다. 만약 이 단편들이 더 부각되었더라면, 나에게 당신이 관념주의자가 아님을 해명하느라 아버지가 그렇게 오랜 시간을 들이지 않아도 되었을 텐데.

단, 미리 말해두자면, 수록된 단편 모두가 같은 정서를 다루고 있지는 않고, 개중에는 다소 추상적이거나 그 형식에 있어 당혹스러운 거리감이 느껴질 작품들도 있다. 그러나 그래서 오히려, 이 책이 아버지의 작품세계를 짤막하게 그러나 총체적으로 개관할 수 있는 길을 마련한다고 할 수 있을 것이다.

아버지의 나머지 추천도서에 대해서는 간략하게 말하고 지나가는 것이 적당할 것 같다. 나 자신이 엄청난 흥미를 느끼지 못한 책에 대해 길게 쓰기는 어렵다. 사람마다 취향이 있는 것이니 아버지가 추천했던 책들이 모두 내게 매력적인 것은 아니었다. 아버지의 나머지 목록에는 미국 작가 시어도어 드라이저의 『American Tragedy(미국의 비극)』, B. 스토커의 『Dracula(드라큘라)』, 로버트 루이스 스티븐슨의 『Treasure Island(보물섬)』가 있다.[39] 마지막으로 알렉상드르 뒤마의 『몬테크리스토 백작』이 있다.

우선 『미국의 비극』은, 곧 나의 비극이 되었다. 읽는 내내 도무지 흥미를 느끼지 못했다. 따라서 끝까지 읽어내는 일이 고역이었다. 인터넷에서 검색해보니, '광적이고 가난한 전도사를 부모로 둔 주인공 클라이드 그리피드는 성공의 꿈을 안고 도회로 뛰어나가 호텔의 보이가 된다. 그 후 부유한 큰아버지를 만나서 뉴욕주에 있는 그의 공장에서 일자리를 얻는다. 여공 로버타와 가까이 지내던 중 그가 사장의 조카라는 사실 덕분에 부호의 딸 손드라와도 가까워진다. 로버타가 임신 중임을 알리자 클라이드는 그 처치에 고민하다가, 로버타를 산중의 호수로 꾀어낸다. 살의는 있었으나 결단을 내리지 못하고 있을 때 우연히 보트가 뒤집히어 로버타는 익사한다. 그는 곧 체포되어 오랜 재판 끝에 전기의자에서 죽는다.'라고 줄거리가 소개된다.

나는 이중 어느 하나도 기억하지 못한다. 주인공 이름도 가물가물할 정도다. 소설은 분량이 꽤 되는 작품으로, 나는 틀림없이 처음부터 끝까지를 읽었는데도, 요약된 줄거리를 보면서 그다음 전개와 마지막 결말을 궁금해하고 특히 우연히 보트가 뒤집힌다는 부분을 읽을 때는

---

39) 해당 작품들은 모두 영문판으로 추천된 것들이었기에, 영문 제목을 먼저 적었다.

깜짝 놀라기도 하는 등, 완전히 처음 대하는 느낌이다.

아버지가 나에게 왜 이 네 편의 소설들을 추천했을까 하고 생각해 보는데, 이 네 소설 모두의 공통점이라면 이야기가 달리는 소설이라는 점이다. 하나의 사건이 벌어지고 미처 손쓰고 해결할 새도 없이 다음, 그다음의 사건이 벌어진다.

아버지는 쓰는 소설의 성격과 즐겨 읽는 소설의 취향이 꼭 일치하지만은 않는 부분이 있었다. 의식이나 관념이 주가 되는 소설도 즐겼지만, 못지않게 이야기가 박진감 있게 달려나가는 소설들에 대해서도 자주 이야기했다. 특히 『보물섬』에 대해서는, 이런 소설 한 편 쓰면, 평생 한 편만 써도 되지, 하고 말하기도 했다. 어릴 적부터 환상적이고 그로테스크한 글의 매력에 대해 누차 들어왔던 것, 초등학교 저학년 때 이미 '그로테스크'라는 말의 의미를 정확히 알고 있었다는 것 등을 떠올려보면, 아버지가 내게 『드라큘라』를 권했던 이유도 넉넉히 짐작이 간다.

| 마치면서 |

이 책에 가장 많이 나오는 단어는, '아버지', '이야기', '기억'이다.

'이야기의 힘'을 역설하는 말에 콧방귀를 뀌었다. 이야기의 재미라면 몰라도 힘은 다 뭐냐.

후회한다. 깔보며 흘려버린, 이야기가 되었을 시간을. 여행에서 남는 것이 사진뿐이라면 죽음 뒤에 남는 것은 결국 이야기뿐이었다. 여행에서 남는 몇 장의 사진도 결국 이야기이다. 시간과 공간과 냄새와 감촉과 말들을 조용히 저장한 이야기.

'신파'를 무시했다. 세련되지 못하다고 무시했다.

반성한다. 아버지를 보내고 깨달았다. 인생의 기본값은 신파다. 우리는 살다가 어떤 큰일들을 만난다. 그 어떤 큰일들을 만나면 사람들은 별수없이 신파가 된다. 그 어떤 큰일들이 나의 일이 될 때 사람들은 별수 없다. 울고 짠다. 남의 일 보듯 점잖을 수 없다. 정말 큰 사람들은 자기의 큰일도 남의 일 보듯 의연하지만 그만큼이나 의연해지는 일은 신파보다 더 눈물나게 외롭고 슬픈 일이다.

이야기에는 힘이 있다. 기억에는 힘이 있다. 추상적 현실에는 힘이 있다. 아니라도 믿겠다. 나에게는 힘이 되니 믿겠다. 아버지가 깃들인 영원한 이야기를 허공에 묻어두고 힘들 때마다 별을 보듯 성스럽게, 아니 울면서 쳐다보겠다. 아버지는 내게 영원한 신화이다. 극복하고 싶으면서 간직하고 싶은 신화이다.

아버지를 사랑한다.

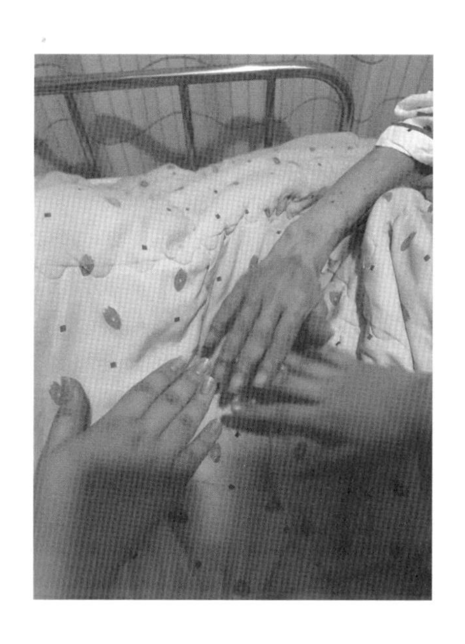

최인훈의 손녀이자 최윤경의 딸인 이은규가 그린 최인훈의 초상화.